POESIA COMPLETA

POESIA COMPLETA

MÚSICA DO PARNASSO
LIRA SACRA

Manuel Botelho de Oliveira

Introdução, organização e fixação de texto
ADMA MUHANA

Martins Fontes
São Paulo 2005

*Copyright © 2005, Livraria Martins Fontes Editora Ltda.,
São Paulo, para a presente edição.*

1ª edição
2005

Acompanhamento editorial
Helena Guimarães Bittencourt
Revisões gráficas
*Alessandra Miranda de Sá
Eliana R. Souza Medina
Dinarte Zorzanelli da Silva*
Produção gráfica
Geraldo Alves
Paginação/Fotolitos
Studio 3 Desenvolvimento Editorial

Dados Internacionais de Catalogação na Publicação (CIP)
(Câmara Brasileira do Livro, SP, Brasil)

Oliveira, Manuel Botelho de, 1636-1711.
  Poesia completa : música do parnasso, lira sacra / Manuel Botelho de Oliveira ; introdução, organização e fixação de texto Adma Muhana ; [ilustrações Luiz Pessanha]. – São Paulo : Martins Fontes, 2005. – (Coleção poetas do Brasil)

  Bibliografia.
  ISBN 85-336-2209-0

  1. Oliveira, Manuel Botelho de 1636-1711 – Crítica e interpretação 2. Poesia brasileira 3. Poesia lírica I. Muhana, Adma. II. Pessanha, Luiz. III. Título. IV. Série.

05-6963   CDD-869.91

Índices para catálogo sistemático:
1. Poesia : Literatura brasileira   869.91

Todos os direitos desta edição reservados à
Livraria Martins Fontes Editora Ltda.
*Rua Conselheiro Ramalho, 330 01325-000 São Paulo SP Brasil
Tel. (11) 3241.3677 Fax (11) 3101.1042
e-mail: info@martinsfontes.com.br http://www.martinsfontes.com.br*

COLEÇÃO "POETAS DO BRASIL"

Vol. XVIII – Manuel Botelho de Oliveira

Esta coleção tem como finalidade repor ao alcance do leitor as obras dos autores mais representativos da história da poesia brasileira. Tendo como base as edições mais reconhecidas, este trabalho conta com a colaboração de especialistas e pesquisadores no campo da literatura brasileira, a cujo encargo ficam os estudos introdutórios e o acompanhamento das edições.

Coordenador da coleção: Haquira Osakabe, doutor em Letras pela Unicamp, é professor de Literatura Portuguesa no Departamento de Teoria Literária daquela Universidade.

Adma Fadul Muhana, que preparou este volume, é doutora em Filosofia pela Universidade de São Paulo e professora de Literatura Portuguesa na mesma instituição.

ÚLTIMOS LANÇAMENTOS:

Augusto dos Anjos – *Eu e outras poesias.*
Edição preparada por A. Arnoni Prado.

Álvares de Azevedo – *Lira dos vinte anos.*
Edição preparada por Maria Lúcia dal Farra.

Olavo Bilac – *Poesias.*
Edição preparada por Ivan Teixeira.

José de Anchieta – *Poemas.*
Edição preparada por Eduardo de A. Navarro.

Luiz Gama – *Primeiras trovas burlescas.*
Edição preparada por Ligia F. Ferreira.

Gonçalves Dias – *Poesia indianista.*
Edição preparada por Márcia Lígia Guidin.

Castro Alves – *Espumas flutuantes & Os escravos.*
Edição preparada por Luiz Dantas e Pablo Simpson.

Santa Rita Durão – *Caramuru.*
Edição preparada por Ronald Polito.

Gonçalves Dias – *Cantos.*
Edição preparada por Cilaine Alves Cunha.

Diversos – *Poesias da Pacotilha.*
Edição preparada por Mamede Mustafa Jarouche.

Raul de Leoni – *Luz mediterrânea e outros poemas.*
Edição preparada por Sérgio Alcides.

Casimiro de Abreu – *As primaveras.*
Edição preparada por Vagner Camilo.

Medeiros e Albuquerque – *Canções da decadência e outros poemas.*
Edição preparada por Antonio Arnoni Prado.

Fagundes Varela – *Cantos e fantasias e outros cantos.*
Edição preparada por Orna Messer Levin.

Silva Alvarenga – *Obras poéticas.*
Edição preparada por Fernando Morato.

Hermínio Bello de Carvalho – *Embornal. Antologia poética.* Apresentação de Heron Coelho e Introdução de Haquira Osakabe.

ÍNDICE

Introdução XI
Bibliografia LXXXIX
Cronologia XCIII
Nota à presente edição XCV

POESIA COMPLETA

MÚSICA DO PARNASSO

Dedicatória 5
Prólogo ao leitor 13
Licenças do Santo Ofício 15

Primeiro coro de rimas portuguesas em versos amorosos de Anarda

Sonetos 19
Madrigais 31
Décimas 39
Redondilhas 49
Romances 52

Versos vários que pertencem ao primeiro coro das rimas portuguesas escritos a vários assuntos
Sonetos 67
Oitavas... 83
Canções várias 99
Silva *à Ilha da Maré*.................................. 127
Romances 137

**Segundo coro
das rimas castelhanas em versos amorosos da mesma Anarda**
Sonetos 151
Canções 161
Madrigais 165
Décimas... 171
Romances 176

Versos vários que pertencem ao segundo coro das rimas castelhanas, escritos a vários assuntos
Sonetos 195
Canções 198
Romances vários 203

**Terceiro coro
das rimas italianas**
Sonetos 221
Madrigais 225

**Quarto coro
das rimas latinas**
Heróicos 231

Epigramas 232

Apêndice 239

LIRA SACRA

Dedicatória 249
Prólogo ao leitor 251
Sonetos [a Nossa Senhora] 253
Sonetos da vida de Cristo até sua divina
ascenção 265
Sonetos a vários santos 292
Sonetos aos doze apóstolos 294
Oitavas 328
Décimas 364
Romances 368
Romances castelhanos 390

INTRODUÇÃO

Nos recôncavos da Bahia

Manuel Botelho de Oliveira nasceu em 1636, na Bahia, e aí faleceu em 5 de janeiro de 1711, aos 75 anos de idade. Segundo Barbosa Machado, em sua *Biblioteca Lusitana*, foi seu pai Antônio Álvares Botelho, Capitão de Infantaria paga, fidalgo da Casa de Sua Majestade. Na Universidade de Coimbra, Manuel Botelho estudou Jurisprudência Cesária e mais tarde exercitou em sua pátria, "com muito crédito", a Advocacia de Causas Forenses; exerceu também o cargo de vereador do Senado e de capitão-mor de uma das comarcas (a de Jacobina). Quanto a suas obras, Barbosa Machado menciona somente a publicação, em 1705, do volume de poesias *Musica do Parnaso, dividida em quatro coros de rimas*.

Essas informações podem ser completadas com outras fontes. Como tantos filhos fidalgos, Manuel Botelho de Oliveira foi para Coimbra jovem, aos 21 anos, onde permaneceu entre janeiro de 1657 e outubro de 1665, freqüentando o curso de Direito[1]. Até o momento, desconhecem-se outros testemunhos acerca da sua estada em Portugal, bem como à época do seu retorno à Bahia. Tampouco temos notícias suas até janeiro de 1677 quando se casa, em segundas núpcias, com D. Felipa de Brito Freire, com quem teve três filhos: Francisco (falecido em 1730), Estévão (que herdou seus títulos de fidalgo da casa real e cavaleiro da Ordem de Cristo) e Maria (batizada em 1690)[2]. Segundo Manuel de Souza Pinto, Botelho de Oliveira recebeu o posto de capitão-mor das ordenanças de Jacobina, por haver emprestado 22 mil cruzados de sua fazenda para as obras da Casa da Moeda da Bahia[3]; no desempenho desse cargo, fez guerra aos mocambos (chamados no século XVIII "quilombos") do rio do Peixe e Gameleiras; Milton Marques Jr., afirma que Manuel Botelho combateu

---

1. Ver Francisco Morais, "Estudantes da Universidade de Coimbra nascidos no Brasil". *Brasilia, Revista do Instituto de Estudos Brasileiros da Faculdade de Letras da Universidade de Coimbra*, Suplemento ao v. 4, 1949, p. 26.

2. Ver Fr. Antônio de Santa Maria Jaboatão, "Catálogo genealógico das principaes famílias...". *Revista Trimensal do Instituto Histórico e Geográfico Brasileiro*, Rio de Janeiro, 1889, t. 52, parte 1, p. 112. Em nota, Jaboatão declara que no assento de núpcias consta ser Manuel Botelho de Oliveira viúvo de D. Antônia de Menezes.

3. Prefácio à segunda edição das *Obras de Manuel Botelho de Oliveira*, pela Academia Brasileira, 1929. Nele lê-se que a informação consta do *Livro das patentes do Governo, 1678-1688*, manuscrito do Arquivo do Estado da Bahia, no qual, apesar das buscas, não a localizei.

os mocambos de Papagaio, rio Pardo e Gameleira em Jacobina[4]. Finalmente, Pedro Calmon acrescenta que, "Argentário, [o poeta] aparece em vários documentos como credor de dinheiro a juros: assim no testamento de D. Francisca de Saúde (175$)". Segundo o mesmo historiador, Manuel Botelho de Oliveira "foi sepultado na Igreja do Carmo, conforme o Livro de São Pedro, manuscrito do Arcebispado da Bahia, fl. 39 com. por D. Anfrísia Santiago"[5].

O período da vida de Botelho de Oliveira mais bem documentado é aquele relativo a sua vereança na Câmara de Salvador, ou Senado da Câmara. O primeiro testemunho acerca dessa época – entre 1683 até 1710, ano anterior ao da sua morte – é um termo de posse e juramento, datado de 26 de março de 1683, para atuar como síndico da Câmara, função ocupada por advogados, com a responsabilidade de tratar "de todas as cousas em que o Senado he reo, ou autor, & tudo o mais que toca ao dito governo"[6]. É divertido saber que, apesar dos elogios de Barbosa Machado ao desempenho de Manuel Botelho na Câmara de Salvador, ele foi destituído do posto em 1692, sob a alegação de não estar cumprindo com obrigações inerentes ao cargo

---

4. *Biblos*: Enciclopédia verbo das literaturas de língua portuguesa, Lisboa/São Paulo, 1995, v. 3, p. 1270.

5. *História da literatura baiana*, São Paulo: José Olympio, 1949, 2. ed., p. 39.

6. Raphael Bluteau, *Vocabulário portuguez & latino*, Lisboa: off. Pascoal da Sylva, 1716, verb. "syndico".

— numa sessão em que, dos três vereadores que compunham a Mesa, um era o conhecido historiador Sebastião da Rocha Pita:

> Aos nove dias do mês de fevereiro de mil seiscentos e noventa e dois anos, nesta Cidade do Salvador Bahia de Todos os Santos e Paços da Câmara dela, estando aí em mesa e vereação os oficiais que o presente ano nela servem abaixo assinados, e requerendo de se ir [?] a vários requerimentos importantes esta República que necessitavam de preciso e maduro conselho do Síndico dela na forma do termo já fronte per eles assinados pera o dito minister, mandaram chamar ao Síndico que neste Senado servia, o Licenciado Manoel Botelho de Oliveira e o acharam fora desta Cidade, sem que houvesse ido em expressa licença deste Senado, por onde os tais negócios estavam perecendo a falta de duro conselho, digo, do maduro conselho, e atendendo à pouca assistência e cuidado que tal Síndico tinha e faria dos tais negócios por juntarem este tal prêmio em muitos negócios o que o dito síndico que, digo, Síndico tinha que assistir e acudir, dizendo eles por tudo em bom acerto e deferir com ele aos requerimentos e negócios de maior peso desta República, houveram por bem mandar chamar a este Senado ao Licenciado Nicolau Mendes de Oliva por ser um dos advogados mais desempedidos que com melhor acerto poderia acudir a todos [...] que necessário fosse com seu conselho aos tais negócios para o elegerem e fazerem síndico [...] (Ass.) Sebastião de Araújo e Lima, Francisco Pereira Ferraz, Sebastião da Rocha Pita. (*Atas da Câmara 1684-1700*. Documentos históricos do Arquivo Municipal. Salva-

dor: Prefeitura Municipal do Salvador – Bahia, v. 6, pp.175-6.)

No ano de 1684, Manuel Botelho de Oliveira fora eleito vereador por pelouro, cargo com duração de um ano; desempenhou também o posto de Contador da Câmara e, novamente, em 1710, por nomeação, foi indicado vereador pela Relação[7] – órgão da administração real nas províncias. Um documento interessante desse período é aquele de maio de 1697 em que, numa sessão concorrida, foram nomeados o Dr. Manuel Botelho de Oliveira e o Coronel Pedro Garcia Pimentel para, na forma da portaria do Governador (então D. João de Lancastre), estabelecerem o preço de venda do açúcar.

> Aos dezessete dias do mês de maio de mil e seiscentos e noventa e sete anos nesta Cidade do Salvador Bahia de Todos os Santos nas Casas da Câmara dela estando presentes o juiz de fora o doutor José da Costa Correia e os vereador[es] o Coronel Antônio Machado Velho e Antonio de Brito Correia e o procurador João de Brito e o síndico Antônio Correia Ximenes e o juiz do povo Francisco Pereira Almada e os misteres Manuel Álvares Correia e Manuel Ferreira da Costa e os lavradores de Cana e senhores de engenho e homens de negócio todos ao diante assinados e pelo dito juiz de fora foi preposto que eleges-

---

7. Como consta em Afonso Rui, *História da Câmara Municipal da Cidade do Salvador*, Salvador: Câmara Municipal, 1953, p. 358.

sem louvarem para efeitos de ser louvados a fazer o preço ao açúcar na forma das ordens de Sua Majestade e de uma portaria do senhor Governador e tomando os votos o dito juiz de fora comigo escrivão saíram a mais votos por parte dos Senhores de engenho e lavradores de cana o Coronel Pedro Garcia Pimental e o doutor Manuel Botelho d'Oliveira e por parte do negócio se notou com mais votos em João Barreto e João Correia Granja [...]. (*Atas da Câmara 1684-1700*. Documentos históricos do Arquivo Municipal. Salvador: Prefeitura Municipal do Salvador – Bahia, v. 6, pp. 338-9.)

Deixo para comentá-lo depois. Além dessas informações, menções de Manuel Botelho de Oliveira em suas poesias permitem tracejar algo mais de sua vida.

Pelos sonetos de número CVII e CVIII de *Lira Sacra*, cujos títulos são "À Capela da Transfiguração que fez o autor no seu engenho de Tararipe" e "À Capela que fez o autor da invocação Nossa Senhora das Brotas no seu engenho de Jacumirim", sabe-se que Botelho de Oliveira possuiu dois engenhos no Recôncavo, nos rios Tararipe e Jacumirim (afluente do Jacuípe), pertencendo assim à florescente aristocracia açucareira da Bahia da segunda metade do século XVII. A localização desses engenhos permite-nos deduzir que o senhorio de sua família deve ter se constituído nos primeiros anos de 1600, após a década próspera de 1580 para a lavoura do açúcar, quando as campanhas de Mem de Sá (1559-1560) conquistaram

Introdução

aos índios a maior parte das terras do Recôncavo em torno de Salvador (Paripe, Pirajá, Cotegipe e Matoim) e ao longo do Paraguaçu; em seguida, vieram as zonas próximas aos rios Sergipe e Subaé (posteriormente, vilas de Santo Amaro e São Francisco do Conde), cerne da região açucareira baiana. Se, nos anos de 1583-1584, havia no Recôncavo apenas 36 engenhos de açúcar, como informa Fernão Cardim, em 1629 eram já 80 e, em 1676, contavam 130 – dois dos quais os do poeta Manuel Botelho de Oliveira. Isso fazia dele, portanto, um dos ricos senhores baianos, detentores de, no mínimo, dois engenhos, e que provinham de famílias solidamente implantadas na atividade antes da crise de 1680 – quando houve uma drástica baixa no preço do açúcar (recuperado nas décadas seguintes).

Os engenhos próximos ao rio Tararipe costumavam ser pouco menores que os à beira-mar e foram estabelecidos ao longo do século XVII, à medida que a indústria açucareira adentrou o continente. Se não tão bem situados quanto os do litoral do Recôncavo, estavam às margens de rios de pequeno porte, que desaguavam ou recebiam as águas da Baía de Todos os Santos. No caso do Tararipe, o rio era navegável apenas por pequenos barcos, juntando-se afinal com o rio de Santo Amaro, que tinha a foz na baía. Costeando o Tararipe, no início do século XVIII, achavam-se doze engenhos, entre os quais "o engenho D. Hyeronimo com uma capela intitulada da Transfiguração do Senhor"[8] – a qual certamente é a mesma que fora mandada fazer, "oitavada", por Manuel Botelho, segundo o soneto 107 da *Lira Sacra*.

Quanto à capela de Nossa Senhora das Brotas, também mandada fazer por ele no seu engenho de Jacumirim, é possível que se trate daquela referida em 1757 na "Notícia sobre a Freguesia de São Pedro de Itararipe e Rio Fundo", escrita pelo vigário Manoel Lobo de Sousa. Nesta, informa-se que a freguesia foi erigida no ano de 1718, por desmembramento da de Nossa Senhora da Purificação da Vila de Santo Amaro, e possuía quinze engenhos, dos quais sete tinham capelas; dentre elas, uma de Nossa Senhora das Brotas, que dava nome ao engenho e é a única referida com esta invocação[9]. A presença dessas

---

8. Em uma "Relação da Freguesia de Nossa Senhora da Purificação de Santo Amaro do Recôncavo da Bahia", feita pelo vigário José Nogueira da Silva em 1704, o padre descreve a região, assinalando a existência dos engenhos de fabricar açúcar. Era o seguinte o procedimento para recebimento e escoamento dos produtos: "No rio de Santo Amaro, as barcas entram carregadas de lenha para as moagens dos engenhos, e saem carregadas de caixas de açúcar dos mesmos engenhos para os trapiches da Cidade. A navegação não é pela abundância das águas do mesmo rio, mas sim pelas marés que por ele entram." Manuscrito do Arquivo Público do Estado da Bahia, Guia de Seção Colonial e Provincial, Livro 609, pp. 57-8.

9. Idem, pp. 90-3. Em notícia de 1788, dos 35 engenhos arrolados na Freguesia de São Pedro do Rio Fundo, apenas nove fazem parte da Notícia da Freguesia, e já não há referência a um com nome de Nossa Senhora das Brotas. Ou terá mudado de nome, ou o engenho de Manuel Botelho então já não existia.

capelas ou ermidas era uma constante nos engenhos desde finais do século XVI, quando é notado que "quase todos os senhores de engenhos [as] têm em suas fazendas, e alguns sustentam capelão à sua custa, dando-lhes quarenta ou cinquenta mil réis cada ano, e de comer à sua mesa. E as capelas têm bem concertadas, e providas de bons ornamentos"[10].

Não é improvável que um dos engenhos existentes na ilha de Maré também houvesse pertencido à família de Manuel Botelho de Oliveira. É sabido que em todas as invasões holandesas à Bahia – em 1624, 1627, 1634, 1638, 1640 e 1648 – houve incêndio e destruição de engenhos, e a uma delas, explicitamente, refere-se Manuel Botelho, nos conhecidos versos da silva "À ilha de Maré":

> Nesta Ilha está muita ledo e mui vistoso
> Um Engenho famoso
> Que quando quis o fado antiguamente
> Era Rei dos engenhos preminente
> E quando Holanda pérfida e nociva
> O queimou, renasceu qual Fênix viva.

Em mapa de 1647 apenas indica-se um grande engenho na ilha de Maré, o de Mateus Lopes, que aliás não foi incendiado na grande ra-

---

10. "Informação da missão do P. Cristóvão Gouveia às partes do Brasil – ano de 83", in: Fernão Cardim, *Tratados da terra e gente do Brasil*, São Paulo: Itatiaia/Edusp, 1980, p. 157.

zia de 1640, quando os holandeses destruíram 27 engenhos no Recôncavo; talvez por mais bem defendidos, os engenhos da foz do Matoim e os da ilha de Maré, defronte, não aparecem com o penacho indicativo de incêndio[11]. Segundo Wanderley Pinho, esse engenho de Maré não tinha capela e pertencera a Simão Nunes de Matos, judaizante, tendo posteriormente passado para Estêvão Fernandes Moreno. A conclusão, aventada pelo próprio Pinho, é de que talvez houvesse mais de um engenho na ilha, um deles pertencente à família Botelho[12].

Além disso, Gabriel Soares de Sousa menciona que, à data da redação de sua *Notícia do Brasil*, em 1584, havia na ilha de Maré "um en-

---

11. Cf. Wanderley Pinho, *História de um engenho no Recôncavo*, São Paulo: Companhia Editora Nacional, 1982, 2. ed., pp. 120-1.

12. Idem, p. 166, n. 11: "Lembrança de Manuel Botelho de Oliveira ou de sua família é o lugar denominado *Botelho* na ilha de Maré bem em frente ao *Engenho Freguesia*. Vem em mais de uma carta geográfica do Recôncavo assinalado o lugar *Botelho*. Botelho fala de um só engenho na ilha de Maré e isso se admitiu no texto, mas há cartas geográficas que assinalam a existência de dois engenhos na referida ilha." De fato, no *Livro 1º do Governo do Brasil, 1607-1633* (Lisboa: Comissão Nacional para os Descobrimentos, 2001), na "Devaça da residencia que se tomou a Dom Frei Luiz de Sousa, governador e capitão geral que foi deste estado do Brasil" (1624), consta um "Cosmo de Saa Peixoto, morador no seu engenho de Maré, termo desta cidade", o que atesta a existência de ao menos mais um engenho na ilha, além do grande de Mateus Lopes, que, em 1624 (ver infra) ainda pertencia a Simão Nunes de Matos.

genho de açúcar que lavra com bois que é de Bartolomeu Pires, mestre de capela da Sé, aonde estão assentados de sua mão passante de vinte moradores, os quais têm aqui uma igreja de Nossa Senhora das Neves, muito bem concertada, com seu cura que administra os sacramentos a estes moradores"[13]. Este Bartolomeu Pires, sem dúvida, é o mesmo que no "Livro das Denunciações que se fizerão na Visitação do Santo Officio à Cidade do Salvador da Bahia de Todos os Santos do Estado do Brasil, no anno de 1618", aparece como tendo sido "procurador do Conselho" em cerca da 1615[14], "cristão velho natural das ilhas Terceiras, lavrador de canadaçucar, casado e morador na boca do rio de Matoim"[15]. E suponho que seja ainda o mesmo citado por Fr. Vicente do Salvador num episódio de resistência aos holandeses, em 1624, quando da primeira invasão da Bahia, em que lhes teria armado uma emboscada:

13. *Notícia do Brasil*, cap. 18. Bartolomeu Pires é referido pelo mesmo autor nos "Capítulos de Gabriel Soares contra os Padres da Companhia" (*Anais da Biblioteca Nacional*, Rio de Janeiro, 1940, v. 62, pp. 362-3), como indivíduo preso pelo governador Manuel Teles, em um suposto "caso sujo" de adultério envolvendo a esposa de Pires e o reitor do Colégio dos Jesuítas.
14. "Livro das Denunciações que se fizeram na Visitação do Santo Ofício à Cidade do Salvador da Bahia de Todos os Santos do Estado do Brasil, no ano de 1618", in: *Anais da Biblioteca Nacional*, Rio de Janeiro, 1927, v. 49, denunciação de Henrique Moniz Barreto, p. 118.
15. Idem, denunciação de Melchior Gonçalves Barreto, p. 105.

como fez Bartolomeu Pires, morador na boca do rio de Matuim. O qual, vendo que de um patacho que ali se pôs saíam os holandeses às vezes ao engenho de Simão Nunes de Matos, que está defronte na ilha de Maré, a comer com o feitor, porque seu dono não estava aí, se foi meter com eles e os convidou para uma merenda no dia seguinte, avisando a Antônio Cardoso de Barros lhe mandasse gente pera o ajudar, como mandou, e a pôs em cilada da outra parte do engenho. E, mortas as galinhas, postas a assar pera mais dissimulação, tanto que os teve juntos deu sinal aos da emboscada, os quais saíram e mataram alguns. (Fr. Vicente do Salvador, *História do Brasil, 1500-1627*, L.V, cap. 27.)

A capela de Nossa Senhora das Neves na ilha de Maré também é destacada por Manuel Botelho de Oliveira logo a seguir à menção ao engenho, no mesmo poema: *Aqui se fabricaram três Capelas / Ditosamente belas / Ũa se esmera em fortaleza tanta, / Que de abóbada forte se levanta; / Da Senhora das Neves se apelida* – em provável alusão a combates com os holandeses, nos quais mais de uma vez construções da ilha de Maré desempenharam importante papel defensivo para as terras interiores do Recôncavo.

Quanto aos cargos no Senado da Câmara que Manuel Botelho de Oliveira desempenhou, em nada destoam dessa sua atividade de rico senhor de engenho; pelo contrário, tanto quanto a profissão das armas, a atividade política era dever e privilégio de senhores de engenho, embora interesses particulares comprometessem a atividade pública, como alude a ata da Câmara de fevereiro de 1692 transcrita. Mas a atuação dos proprietários também podia ser posta a serviço da melhoria dos meios de produção. Ainda antes de pertencer ao quadro da Câmara, em 1680, encontramos registro, em ata, do exame feito por vários senhores de engenho, entre os quais Manuel Botelho de Oliveira, a um certo Bento Rodrigues de Figueroa, o qual inventara uma moenda de cavalos que podia moer canas com somente dois animais, quando então se moía com quatro. É de saber que o invento, julgado utilíssimo, recebeu da Câmara o privilégio pedido[16].

Entre as décadas de 1680 e 1730, aliás, metade dos vereadores da Câmara de Salvador era constituída por senhores de engenho[17]. Manuel Botelho de Oliveira cumpriu o percurso habitual da maior parte deles: após um bacharelado em Leis na Universidade de Coimbra, foi designado para cargos de comando em campanhas militares, até receber indicação para desempenhar um cargo político-administrativo. Nesta condição, participou dos principais acontecimentos econômico-sociais da colônia no século XVII, nos

---

16. Ver "Termo de resolução da Câmara", de 19 de outubro de 1680, Arquivo Histórico da Prefeitura do Salvador, *Atas da Câmara*, n. 17, fl. 385v, apud Wanderley Pinho, op. cit., p. 248, n. 23.

17. Cf. Stuart Schwartz, *Segredos internos. Engenhos e escravos na sociedade colonial*, São Paulo: Companhia das Letras, 1999, p. 233.

quais a Câmara defende sempre os interesses dos fazendeiros de cana-de-açúcar e senhores de engenho, os quais, por sua vez, instantemente exigem da metrópole reconhecimento por se considerarem responsáveis pela riqueza não só da Bahia e do Brasil, mas do império português todo.

Em meados do século XVII, evaporados os fumos do Oriente, solapados pela incapacidade da coroa portuguesa em manter as feitorias espalhadas por regiões tão vastas como Brasil, Guiné, Costa da Mina, Angola, Moçambique, Sofala, Diu, Damão, Goa, Macau e outras, às quais holandeses e ingleses, já conhecidos os caminhos marítimos, chegavam e pirateavam com facilidade, Portugal, efetivamente, deposita suas esperanças de riqueza no Brasil, que se situa a apenas cinqüenta dias de distância – ao passo que a Índia distava cerca de cinco meses – e onde uma agricultura de bens de raiz movimenta todo o Atlântico, por meio de intensas trocas de farinha de mandioca, tabaco e escravos como carros-chefes. É comum, em demasia, chegarem à Bahia naus da Índia com apenas parte da carga ocupada (ou, quando atacadas por piratas, com nada), preenchendo o restante com produtos do Brasil, daí levados para o reino:

> Da Índia tivemos nau com cinco meses de viagem e mais de cem homens mortos, livrando-a Deus tão mal guarnecida de encontrar os corsários, que não cessam de infestar esta costa, e fizeram naufragar nela miseravelmente e sem socorro um navio, que em distância de duas lé-

guas tinha saído deste porto carregado para as ilhas. As novas que trouxe a dita nau foram de ser morto o governador, e também o que lhe sucedeu [...] e que não há cem portugueses em Goa. Dizem aqui que vem carregada de pedraria, porque não trouxe mais que pedras, em lugar das quais levará setecentas caixas de açúcar, e irá descarregar na alfândega à vista da pobre Casa de Índia. (Antônio Vieira, carta a Diogo Marchão Temudo, 29 jun. 1691, in: *Cartas*, t. III, pp. 630-1.)

Este é o drama do império português no Seiscentos, que levou ao transplante oficial de drogas orientais para o Brasil[18], à criação da Companhia das Índias Ocidentais e à construção de um estaleiro na Bahia para viabilizar a manutenção do comércio da África e do Oriente[19]. A este

---

18. Cf. a carta de Vieira de junho de 1683 a Roque da Costa Barreto, governador do Brasil entre 1678 e 1682, escrita do colégio da Bahia: "temos hoje nele quatro plantas de canela bem arreigadas, e a que V. Sa. deixou, tão crescida em ambos os troncos, que já se pode chamar árvore. De pimenta há dez ou doze que já vão trepando pelas estacas a que se arrimam, mas ainda não dão sinal de fruto" (in: *Cartas*, coord. e anot. por J. Lúcio de Azevedo, 2. ed., Lisboa: IN-CM, 1997, t. III, p. 480).

19. Segundo José Roberto do A. Lapa, (*A Bahia e a carreira da Índia* (Campinas: Hucitec/Unicamp, 2000, p. 51): "por ordem de Tomé de Sousa e em cumprimento ao que disciplinava o seu Regimento, instala-se em Salvador, oficialmente, à volta de 1550, a empresa de conserto e fabricação de embarcações"; todavia, somente a partir de 1656, com a construção do galeão *Nossa Senhora do Pópulo*, há notícia de navios feitos no arsenal baiano.

estaleiro arribam naus avariadas, espedaçadas, empestadas, que, oriundas de Goa, apenas em casos de extrema necessidade escalam no porto insalubre de Moçambique e, passado o Cabo, dificilmente chegam a Lisboa sem atracar em Salvador – seja para se abastecerem de água e víveres, seja para reporem baixas da tripulação, seja, até, para contrabandearem, ou, mais avançado o século, como acabamos de ver, completarem a carga com açúcar, de modo a tornarem lucrativa a custosa viagem. Em certas rotas, as naus em torna-viagem da Índia ainda armazenam, do porto de Salvador, mandioca e tabaco, que são comercializados em Angola e na Costa da Mina. Em princípios do século XVIII, não é raro que naus do reino em direção à Índia também estanciem em Salvador para receber tabaco, o qual é consumido na distante Macau. O fato é que, desde meados do Seiscentos, o Brasil é o grande produtor de bens do Império, proporcionados pela economia açucareira: "quem diz Brasil, diz açúcar, pois o açúcar é a cabeça deste corpo místico que é o Estado do Brasil"[20]. Inversamente, perdido o Brasil, perde-se Angola, o Oriente já quase todo perdido:

> Mas Senhor, pedimos prostrados aos Reais Pés de Vossa Majestade mande consultar por seu Conselho algum remédio para que se não perca de todo este Estado e o de Angola, nem os inte-

---

20. Carta dos senhores e lavradores de cana de 20 de junho de 1662, apud S. Schwartz, op. cit., p. 258.

resses desse Reino e de Vossa Majestade tão importantes destas duas Conquistas; porque cessando o cabo dos frutos do Brasil há de perder-se também o negócio dos escravos de Angola, isto é claro. (*Cartas do Senado*, carta de 12-8-1687, v. 3, p. 49.)[21]

Conforme a comum metáfora da época, o sangue desses involuntários súditos da República católica é o que escorre das canas para as caixas de açúcar levadas anualmente pelas frotas. Entendendo-se Portugal como um corpo vasto com membros separados, porém bem coordenados a partir da metrópole, tendo como partes principais Brasil, Angola e Índia, desde a segunda metade do século XVII, com as constantes ameaças de espanhóis, holandeses e ingleses, a parte constituída pelo território do Brasil surge como a mais apta a sediar a cabeça do gigante colonial. Conselhos favoráveis à transferência da Corte para o Brasil são dados a D. João IV e à sua viúva, rainha D. Luísa de Gus-

---

21. Cf. em *Música do Parnasso* as estrofes do romance VIII das rimas castelhanas "A Dom João de Lancastro, dando-lhe as graças a cidade da Bahia por trazer a ordem de Sua Majestade para a Casa da Moeda, que de antes tinha prometido": *Si el dinero de los hombres / Sangre se suele llamar, / También les dais nueva vida / Cuando la sangre les dais. // Ao Mercader que en su trato / Peligra más su caudal, / Le dais cambios más seguros / Contra los riesgos del mar. // Los molinos del azúcar / Con tanta ventaja, ya / No serán vasos de miel, / Que vasos de oro serán. // Portugal, y nuestro Estado / No sé cuál os debe más, / Aquél os debe la gloria, / Este, la felicidad.*

mão[22], os quais tiveram sempre em mente esse "plano B" de sobrevivência da monarquia; reapresentado por D. Luís da Cunha ao rei D. José, em meados do Setecentos[23], foi finalmente posto em prática em 1808, com a vinda da família real para o Rio de Janeiro.

O dinheiro do açúcar

A atuação de Manuel Botelho de Oliveira no episódio da fixação de preços anteriormente citado deve ser compreendida neste quadro da economia no século XVII, para cuja política de preços a Câmara municipal desempenhou importante papel, com funções de controle e remuneração, representando os interesses dos produtores de açúcar, cujo preço dependia das oscilações na demanda européia e da oferta das Antilhas. O problema tornou-se agudo na década de 1670, como foi dito, quando Inglaterra, França e Holanda se assenhoraram da produção açucareira na Caraíbas e no Oriente, e os estoques de açúcar brasileiro passaram a se acumular em Lisboa. A partir de 1675, a Coroa reduziu seus preços, a fim de torná-los competitivos, o

---

22. Cf. António Vieira, carta CCLII A Francisco de Brito Freire, de 24 de junho de 1691, e CCCI à Rainha D. Luísa, de 28 de novembro de 1659, op. cit., t. III, pp. 628 e 743.

23. Cf. Luís Norton, *A corte de Portugal no Brasil*, São Paulo: Companhia Editora Nacional/INL-MEC, 1979, col. Brasiliana, p. 4.

que levou a uma crise no Brasil, pela descapitalização geral. À Câmara de Salvador coube intermediar a relação entre os produtores, os comerciantes e os interesses da metrópole; ou melhor, argumentar, entre uns e outros, quais os que se coadunavam com os da Coroa, já que os interesses desta estavam acima dos de todos, e todos procuravam mostrar que os seus eram os dela própria.

Segundo Stuart Schwartz, já em 1626 a Câmara fora encarregada de fixar o valor dos fretes e o preço do açúcar, prática que prosseguiu durante o século, mesmo após a formação da Companhia Geral do Estado do Brasil. Os comerciantes concediam crédito para os senhores de engenho e os lavradores adquirirem cobre, ferro e outros artigos necessários para a produção, tomando a safra seguinte como caução, mas subestimando seu valor[24]: no ano seguinte, os comerciantes propunham a compra do açúcar por um preço cinqüenta por cento abaixo do real, enquanto os senhores, alegando o alto custo dos escravos e outros gastos, freqüentemente estipulavam outro, trinta por cento acima. Na ocasião intervinha a Câmara, com a chamada "convença das partes". Os comerciantes de um lado e os senhores de engenho de outro elegiam seus árbitros, denominados "louvados", que negociavam os preços das várias qualidades de açúcar. Foi o que aconteceu naquele ano de 1697 (e em vários ocasiões no século XVIII), quando

---

24. Stuart Schwartz, op. cit., p. 173.

Manuel Botelho de Oliveira representou os lavradores de cana e senhores de engenho. Se as partes não chegavam a um acordo, dois juízes da Relação atuavam como árbitros decisivos, e, se ainda assim não conseguissem decidir o assunto, a média das três propostas deveria ser adotada. Após essa decisão, a Câmara ratificava o acordo e o preço tornava-se obrigatório para as partes envolvidas.

A inserção plena de Manuel Botelho de Oliveira na vida econômica, política e administrativa da Cidade do Salvador e do Recôncavo baiano – capital da América portuguesa e encruzilhada entre o Oriente, África e Europa – esclarece o caráter panegírico de mais de uma dezena de composições de *Música do Parnasso*, pertencentes aos coros dos vários assuntos não amorosos, em todas as quatro línguas do livro. Por exemplo, no que diz respeito a representantes reais no Brasil, os sonetos dedicados a D. Jerônimo de Sá e Cunha, desembargador do Tribunal da Relação, ao capitão Luís de Sousa Freire (sobrinho do governador Alexandre de Sousa Freire) e aos governadores Afonso Furtado Rios e Mendonça, D. João de Lancastre (e seu filho, D. Rodrigo), D. Antônio Luís Gonçalves da Câmara Coutinho, D. Francisco de Sousa, D. Rodrigo da Costa, D. Antônio Teles da Silva etc. ou aqueles oferecidos a personagens da corte, como à rainha Maria Sofia Isabel, por ocasião da sua morte, ao nascimento do príncipe, futuro rei D. João V, às vitórias do Marquês de Marialva contra os espanhóis etc. e, finalmente, no que se refere a personalidades de destaque na Soterópolis, os sonetos dirigidos a Fr. José, da Ordem dos Carmelitas Descalços (ordem que desde sua fundação no Brasil, em 1665, se tornou benquista dos "homens bons" da terra[25]), ao Padre Antônio Vieira e a seu irmão Bernardo Vieira Ravasco, ao jesuíta astrônomo Valentim Estancel, e ao belo e inescrupuloso João Correia de Sá, entre outros. Menos do que refletirem o desejo do poeta brasileiro em se alçar ao convívio dos metropolitanos, em uma adulação que extravasa o limite discreto do panegírico, esses poemas demonstram sua convivência com a elite reinol, dela fazendo parte não só como proprietário de engenhos e membro da governação da terra, tanto na sua vertente militar como legislativa, mas ainda como seu vate, produtor de artefatos poéticos e provedor de instituições do Estado e religiosas.

Isso se evidencia nos poemas relacionados ao ouro e à sua principal concretização na Bahia

---

25. Os religiosos do Carmo chegaram ao Brasil em 1665 e desde 1673 têm missões e engenhos no Recôncavo. Sua igreja e convento foram inaugurados em 1692, com a contribuição das "grandiosas esmolas" dadas pelos moradores da cidade e seu recôncavo, diz Sebastião da Rocha Pita (*História da América portuguesa*, L.VI, §§ 16-9). As terras onde construíram o convento de Santa Teresa (hoje, Museu de Arte Sacra da Universidade Federal da Bahia) foram doadas por Bernardo Vieira Ravasco aos carmelitas; logo, sua igreja se tornou a predileta dos moradores da freguesia de São Pedro, entre os quais o próprio Sebastião da Rocha Pita; também Gregório de Matos, homiziado, aí se recolheu em certa ocasião.

seiscentista: o estabelecimento da Casa da Moeda do Brasil. No primeiro coro das rimas portuguesas são exemplos a canção V "Ao ouro", e o romance "Ao governador Antônio Luís Gonçalves da Câmara Coutinho, em agradecimento da carta, que escreveu a Sua Majestade pela falta da moeda do Brasil"[26]; no segundo coro das rimas castelhanas, o romance VIII, "A Dom João de Lancastro, dando-lhe as graças a cidade da Bahia por trazer a ordem de Sua Majestade para a Casa da Moeda, que de antes tinha prometido", já mencionado. Essas alusões poéticas mal deixam supor a importância da falta da moeda no Brasil da segunda metade do Seiscentos, assunto que comparece reiteradas vezes nas Atas da Câmara, nas Cartas do Senado, nas Cartas Régias, em cartas particulares e em poemas – satíricos, como os de Gregório de Matos, ou não, como os de Botelho de Oliveira.

Resumindo a história, a escassez da moeda do Brasil é parte daquela que sofre a própria metrópole no século XVII, que desde o século anterior dependia do fornecimento espanhol da prata americana. No Brasil, o acesso à prata

---

26. Esta carta, ou Representação, cujo original encontra-se no British Museum, é datada de 4 de julho de 1691 e foi publicada nos *Anais da Biblioteca Nacional* (1935, v. 57, p. 151). Possivelmente, foi escrita pelo governador com a colaboração do padre Antônio Vieira, cuja carta a Roque da Costa Barreto, de 1º de julho do mesmo ano, apresenta passagens assaz semelhantes, conforme notou Pedro Calmon, em sua *História do Brasil* (São Paulo: Companhia Editora Nacional, 1941, v. II, p. 425).

era conseguido por contrabando com Buenos Aires e estancou por volta de 1640, com a separação das duas coroas ibéricas. Desde então, os governantes do Brasil apresentavam "petições para que a moeda circulante do Brasil fosse desvalorizada, de modo a impedir seu fluxo para Portugal, ou, se isso não funcionasse, que se procedesse à cunhagem de moeda brasileira própria"[27]. A triste década de 1670 intensificou a escassez monetária no Brasil de forma aguda. Entre 1686 e 1688, Portugal desvalorizou a moeda em vinte por cento, visando a deter sua saída do Império, o que atraiu à Europa a moeda brasileira existente e empobreceu ainda mais a colônia, que convivia então com uma severa epidemia de febre amarela (entre 1686 e 1691), a qual dizimou a população escrava e arruinou diversos senhores de engenho. Endividados, estes procuravam manter seus meios de produção, embora perdidos os frutos dela. Após contínuas insistências, finalmente, por lei de março de 1694, o rei criou a moeda provincial, com valor dez por cento superior à de Portugal, de modo que a diferença entre ambas as moedas desencorajasse sua saída da província; no ano seguinte, proibiu-se que circulasse no Brasil o dinheiro feito para o reino.

A Casa da Moeda, instalada neste ano junto à Casa da Relação, em Salvador, passou a amoedar a prata e o ouro. Coube a D. João de Lencastre, sucessor de Câmara Coutinho, que se

---

27. Stuart Schwartz, op. cit., pp. 178 ss.

empenhara pela criação da moeda provincial, presidir à abertura da oficina de moedagem. Neste momento, as expedições patrocinadas pelo Governo haviam conduzido às descobertas auríferas em Minas Gerais, entre 1693 e 1695. Mas aquilo que parecia a riqueza do Império, e o foi em parte para Portugal, mostrou-se ilusória para a produção: os senhores de engenho protestaram que o ouro era desviado diretamente dos mineiros para os comerciantes e traficantes, sem beneficiar a agricultura; pelo contrário, acarretava um afluxo de escravos para as minas, o que elevava em muito seu preço, tornando-o impeditivo para os lavradores e senhores de engenho já de antes combalidos. Depois de se deslocar para o Rio de Janeiro e Pernambuco, a Casa da Moeda voltou a se instalar no Rio, porém não mais para fabricar a moeda provincial, e sim para moedar dinheiro para a metrópole, com o ouro fornecido em abundância pelas "minas gerais". Estamos em 1703 e o sangue doce da cana-de-açúcar é substituído pelas veias auríferas das jazidas mineiras.

Talvez seja dessa época a canção "Ao ouro"[28]. A princípio, em clara *imitatio* da fala do Velho

---

28. Em *Música do Parnasso* é possível datar com facilidade como sendo do ano de 1699 os poemas à morte da rainha Isabel Sofia, e de 1700, o relativo a D. Rodrigo de Lancastre etc. O mais recente deve ser o romance IX, que encerra o segundo coro das rimas castelhanas, sobre a vinda para o Brasil do governador D. Rodrigo da Costa em 1702, haja vista que as licenças para a impressão da obra são dadas em julho de 1703.

do Restelo, no canto III dos *Lusíadas*, afirma ser o ouro semelhante à morte, na palidez por agravo nos subornos; no sustento dos impérios (*Tem império nos Reis, é Rei de Impérios*), na corrupção da justiça na última das idades da humanidade, a de ferro; profanador, causador de guerras, comprador de paz, que se esconde em veios onde corre a ambição e a cobiça – sintetizando, no rol dos males humanos, *Rigor, guerra, cobiça, morte, engano*. No fim, o poema conclui pelo louvor, não do ouro material, doador de ódios e matéria para poemas épicos, mas do ouro metafórico, loura beleza a ser cantada em poemas líricos: *Canção, suspende já de Euterpe o metro, / Que em Fílis tens para cantar no Pindo / De seu cabelo de ouro, ouro mais lindo*.

Merece referência a tríade de poemas dedicados a D. João de Lancastre, considerado dos mais eficientes governantes coloniais, aquele que melhor soube compreender e estimular a riqueza da colônia, avaliando-a como bem da metrópole, mérito que todos lhe admitem na administração das diversas partes do Império. Inclusive, ao término do seu governo em Angola, D. João de Lancastre pára na Bahia, em 1692, e a Câmara da cidade pede a el-rei que lhe transmita o governo do Brasil, por seus "altos procedimentos", de que todos tinham lisonjeira notícia – pedido excepcional que foi satisfeito com um governo de dois mandatos, período feliz em vários aspectos. D. João é poupado até do satírico Gregório de Matos, cujos poemas, conta-se, o governador mandou coletar, dispondo um caderno aberto na entrada do Paço da Relação, onde, quem os conhecesse, podia deixar redigida uma cópia. Os sonetos XVIII e XIX de *Música do Parnasso* elogiam um dos aspectos virtuosos do caráter de D. João de Lancastre: sua celebrada devoção. O soneto XVIII, conforme o título didascálico, é sugerido pelo salvamento de uma imagem da Virgem ameaçada por um incêndio, que D. João teria evitado se queimasse; e o XIX, pelo fato de o governador levar em procissão, carregando ele mesmo, outra imagem de Nossa Senhora, em cujas mãos (informa Fr. Agostinho de Santa Maria) depôs seu bastão régio. Nesses poemas, Manuel Botelho faz reconhecimento da fé visível do governante, obediente a uma Igreja católica que exige dos fiéis expor sua interioridade em atos devocionários[29]. A reverência às imagens é exibição da alma que excele em atos virtuosos, atos que os poemas não deixam de notar serem retribuídos, visivelmente também, com o benefício de ações milagrosas. *Pagando a Virgem vossa fé ditosa, / Vendo-vos perigar no mar irado, / Vos livra agradecida, e generosa*. O soneto XX torna manifesto outro aspecto elogiável do virtuoso ânimo do governador: aquele pelo qual antepõe os deveres da pátria aos do sangue. Neste caso, Bote-

---

29. Há de se ler, para esta questão e demais tocadas nesta introdução, ao alentado estudo de João Adolfo Hansen, *A sátira e o engenho. Gregório de Matos e a Bahia do século XVII*, 2. ed., Campinas: Ateliê/Unicamp, 2004, esp. cap. II, "A murmuração do corpo místico".

lho de Oliveira toma por ocasião um memorável episódio da história soteropolitana, em novembro de 1700, quando D. João de Lancastre deliberou o envio de socorro à Índia para restaurar Mombaça, na Etiópia, perdida aos árabes. Para tanto, recebeu o aval da Câmara de Salvador que (de bom, ou de mau grado, não sei) assumiu para si toda a despesa da expedição. À nau *Sereia*, que vinha do reino para esse fim, D. João fez juntar a nau *Nossa Senhora de Betancourt*, fabricada no estaleiro da Bahia, e proveu seu filho D. Rodrigo de Lancastre no posto de segundo capitão-tenente, de modo a incentivar o alistamento dos filhos nobres da terra — o que ocorreu com êxito diante do inusitado exemplo dado pela autoridade. É essa situação que o soneto de Botelho de Oliveira publica, alardeando a generosidade do governador em ofertar seu filho às inconstâncias do mar e da guerra, em benefício da monarquia: *Pois em vós* [...] / *É mais forte que o filho a Pátria nobre, / Mais o afeto leal, que a natureza*. Omite o poeta, por certo, que todo esse esforço em prol da manutenção da praça indiana foi em vão, numa seqüência de funestos acontecimentos que principiaram com o incêndio da nau *Sereia*, "vagando sobre as ondas por toda a enseada da Bahia ardendo em chamas aquele marítimo tronco ou Etna portátil [...] até que de todo abrasou"[30] e o naufrágio do patacho *Santa Escolástica*, armado para substituí-la, na saída da Barra de Santo

---

30. Sebastião da Rocha Pita, op. cit., L. VIII, § 76.

Antônio, quando morreram muitos quase à vista do povo reunido em Salvador – "saindo muitos corpos mortos pelas praias, porque o repentino naufrágio não previsto lhes não dera tempo para prevenirem os meios de se salvarem"[31]. Já o *Nossa Senhora de Betancourt*, orgulho da carpintaria baiana, feito para durar longos anos, depois da feliz viagem até Goa, aí afundou meses mais tarde por lhe terem deixado abertas as escotilhas numa noite de temporal... Naufrágios do Império que afundava.

A lírica música

A maior parte dos poemas de *Música do Parnasso*, porém, compõe aquele que se pode chamar "cancioneiro de Anarda" e, do mesmo modo que os poemas religiosos de *Lira Sacra*, inscrevem-se numa manifesta estrutura lírica. A lírica se destina, como norma, a cantar seja a beleza, o bem amoroso, a amada, seja os homens virtuosos cujos feitos são dignos de se guardar na memória. A razão é horaciana: é da Musa lírica celebrar os deuses e os vitoriosos, bem como as preocupações e despreocupações juvenis[32]. Essa é a razão por que, mesmo nos poemas que

---

31. Ibidem, § 77.
32. Cf. Horácio, *Ars Poetica*, vv. 83-5: "Musa dedit fidibus divos puerosque deorum et pugilem uictorem et equum certamine primum et iuvenum curas et libera uina referre."

tratam de personagens que realizam feitos políticos ou guerreiros, como o "Panegírico ao Excelentíssimo senhor Marquês de Marialva, Conde de Cantanhede, no tempo que governava as armas de Portugal", ou a canção II, "A Luís de Sousa Freire, entrando de Capitão de Infantaria nesta praça no tempo em que era governador do Estado do Brasil Alexandre de Sousa Freire", o tom se mantém panegírico, sem grandiloqüências bélicas. E mesmo esses poemas são exceções, numa obra como *Música do Parnasso*, em que a maior parte trata de eventos corriqueiros e insignificantes em relação a um *éthos* épico, ou trágico. A "banalidade" do assunto é programática, em poesia que, epidítica, tem na exibição da agudeza do poeta uma das principais fontes do deleite lírico. Ao se percorrer os títulos de qualquer um dos coros, vê-se vê um extenso rol de circunstâncias tipificadas, nas quais o engenho do poeta amplifica a matéria poética com adornos líricos, isto é, com figuras que mostram com suavidade e brandura as ocasiões: "Iras de Anarda castigadas", "Rigores de Anarda na ocasião de um temporal", "Não podendo ver a Anarda pelo estorvo de ũa planta", "Anarda temerosa de um raio", "Cabelo preso de Anarda" etc. E todas essas situações são cantadas por meio de formas poéticas de reduzidas dimensões, convenientes à graça lírica: sonetos, madrigais, décimas, redondilhas, romances, oitavas, canções, epigramas.

    A constituição lírica que enforma essas obras, *Música do Parnasso* e *Lira Sacra*, é enfatizada pelos prólogos de ambas as obras, que se enraízam na caracterização do gênero, mostrando a vinculação, enaltecedora, do lírico com a arte da música. Este principal aspecto da poesia de Manuel Botelho de Oliveira dever ser destacado, tendo em mente que a poesia lírica e a música tomam-se, uma à outra, como referências imitativas desde os antigos retores – Plutarco, Dionísio de Halicarnasso e Quintiliano, por exemplo – e que desde fins do século XVI, no que diz respeito às preceptivas poéticas, os autores estabelecem a filiação do gênero poético em questão, o lírico, com o respectivo instrumento musical: "la lírica tomó nombre de instrume[n]to músico"[33]. Não qualquer música, claro, mas aquela que se converte em hinos aos deuses, tocada pela lira do deus Apolo, que não pela flauta rude e pastoril do homem Mársias, ou do embriagado deus lascivo Dioniso.

Já no que diz respeito a escritos sobre música, desde por volta de 1570 ela é percebida como tendo por objeto de imitação o "instrumento da voz humana". A noção subjacente é que a voz, além de dar forma aos conceitos que se representam ao intelecto, é capaz de enformar o *canto*, mimese da expiração natural dos afetos e modo do dizer, assim, superior, por capaz de carregar em sua estrutura sonora os variados afetos da alma[34]. Inclusive, durante o século XVII,

---

33. López Pinciano, *Philosophia antigua poética*, Madrid: Thomas Iunti, 1596, p. 425.
34. Cf. Ibaney Chasin, *O canto dos afetos*, São Paulo: Perspectiva, 2004, pp. 33-4.

tinham-se por gêneros musicais mais elevados os em que a música estava adjunta a um texto, de igualmente elevado conceito: proveniente de uma épica, de um soneto, ou, em maior grau, de uma passagem bíblica[35]. Daí que seja o canto, isto é, a palavra musicada, compreendido como um modo de dizer aperfeiçoado[36], e formas poéticas como a cantata, o madrigal, a canção, as reconhecidas como mais adequadas para, em associação com a música, demonstrar e provocar os afetos – *movere* –, ofício maior de qualquer discurso ou poema. Principalmente, pensa-se que essa palavra musicada corresponde à palavra cantada da mais elevada poesia grega, a da antiga tragédia, uma vez que se supõe ter sido a tragédia proferida com acompanhamento musical e por meio de vozes cantadas, não discursivas, seja nas falas do coro, seja nas dos demais personagens. A ópera não tarda.

Quanto às várias relações lembradas pelos preceptistas entre a palavra poética e a palavra cantada, como são do domínio da arte da música, não cabem ser desenvolvidas aqui[37]. O desempenho rítmico e tonal da oralidade, todavia,

---

35. Agradeço à estudiosa Mônica Lucas este e muitos dos comentos aqui expostos acerca de poética musical.

36. Ibaney Chasin, op. cit., p. 106.

37. Na *Poética*, Aristóteles é célere em afirmar que a pronunciação por meio de palavras faladas (da arte do ator), a música ou melopéia e a cenografia (da arte da representação), alheias à essência da imitação poética (ação, caracteres e pensamentos), também são alheias à poesia; cf. esp. caps. VI e XIX.

não foi desconhecido das preceptivas retóricas gregas e latinas, apesar do menosprezo a ele devotado pela matriz aristotélica da *Retórica*. Entre os manuais gregos, o *Peri synthéseos onomaton* (*De compositione verborum* ou "Sobre as palavras em composição") de Dionísio de Halicarnasso, partindo do pressuposto de que há colocações de palavras mais prazerosas e belas do que outras, segundo o ritmo, a melodia, a variação e (compreendendo as três) a adequação, procura estabelecer quais reuniões de palavras são mais doces, eufônicas, graciosas e sedutoras ao ouvido – "nisto semelhante à vista que, quando contempla imagens, pinturas, esculturas etc., se logra captar a alegria e beleza que há nelas, sente-se satisfeita e não deseja mais"[38]. A partir da combinatória daqueles três elementos, Dionísio preceitua a harmonia dos estilos que formam: austero ou severo (αὐστηράν), elegante ou florido (γλαφυράν ἢ ἀνθηράν), e mediano ou equilibrado (εὔκατον). Seja a poesia épica, lírica ou trágica, seja a oratória, a filosofia ou a história, todas apresentam exemplos de cada um desses estilos, evidenciados na proferição. Só como exemplo, na lírica grega, segundo Dionísio, Píndaro é austero; Safo, Anacreonte e Simônides são elegantes; Estesícoro e Alceu, medianos. Seus poemas, à semelhança do que ocorre com os discursos em prosa, atingem de forma diversa os ouvintes, os quais, embora ignorando a arte

---

38. *Sectio* 10, §§ 8-11.

da música, sempre dispõem de uma faculdade natural para identificar, em qualquer um dos estilos, a dissonância ou a consonância das composições. E Dionísio sublinha que a comparação com a música não é estranha à preceituação retórica:

> a oratória política é uma música que se diferencia da cantada e da instrumental pela quantidade, não pela qualidade; também nesta, na oratória, o discurso possui melodia, ritmo, variação e adequação, de modo que nela o ouvido se deleita igualmente com as melodias, é arrastado pelos ritmos, o enamoram as variações, anela, enfim, tudo o que lhe resulta intimamente conatural. ("Sobre as palavras em composição", sec. 11.)[39]

---

39. Dionísio de Halicarnasso não é desconhecido na península Ibérica do Seiscentos. A primeira edição, aldina, de "Sobre as palavras em composição" é de 1508, incluída no v. I dos *Rhetores Graeci*. Em 1547 as obras retóricas de Dionísio ganham uma edição independente e, em 1586, é editada sua obra completa. O famoso Castelvetro, além do conhecido comentário à *Poética*, também comentou o *De compositione verborum*, opondo Dionísio a Aristóteles. Há referências a Dionísio na *Retórica Eclesiástica* de Fr. Luis de Granada, em *Los nombres de Cristo* de Fr. Luis de León, nas *Anotaciones* de Fernando de Herrera, e na *Carta a Góngora en censura de sus poesías*, de Pedro de Valencia, entre outros. Podem ser consultadas as seguintes edições modernas: "La composición literaria", in: *Tres ensayos de crítica literária*, Madrid: Alianza, 1992; e "On Literary Composition", in: *Critical essays*, Harvard University Press, 1985, Loeb Classical Library, v. II.

Nas retóricas latinas, os aspectos rítmicos e melódicos da dicção tiveram cabida na parte denominada *pronuntiatio* ou *actio*. Quintiliano dedica-lhe parte de um capítulo, o terceiro do Livro XI, fundamental nos séculos XVI e XVII para os paralelos entre a declamação oratória e a música. Aí, após comparar a força e amplitude da voz às das notas saídas dos instrumentos de sopro, e a agudeza ou gravidade dos tons vocais aos da tensão dos instrumentos de corda, Quintiliano censura o pior de todos os vícios do orador quanto à pronunciação:

> de todos os defeitos, não há um que eu tolere com menos paciência do que aquele que hoje reina nas tribunas e nas escolas, isto é, a modo de cantoria. [...] Pois, que de mais indigno de um orador que essa modulação teatral e às vezes parecida ao canto louco de bêbados e convivas debochados? [...] Mas, irá alguém me objetar: Cícero não diz que *há na pronunciação uma espécie de canto obscuro?* e, este canto, não tem uma causa natural?

à qual interrogação Quintiliano apressa-se a responder que a espécie de canto obscuro da voz referida por Cícero é aquela pela qual a voz se conforma com o movimento da alma, originando a pronunciação apta: plena e pura na alegria; elevada e tensa no luto; áspera e densa na cólera etc. O próprio Cícero tinha aberto o caminho ao propor que "a natureza ensinou a todo movimento da alma seu vulto, som e gesto próprios; [...] As vozes, de fato, respondem como as cordas de um instrumento a cada toque, produzindo sons agudos, graves, acelerados, lentos, fortes e débeis"[40]. Todas essas são modulações de uma voz que se concebe como subordinada naturalmente aos conceitos da alma e seus correlativos afetos ("a voz é signo da alma e comporta todas as variações dela", diz Quintiliano[41]), como supõem as proposições aristotélicas acerca da linguagem, que desconhecem a substancialidade das palavras, restringindo-as a veículo entre coisas e pensamentos[42].

Inclusive, continuando homologias da poética aristotélica acerca das artes pictórica e poética, Cícero sugere que, se o desenho da pintura é equivalente ao pensamento da poesia, tanto quanto as cores o são a seus afetos e caracteres, os tons da palavra cantada, então, podem perfeitamente ser análogos às cores e aos afetos, do mesmo modo que sua significação o é aos desenhos e pensamentos:

---

40. *De oratore*, III, § 57: "omnis enim motus animi suum quendam a natura habet voltum et sonum et gestum; [...] Nam voces ut chordae sunt intentae, quae ad quemque tactum respondeant, acuta, gravis, cita, tarda, magna, parva".

41. *Instituições Oratórias*, Livro XI, cap. 3, sec. 63: "[vox] est enim mentis index, ac totidem, quot illa, mutationes habet".

42 Cf. Aristóteles, *Da interpretação*, 16a: "as palavras faladas não são as mesmas em toda a parte, ainda que as afecções da alma de que as palavras são signos primeiros sejam idênticas, como são idênticas as coisas de que as afecções são imagens".

Desses derivam outros tons, como o doce, o áspero, o contraído, o difuso, o sustentado, o interrompido, o roto, o estridente, o decrescente, o crescente obtidos com a modulação do volume da voz. Não há nenhum desses gêneros que não seja regulado pela arte. *Estão à disposição dos atores, como aos pintores, para expor as várias cores do discurso*[43]. A ira assume um tom agudo, concitado, com freqüentes interrupções: [...] A compaixão e a dor têm outro tom, flexível, pleno, interrompido, flébil: [...] o medo é baixo, hesitante, aviltado: [...] a força requer outro, intenso, veemente, iminente, com ímpeto grave, etc. (Cícero, *De oratore*, III, §§ 57-58, meus os itálicos.)

Tudo isso permitiu que, à semelhança daqueles paralelos fartamente elencados entre a pintura e a poesia nas preceptivas acerca da pintura, ocorram também vários confrontos entre a poesia e a música nos textos do Quinhentos e do Seiscentos relativos à música, fornecendo-lhe um lugar entre as artes miméticas e seus cultores:

> creio, portanto, que o fim proposto pelos antigos era imitar a própria natureza do instrumento do qual se valiam [a voz humana] [...] mas ao exprimirem inteiramente e com eficácia tudo aquilo que o falar desejava fazer entender com o seu significado por meio e ajuda da agudeza e gravidade da voz [...] faziam-na acompanhar com a

---

43. "Hi sunt actori, ut pictori, expositi ad variandum colores."

temperatura regulada do presto e adágio, cada uma de per si pela própria natureza é acomodada a um determinado afeto. [...] E que este devesse ser o verdadeiro fim, e próprio alvo dos antigos músicos, mostra-o certamente o que se disse, e o confirma indubitavelmente ver que a faculdade dos músicos no princípio era ligadíssima à poesia, sendo que os primeiros e melhores foram a um só tempo músicos e poetas. (Girolamo Mei, "Carta 1 a Vincenzo Galilei", 1572.)[44]

Em princípios do Seiscentos, é possível encontrar coletâneas de madrigais e demais formas líricas musicadas por compositores como, entre outros, Caccini e Monteverdi, o qual escolheu poemas de Petrarca, Tasso, Marino, Guarini, Rinuccini etc. para realizar a arte maior de efetuar na música a escala das paixões humanas, convencidos de que a música e a poesia eram, na Antigüidade, *téchnai* que tinham princípios e fins equivalentes: imitar e mover afetos[45].

---

44. Apud I. Chasin, op. cit., pp. 33-4 (trad.) e 150-1 (orig. ital.).

45. "Três são as principais paixões ou afecções da alma. Assim considerei, como bem afirmam os melhores filósofos; são elas a Ira, a Temperança e a Humildade ou súplica, como mostra, aliás, a própria natureza da nossa voz, que se faz alta, baixa e mediana; e como a arte música o notifica claramente nos três termos de concitado, mole e temperado. [...] Sabendo ainda que o que move efetivamente nossa alma são os contrários, e que o fim da boa música é mover, como afirma Boécio [...] me dispus com não pouco estudo e fadiga a realizá-lo". (Claudio Monteverdi, Prefácio ao *Oitavo livro de madrigais*, apud I. Chasin, op. cit., anexo.)

Tantas razões, consolidadas em princípios do Setecentos, fazem Botelho intitular suas obras **Música** do Parnasso (*dividida em quatro coros de rimas [...] e* **entoada** *pelo capitão-mor* etc.) e **Lira** Sacra, em cujos títulos ecoa a lembrança do *cavalier* Giambattista Marino, um dos poetas modernos por ele elogiados na dedicatória de *Música do Parnasso*[46]. Marino, do mesmo modo, denominara de *Rime* sua primeira obra lírica (1602), à qual acrescentou em 1608 uma terceira parte, dando ao novo conjunto o título de *La Lira*. O estudo de Carmelina de Almeida, *O marinismo de Botelho*[47], mostra amplamente como a "suavidade do metro" ambicionada pelo poeta de Maré tem por modelo a poesia melodiosa de Marino, retomada na semelhança de léxico, rimas, vocativos, ritmos, imagens e tópicas, tanto nos poemas italianos de Botelho de Oliveira, como naqueles seus em português e castelhano. É certo que essa imitação tem diversos intermediários – em particular, Camões, Lope de Vega e Góngora –, o que minimiza a importância da identificação das fontes. Porém, nas linhas mestras da poética de Manuel Botelho de Oliveira, permanece uma concepção, fortemente mariniana, de que a poesia lírica é arte "irmã", e "gêmea", da Música:

---

46. Além dos antigos Homero, Ovídio e Virgílio, Botelho de Oliveira destaca, entre os modernos, o "grande Tasso", o "delicioso Marino", o "culto Góngora", o "vastíssimo Lope", o "insigne Camões", Jorge de Montemor e Gabriel Pereira de Castro.

47. Ver bibliografia.

> Musica e Poesia son due sorelle
> ristoratrici del'afflitte genti,
> de' rei pensier le torbide procelle
> con liete rime a serenar possenti.
> [...]
> Né fa rapido stral passando al vivo
> tinto di tosco sì profonde piaghe,
> come i morbidi versi entro ne' petti
> van per l'orecchie a penetrar gli affetti.
> (Marino, *Adone*, canto 7, estrofes 1-2.)

Soa assim mariniana a definição, incomum nas letras seiscentistas, proposta por Botelho de Oliveira no prólogo a *Música do Parnasso*: "Poesia não é mais que um canto poético, ligando-se as vozes com certas medidas para consonância do metro". Tal concepção, restrita à poesia lírica, está esboçada em López Pinciano, quando diz em sua *Philosophia antigua poética*: "la lírica imitación [es] aquella que es hecha para ser cantada"[48]. Não lembro, contudo, de ter lido alguma passagem, entre os preceptistas dos séculos XVI e XVII, em que a Poesia, englobando todos os seus gêneros e subgêneros, seja definida pela sonoridade e não pela imitação, como o faz Manuel Botelho, reunindo em uma só proposição os termos "canto", "vozes", "medidas" e "consonância". Nos juízos críticos sobre a poesia, estritamente nas partes relativas à elocução, encontramos definições de verso, ritmo, metro que enfatizam a eufonia

---

48. Op. cit., p. 424.

como qualidade maior da linguagem poética. Por exemplo, na *Arte poetica, e da pintura, e symmetria, com principios da perspectiva*, de Filipe Nunes, de 1615, encontramos uma definição de *verso* em que se destaca a componente sonora da linguagem: "Verso he hũa oraçaõ travada & presa com certa limitaçaõ sogeita a certo numero de sylabas com sonora cantidade."[49] E, no prólogo à epopéia de Gabriel Pereira de Castro, *Ulisséia* (1636), esta é elogiada por Manuel de Galhegos porque:

> He tal a armonia do verso, o espirito, o artificio poetico, a diferença dos consoantes, a suavidade das clausulas, a brandura, & moderaçaõ, com que usa das synalefas, das syneresis, das dieresis, das hipalages, & de tudo o que mais pertence a eufonia, que não acha o ouvido cousa que o não recree. ("Discurso poético", s/p.)[50]

---

49. Editada em Lisboa, por Pedro Crasbeeck, p. 3. Porém a definição de poesia presente na *Arte poética* de Filipe Nunes é técnica: "Platão diz que a Poesia he hum habito do entendimento que rege ao Poeta, & lhe dá regras para compor versos com facilidade. Ou arte que ensina a falar com limitação, ordem, & ornato" (p. 1).

50. *Sinalefa* é a contração, na pronúncia, de duas sílabas, conservadas na escrita; *sinérese* é passagem a ditongo de um hiato, no interior de uma palavra; *diérese*, pelo contrário, a passagem de ditongo a hiato em uma palavra; *hipálage*, à diferença das anteriores, é incluída nas figuras sintáticas e semânticas de transposição das propriedades entre dois elementos de uma proposição: por exemplo, "escrevia com mãos tristes e lágrimas cansadas".

– aspecto elocutivo esse que é o derradeiro elemento de louvor, ao cabo de um amplo discurso sobre a imitação épica. Em todas essas ocorrências é a elocução poética, somente, que está em questão, sendo impensável, por velha e indouta – estranha, em suma, à redescoberta da *Poética* de Aristóteles –, a conceituação crítica da poesia por esse viés. Há de se lembrar que o estudo dos versos, dos pés, das sílabas, assonantes e consonantes, relegado pelos preceptistas desde o século XV ao *trovar*, que não à estrutura da poesia como *techné poetike*, pertencera na Antigüidade preferencialmente à arte musical, como mostram os tratados de Plutarco e Santo Agostinho sobre música. Novamente, a esse respeito, Dionísio de Halicarnasso sustenta outro parecer: "para que ninguém pense que sou da opinião de que os ritmos e os metros pertencem só à música e não importam nada à linguagem rítmica e métrica, tratarei de justificá-lo" etc.[51]

Tudo isso demonstra o choque entre duas noções poéticas antagônicas, em que uma se baseia na materialidade sonora das palavras e sua composição eufônica, e outra centrada principalmente na representação conceitual por meio das palavras. É em oposição a uma idéia de poesia baseada na metrificação e no ritmo que a *Poética* aristotélica se organiza, ao excluir a melopéia, isto é, a música, da estrutura essencial da poesia: embora seja um "ornamento" maior

---

51. "Sobre as palavras em composição", sec. 17.

da poesia trágica, a música permanece ornamento, ou seja, acidente, não substância. Os autores dos séculos XVI e XVII que retomam a *Poética* não perdem de vista a sentença aristotélica que afirma errarem os antigos ao vincularem a poesia ao metro:

> ajuntando à palavra "poeta" o nome de uma só espécie métrica, aconteceu denominarem-se a uns de "poetas elegíacos", a outros de "poetas épicos", designando-os assim, não pela imitação praticada, mas unicamente pelo metro usado. (Aristóteles, *Poética*, 47b 13-16.)

O metro, a cadência da fala, o jogar com as palavras, encantatório no uso de parônimos e homônimos, de rimas e ritmos que "bajulam as orelhas" e ofuscam o encadear das sentenças e suas imagens sob repetições melodiosas da elocução, tudo isso – para a poética de Aristóteles – é o principal distintivo de uma prosa sofística, muito distinta da poesia que, por tratar de universais, está próxima da filosofia. Essa poesia, para a imitação racional das ações humanas, é suposto se sustentar sobretudo na clareza e, para a elevação dos afetos, em uma linguagem metafórica, que "pinte como num quadro", evidenciando as imagens certas contidas no pensamento, sem necessidade sequer da representação dramática[52]. A *hipocrisis*, ocorrendo, estaria su-

---

52. "A tragédia atinge seu efeito, do mesmo modo como a epopéia, sem recorrer a movimentos, pois basta a leitura para aparecer sua qualidade"; e, em seguida: "além

jeita sempre à transmissão adequada dos pensamentos e afetos da alma.

De modo muito diverso, para Górgias, o sofista:

> *a poesia toda, considero-a e defino-a como um discurso com metro.* Sobrevém àqueles que a escutam o tremor de quem transe de medo, a piedade de quem abunda em lágrimas, a tristeza de quem sofre a dor, e, diante de felicidades e de reveses que sucedem a ações e corpos estranhos, a alma prova, por intermédio dos discursos, uma paixão que lhe é própria. (*Elogio de Helena*, 11.9, meus os itálicos.)

Por se distinguir de tal concepção, entre outras razões, a *Poética* recusa a definição de qualquer gênero poético pelo metro utilizado e prescreve ao poeta só usar "galas" da *léxis* quando em ausência de pensamentos[53]. A par disso, e

---

disso, tem a vantagem de ser visível na leitura e na representação" (*Poética*, 62b 11-13 e 17-18). Mesmo considerando que a leitura das tragédias e epopéias era oral, o que o texto aristotélico opõe é a feitura de imagens por meio da fala àquela realizada em cena, não tratando das potencialidades sonoras da leitura oral para o deleite ou o ensinamento poético.

53. Cf. o final do cap. XXIV da *Poética*, quando, após defender que a poesia nada deve ao "irracional", que os absurdos que nela constar devem parecer razoáveis, e que isso se efetua ocultando-os sob "primores de beleza", Aristóteles conclui que só se devem aplicar esforços no embelezamento da linguagem "nas partes desprovidas de ação, e que não se destacam nem pelo caráter nem pelo pensamento", pois uma elocução demasiado brilhante ofuscaria caracteres e pensamentos.

ao mesmo tempo, nos *Elencos sofísticos*, a censura ao uso de uma linguagem que adota as chamadas figuras gorgiânicas, as quais, na pena aristotélica, constituem infrações ao sentido por nelas se dispor proximidade de sons independentemente de haver semelhanças de ordem lógica, os quais não obstante arrastam o pensamento para homologias aparentes. Ao tratar da pronunciação (υποκρισις) na *Retórica*, Aristóteles atribui o renome de Górgias junto ao vulgo a esse seu modo "poético" de falar, embora as futilidades ditas[54]. Na sofística, tais "falácias de dicção" são as homonímias, as anfibologias, as sínteses, as diéreses, a prosódia e a dicção; por meio delas, segundo Aristóteles, o discurso torna-se ambíguo, obscuro, e o ouvinte é levado a concordar com proposições alógicas, que, se ensinam alguma coisa, é apenas a capacidade enganadora da linguagem. Daí, novamente, ser tão necessária à *Poética* a afirmação de que a poesia não é só um discurso com metro, como pretende o *Elogio de Helena* de Górgias, mas, ao contrário, a de ser o metro acessório menor de um discurso que visa ao universal.

Se, em circunstâncias excepcionais, aqueles procedimentos elocutivos são permitidos à elevada poesia, desde que propiciem uma exploração das significações e dos efeitos patéticos

---

54. III, 1404a 25-27: "E como os poetas, embora dizendo coisas fúteis, pareciam obter fama graças à sua dicção (λεκις), por esta razão a primeira dicção [oratória] a surgir foi poética, como a de Górgias."

para a adequada mimese, na linguagem sofística esses procedimentos sonoros teriam por alvo obstar a que a significação se fixasse em uma coisa só, fazendo-a transitar entre todas as possíveis e semelhantes (segundo relações espúrias de aparência, e não de causa, conseqüência, qualidade, quantidade etc.), produzindo assim sentidos – jocosos, a maior parte das vezes – que não suscitam senão indesejáveis sorrisos e prazeres vãos àqueles que verdadeiramente sabem. Todavia, contrariando Aristóteles, bem como Platão, é possível pensar que tais procedimentos fixam a significação nas próprias palavras, em sua materialidade e univocidade, negando que uma palavra possa ser substituída por um sinônimo, uma vez que cada corpo verbal carrega consigo distinta significação, pensamento, afeto.

Poemas melífluos e medíocres

Não é difícil reconhecer, em grande parte da crítica à chamada poesia cultista, tópicos dessa argumentação aristotélica em relação à prosa sofística: que é obscura nos termos e nas construções, que infere conclusões erradas, que se resume a rumor ou estrépito de palavras, que usa de metáforas frias, frigidíssimas, que impossibilitam tanto deleites, como ensinamentos. Figuras prediletas suas, inclusive, são aquelas chamadas figuras gorgiânicas, pela ênfase na melodia do verso por meio de isocólons, antíteses, quiasmos, paronomásias, aliterações (de que estão repletos os poemas de Manuel Botelho). Na célebre polêmica contra os cultos que teve lugar na península Ibérica do Seiscentos, D. Juan de Jáuregui assim resume as críticas a essa poesia, também chamada "gongórica", acusando-a de esconder, sob uma elocução rebuscada, ausência de pensamentos, ou seja, de *invenção*:

> Mas a esta claridad de argumentos inducen profundas tinieblas con el lenguaje solo, usando, como se ha notado, voces tan incógnitas, oraciones tan implicadas, prolijas y ambiguas; confundiendo los casos, los tiempos, las personas; hollando la gramática; multiplicando violentas metáforas; escondiendo unos tropos en otros; y finalmente, dislocando las palabras y trasponiendo el orden del hablar por veredas tan desviadas y extrañas, que eh muchos lugares no hay cosa más clara que el no decirse en ellos cosa alguna. (Juan de Jáuregui, *Discurso poético*.)[55]

---

55. No mesmo sentido, o letrado português Manuel Pires de Almeida, em seu *Discurso sobre o poema heróico*, manuscrito do Arquivo Nacional da Torre do Tombo, Lisboa, v. I, fl. 635: "há alguns poetas que afetam tanto a obscuridade que querem qualificá-la por verdadeira poesia e só usam do estilo dificultoso, orações desatadas, palavras esquisitas, translações nunca vistas, locuções peregrinas, tropos duplicados, figuras e metáforas mui continuadas, e sobretudo a colocação das coisas e disposição do argumento intricado, sem ordem, nem arte, nem claridade: [...] e sendo assim que este modo de poetar dificultoso é o mais fácil de todos, porque só se anda à caça de palavras, e figuras sem outras disposições, e advertência".

A Botelho de Oliveira, imitador declarado de poetas "cultos", caberiam inteiramente as afirmações de que em seus poemas as significações não se firmam, deslizando de umas coisas para outras por conta de homologias que partem de semelhanças sonoras, efetuando assim falácias (que são facécias), numa poesia difícil e por vezes obscura, em que a simplicidade e chaneza aparentes do argumento recebem galas de linguagem equívoca. Por exemplo, em *Música do Parnasso*, o madrigal XIX:

Conveniências do rosto, e peito de Anarda

Teu rosto por florido
Com belo rosicler se vê luzido;
Teu peito a meus amores
Brota agudos rigores;
Uniste enfim por bens, e penas minhas
No rosto rosas, e no peito espinhas.

A facécia reside em inverter a metáfora de base, lugar-comum da poesia lírica petrarquista, que afirma ser o rosto da mulher amada uma rosa florescente. Na *descriptio* cristalizada pela retórica da poesia, após o louvor do rosto, segue-se a das demais partes do corpo feminino, com destaque para os cabelos, o colo, as mãos etc. Tal descrição epidítica visa sempre a realçar a perfeição da mulher, ao destacar a beleza e graça de cada uma das suas partes corpóreas, sendo que o conjunto delas há de manifestar, assim, a unidade de sua beleza interior, por outro nome, virtude. Aqui, porém, com uma comicidade algo ferina, o madrigal passa à descrição metafórica do tronco (!) da mulher, de modo contudo a acentuar a incongruência entre a beleza do rosto de Anarda e a dureza dos seus afetos: uma vez que em seus rigores ela demonstra falta de amor e insensibilidade, seu peito pode ser equiparado, por uma conveniência particular, ao caule de uma roseira, que possui agudos espinhos. A carga afetiva da imagem se concentra enfim na transmutação do termo em puro equívoco: *espinhos* de rosa, em um busto feminino vituperado, equivalem a... *espinhas*. O resultado é um retrato bem feio: conveniente à inconveniência da amada detestada na circunstância do poema.

Outro exemplo, também de *Música do Parnasso* (Madrigal III):

Naufrágio amoroso

Querendo meu cuidado
Navegar venturoso,
Foi logo soçobrado
Em naufrágio amoroso;
E foram teus desdéns contrário vento,
Sendo baixo o meu vil merecimento.

Este madrigal, com uma das tópicas mais recorrentes da poesia de Botelho de Oliveira (e de Marino), qual seja, o mar e seus acidentes[56],

---

56. Cf., apenas no coro das rimas portuguesas de *Música do Parnasso*, os madrigais I, II e III; o romance I; os sonetos IV, V, VIII, XVIII, XX e a silva "À ilha de Maré".

principia do mesmo modo que o anterior com uma metáfora conhecidíssima: a imagem da conquista amorosa como uma navegação, em que percalços ameaçam constantemente a chegada ao porto. Neste caso, o primeiro infortúnio são os desdéns da amada, que aparecem como impeditivos à viagem de prosseguir em frente (*contrário vento*); mas a derrota final, ou seja, o próprio naufrágio, cabe inteira ao amante, cujo fraco (*baixo*) merecimento o faz soçobrar. É evidente que *baixo*, aqui, é termo a ser entendido equivocamente como adjetivo ("de pouca altura") e como seu homônimo, o substantivo de náutica: "elevação de areia ou rochedo no mar, coberta por pouca água, que dificulta ou impede a navegação" – sendo o choque das embarcações com *baixos* ou *baixios* causa das mais freqüentes para os naufrágios na época.

Um outro exemplo de homonímia, agora de *Lira Sacra*, é o em que o termo *passos*, repetido em todos os versos do soneto, assume as mais variadas significações literais: "passada", "entrada estreita", "período da vida", "cada uma das estações que compõe a paixão de Cristo", talvez "palácio" etc. – e impossibilita o desfazimento dos equívocos (dificultando, inclusive, a atualização ortográfica). Neste caso, a reiteração do termo atua como um *aviso* do compasso da morte, insistente, exortando à imitação das virtudes cristãs; e o conceito só se realiza na repetição mimética do termo *passos*. Leia-se o soneto (CXI) tal como aparece no manuscrito, distendidas apenas as abreviaturas do pronome relativo "que":

À sexta feira de passos

Olha os passos, que dàs Homem perdido
    que corre os passos, Deus, por teu peccado,
    esses passos que das todo enganado
    saõ passos da vaidade, que has seguido:
Toma a Crus, e nos passos advertido
    naõ dès os passos no caminho errado,
    que pera dar os passos acertado
    naõ desmayes nos passos de sufrido.
Nos passos desta vida transitoria
    segue os passos de Christo, se te agrada,
    alcançar pelos passos a victoria:
Seja nos passos da vertude amada
    dos passos a baliza, a eterna gloria,
    dos passos do bordão, a Crus sagrada.

Tal repetição de *passos* em cada verso, do mesmo modo que os nomes *Maria* e *Graça* no soneto XVIII, e *Jesus* no soneto XXIII de *Lira Sacra*, torna extremo o procedimento anafórico que ocorre com tanta insistência no conjunto dos poemas de Botelho de Oliveira. O efeito de eco, de cantilena, martelado com variações poucas, suficientes para contornar a monotonia, além de materializar sonoramente o conceito, é de grande moção afetiva para ouvidos treinados ao nada desprezível *pathos* melódico da poesia. Isso transparece ainda na freqüência com que o poeta utiliza a estrutura paralelística, sobretudo em versos finais, neste e em muitos outros poemas, enfatizando uma ordenação simétrica que visa sempre a concluir a composição por uma discreta elevação patética[57].

Um último exemplo, em que a composição sonora – nada arbitrária, portanto – realiza-se em conceito é a décima de *Música do Parnasso* justamente intitulada "Eco de Anarda":

> Entre males desvelados,
> Entre desvelos constantes,
> Entre constâncias amantes,
> Entre amores castigados,
> Entre castigos chorados,
> E choros, que o peito guarda,
> Chamo sempre a bela Anarda;
> E logo, a meu mal, fiel,
> Eco de Anarda cruel
> Só responde ao peito que Arda.

A anáfora dos cinco primeiros versos insiste na angústia do amante, posto *entre* afetos repisados nas ânsias do amor ausente. Esse efeito de angustura é amplificado em contínuo pela progressão da anadiplose (desvelados/desvelos; constantes/constâncias; amantes/amores etc.), que atinge o clímax e resolução na confissão aberta do pranto: *e choros, que o peito guarda*. Tal catarse pela invocação da amada, que era

---

57. Os exemplos são inúmeros: soneto XXIX, "À ceia de Cristo": *assado e morto em brasas o cordeiro, / Cristo em brasas de amor assado e morto*; ou soneto CXII, "Exortações virtuosas": *Adverte pois, na troca tão notória / que na glória do mundo tens o Inferno, / que no Inferno do mundo tens a glória* etc.

suposto interromper a cadeia de sofrimento, na verdade opõe e reitera a fidelidade e constância do mal, que não abandona o enamorado, à infidelidade cruel da bela desaparecida que, distante e muda, não se digna a responder-lhe; pelo contrário, ao chamado de *Anarda*, só o eco solitário da voz apaixonada, agora estrangulada e partida, soluçada entre choros, responde ...*arda*. A densidade afetiva do poema de modo algum é desdenhável na formulação deste, que se resolve no entanto por uma inesperada distensão, proveniente da graça que a conclusão suscita, ao ser o verbo destituído do pseudoprefixo que negativa o ardor amoroso: *an-arda*. Lembro o Gracián de *Agudeza y arte de ingenio*: "Es como hidra vocal una dicción, pues a más de su propia y directa significación, si la cortan o la trastruecan, de cada sílaba renace una sutileza ingeniosa y de cada acento un concepto."[58]

Não vou tornar àquilo que tantos já apontaram tão bem: que a maior parte desses procedimentos da poesia seiscentista, tidos como fúteis, estéreis e artificiais por uma crítica platonizante, devem ser lidos no âmbito de um pensamento poético menos essencialista, que privilegia as imitações, as agudezas, os torneios, desvios, efeitos inesperados, dependentes sempre do gênero, como demonstrações do engenho do poeta – artífice que tem por um de seus principais ofícios desvendar os prodígios semeados

---

58. *Agudeza y arte de ingenio*, Madrid: Espasa-Calpe, 1974, 1. ed. 1648, Discurso XXXI, *De la agudeza nominal*.

pela razão divina nos menores e nos maiores acontecimentos do orbe[59]. Nessa poesia, não se pretende que o ritmo e a melodia se subordinem ao significado das palavras, nem que estas sejam sempre viris e sábias por refletirem uma alma virtuosa da qual estão ausentes queixas, lamentos e lascívias, e que rejeita, conseqüentemente, tanto harmonias tristes como ritmos insanos[60]. Nessa poesia, pelo contrário, em que a elegância e o prazer são alvo primeiro, procuram-se palavras que se adaptem ao metro e à melodia dos versos, como, por exemplo, no romance "Ao Governador Antônio Luís Gonçalves da Câmara Coutinho [...] em esdrúxulos", no qual todas as rimas se fazem com proparoxítonas; isso origina, claro, censuras de ser uma poesia que privilegia a busca e rebuscamento de termos e construções insólitas, que enganam os ouvidos, em detrimento da verdade. Mais uma

---

59. J. A. Hansen, "Introdução", in: A. Pécora (org.), *Poesia seiscentista*, São Paulo: Hedra, 2002; Maria do Socorro F. de Carvalho, *A poesia de agudeza em Portugal*, tese de doutorado. Universidade Estadual de Campinas. Instituto de Estudos da Linguagem. Campinas, 2004; Ivan Teixeira, "O engenhoso fidalgo Manuel Botelho de Oliveira". *Revista USP*, n. 50, São Paulo, 2001.

60. Sintetizo, imensamente, os capítulos X, XI e XII do Livro III da *República*, em que Platão discorre sobre a educação musical na pólis, especificamente sobre o canto, a melodia e o ritmo. Em nada menos do que três passagens desses curtos capítulos, o filósofo enfatiza a subordinação às palavras, como conceitos, seja da harmonia, seja do metro (cf. *República*, 398d, 400a e 400d).

vez, outra concepção é formada por Dionísio de Halicarnasso, quando afirma que, para a composição resultar harmoniosa, é preciso reduzir, ampliar ou provocar várias modificações nas letras, nas sílabas, nas palavras e nos membros das frases, mesmo se tais modificações nada acrescentem ao significado, ou resultem em redundâncias, ou modifiquem o sentido primeiro das orações[61]. E é neste sentido, de o poeta que se preocupa mais com o som das palavras do que com seus conceitos ser um falsário, que um contemporâneo de Marino acusa-o de ser *figlio della Sirena ingannatrice / ed alla madre egual* – do que, diz o poeta, muito se orgulha[62]. Equiparar sofistas e poetas a sereias (que com melodiosas e falsas vozes levam moços e homens bons à perdição) é lugar comuníssimo[63] e nem pareceria inadequado se, em vez de *enganador*, o adjetivo subjacente ao canto da sereia

---

61. Cf. "Sobre as palavras em composição", sec. 6-9.

62. Tommaso Stigliani, carta XXXIX Al Signor Cavalier Marino, in: Giambattista Marino, *Epistolario*. Seguito da lettere di altri scrittori del Seicento, Bari: Laterza, 1912, v. II, p. 293. A resposta de Marino ("Ch'io mi sia figliuolo della Sirena nol nego, anzi me ne vanto") encontra-se no v. I, p. 253.

63. "'sofista', entre los latinos, es lo mismo que 'impostor'. [...] El nombre conviene a la cosa porque engañan a la juventud, se imponen a los buenos ingenios, demorándolos y como compeliéndolos a que se debiliten en los escollos de las sirenas (como dicen)." Ver Fr. Alonso de la Vera Cruz, *Libro de los elencos sofísticos*, México: Universidad Nacional Autônoma, 1989, 1. ed. latina, 1554, p. 6.

fosse *encantador* – já que também se diz dos Anjos que *com voz doce nos encantam*[64]. Esses poetas não são enganadores, é evidente, porque seus leitores e ouvintes não são jovens inexperientes que desconheçam as normas da poesia e o modo de entendê-la. São leitores e ouvintes igualmente engenhosos e ajuizados que compreendem o decoro, jocoso ou sério, e as circunstâncias de pronunciação e de destinação que acompanham tais composições. Se se encantam com elas, fazem-no com conhecimento e de bom grado:

> para te parecerem bem estas rimas, deves ter conhecimento da escritura sagrada, e da história da vida dos Santos, porque sem estas notícias não poderás entender o conceito, porque os mais deles são deduzidos da escritura sagrada. [...] Fiz o livro, para que fosse menos fastidiosa a leitura, e mais suave o entretenimento. (*Lira Sacra*, "Prólogo ao leitor".)

Assim se constitui grande parte dos poemas presentes em *Lira Sacra*, nos quais a devoção novecentista viu abuso e mau gosto, desconsiderando que o estilo "florido" dessa poesia implica mediania, deleite, entretenimento. É poe-

---

64. *Lira Sacra*, soneto XXI, "Ao Nascimento de Cristo". Cf. também o romance X no segundo coro das rimas castelhanas, "Anarda cantando à viola", em que o canto é instrumento que obriga ao amor: *Todo el corazón se rinde / a tan suave favor, / Que contra su voz Sirena / No hay Ulises corazón.*

sia cujo estilo, mesmo tratando de coisas elevadas para a doutrina como episódios da vida de Maria, da vida de Cristo e de diversos santos, não deve ser magnífico como o da poesia heróica, mas medíocre, quer dizer, "fiorito ed ornato: la qual forma di dire fiorita (come i retorici affermano) è propria della mediocrità"[65]. Tal mediocridade do estilo lírico deve ser entendida como um rebaixamento do estilo sublime, ao mesmo tempo que uma elevação do estilo humilde, obtidos por meio de uma certa *vaghezza* ou brandura nos ornamentos dos conceitos e da elocução, e de doçura e suavidade na composição, uma vez que a poesia lírica se destina não a comover fortemente os ânimos, mas a movê-los com leveza, graciosamente. Então, em passagens como as seguintes, o efeito das concordâncias pressupõe o decoro do gênero, o juízo e o entendimento da interlocução, a engenhosidade como propriedade poética, e, afinal, o desconhecimento de uma expressão subjetiva, nitidamente ausente, para além da imitação discreta (ou mais, ou menos dissimulada) de poetas antecessores, como preza, é por demais sabido, a preceptiva poética contemporânea[66]:

---

65. Torquato Tasso, *Discorsi dell'arte poetica*, Discorso terzo, in: *Prose*, Milão/Nápoles: Ricciardi, 1959, p. 395.

66. Além dos poetas citados no prólogo a *Música do Parnasso* (ver supra n. 46), alguns autores mais podem ser identificados como fontes de imitação de Botelho de Oliveira: José de Anchieta, Jerónimo Cáncer y Velasco, Jerônimo Bahia, Alonso de Ledesma e José de Valdivieso. Ver, especialmente, os artigos de Enrique Martínez López e Leopoldo Bernucci, citados na bibliografia.

Sobre São Paulo Apóstolo, soneto LXXIX:

Cortam-vos a cabeça esclarecida
    e saltais de prazer ao golpe forte
    como João na graça conseguida:
Mas nesta ação mostrais mais alta sorte
    que ele de prazer salta, tendo a vida
    vós saltais de prazer, logrando a morte.

Nas oitavas "À conceição da Senhora" (primeira oitava):

Soberana Senhora imaculada
    do tributo de Adão fostes isenta,
    pois por boca do Céu sois nomeada,
    cheia de graça, entre as mulheres benta:
    se outra coisa não pode ter entrada
    no lugar que por cheio se contenta
    sendo cheia de graça em vosso estado
    não cabia lugar pera o pecado.

Nas redondilhas "Pecador arrependido a Cristo crucificado":

    Meu Deus, meu Rei, meu Senhor
        quando estais crucificado
        docemente estais cravado
        mais que de cravos, de amor.
    Esses cravos que instrumentos
        são da vossa paixão pia
        fazem suave harmonia
        na música dos tormentos.

Sobre o martírio de São Lourenço, romance 5º:

> Encruece-se o tirano,
> e quando vos vê se agasta,
> se ele tem o peito cru,
> vós tendes a carne assada.

Etc. A graça levemente picante dessas passagens sugere sorrisos de lábios semi-abertos, olhares cúmplices de compreensão. Nada, mesmo, de muito elevado – mas muito menos de baixo e escancarado –, apenas brando e florido "como as graças de uma menina", diz o Tasso em seus *Discorsi*, adequado à gentileza da lírica.

Em vários desses poemas é de se propor ainda a hipótese, em termos da *actio*, de estarem destinados ao canto, com o que se realçariam os equívocos e demais acidentes de prosódia, conforme a ocasião e os cantores que os proferissem. Penso, especificamente, nos dois romances em castelhano que encerram *Lira Sacra*, ambos dedicados a S. João da Cruz, carmelita descalço, e que, conforme os títulos, foram *cantados* na festa da sua beatificação (ocorrida em 1675); e, talvez, nas décimas e nos demais romances em castelhano da mesma *Lira* que apresentam glosas e motes e voltas em redondilhas maior e menor, versos próprios de cantigas ibéricas destinadas à execução oral[67]. A própria *Lira Sacra*

---

67. Alguns sonetos de *Lira Sacra* apresentam ainda certos dêiticos que fazem supor serem panegíricos de situações festivas: soneto 11, "À purificação e presentação": *Pois **neste dia** vê para admirar-se* etc.; soneto 29, "À ceia de Cristo": ***Hoje** vê, ver-se-á (no amor absorto) / assado e morto* etc.; soneto 33, "Às agonias do horto, aludindo àque-

principia com um soneto-*proœmio* dirigido "a Nossa Senhora aludindo ao cântico da *Magnificat*", no qual o poeta invoca o auspício da *Celeste Musa*, Maria, para que seja seu *plectro doce e fino*, e que *Com vosso exemplo, com desejo tanto, / se entoastes o Cântico Divino, / inspirai que ao Divino entoe o canto*. É portanto como uma antologia de cantos *a lo divino* que Botelho de Oliveira compõe sua coletânea de poemas sacros, propósito explicitado no "Prólogo ao leitor", para o que toma o exemplo tanto das escrituras sagradas, como da prática coeva da Igreja:

> tem a poesia muita conexão com as influências do Céu, assim porque os antigos a chamaram Divina, como também porque nas escrituras sagradas se valeram os Profetas, e principalmente o rei Davi, de vários cânticos para celebrar os Divinos encômios; e imitando a Igreja católica o mesmo exemplo, se compuseram devotos Hinos para as mais solenes festividades.

Aí está que esses poemas líricos hão de ser lidos como encômios, isto é, de gênero epidítico, nos quais se tecem os louvores no modo de dizer mais aperfeiçoado: aquele que é feito de conceitos e de sons tão *doces* quanto *finos* – conforme diz o Antigo Testamento que fazia o rei músico Davi com seus *cânticos* entoados na

---

las palavras, Maledicta terra etc.": *Mas **hoje** por tirar em tanta guerra / a maldição da terra lastimosa, / quis com seu sangue consagrar a terra*, entre outros.

lira, e conforme faz a Igreja católica incentivando cantarem-se *hinos* nas festas. A notação de que *a poesia tem muita conexão com as influências do Céu* transpõe considerações (pitagóricas, retomadas por Boécio e Santo Agostinho) sobre a música como proporção harmônica das esferas celestiais projetada no mundo terrestre – do que resultou, como se sabe, durante todo o medievo, a inserção da Música no *quadrivium* (Música, Astronomia, Matemática e Geometria) e era noção não desaparecida na primeira metade do século XVIII[68]. Neste prólogo de Botelho de Oliveira, porém, a aproximação da poesia com as "influências do Céu" visa sobretudo a realçar o caráter de *mantimento espiritual* desses poemas, que não tratam de assuntos profanos, mas sim religiosos.

> Creio que será bem recebido assim dos corações devotos, como dos entendimentos doutos, porque com a doçura do metro se fica suavizando o mantimento espiritual; que está tão depravada a natureza humana, que para lhe tirar o fastio das viandas celestiais, lhe é necessário o tempero da elegância poética. (*Lira Sacra*, Prólogo ao leitor.)

---

68. Cf. Dietrich Bartel, *Musica poetica. Musical-Rhetorical Figures in German Baroque Music*, Lincoln/Londres: University of Nebraska Press, 1998, esp. pp. 10 ss. Um contemporâneo de Bach, Johann Gottfried Walther, por exemplo, inicia seu *Praecepta der musicalischen Composition*, de 1708, com a seguinte definição de Música: "um saber celestial-filosófico e especificamente matemático, que concerne aos sons, com o fim de produzir uma harmonia ou consonância agradável e com arte".

A ênfase maior reside, portanto, em uma concepção de poesia cuja elegância poética (eufonia, ritmo, musicalidade) transporta na *doçura* do metro ensinamentos assim *suavizados*. Se por *fineza* o século XVII entende "ação que se faz com primor, com galanteria, com cortesania", "ação com que se mostra o grande amor que se tem a alguém", "sutileza", "destreza", "coisa perfeita", "excelência", *doçura* pressupõe suavidade, agrado aos sentidos, amenidades propícias à captação da benevolência dos leitores e ouvintes para a aceitação dos ensinamentos, como preceitua Horácio: "hão de ser doces [os poemas] e guiar o ânimo do ouvinte para onde quiserem"[69]. Ser o *plectro doce e fino*, enfim, implica primor de arte e de afetos gentis, capazes de encantar os leitores por meio de deleites adequados a um entendimento agradável da doutrina. São termos esses recorrentes na preceptiva, com base na mesma *Arte poética* horaciana e seu célebre louvor aos poetas que sabem misturar o útil com o doce, deleitando e ao mesmo tempo instruindo o leitor[70].

Na pena de Botelho de Oliveira, esses termos se convertem, muitas vezes, em metáforas açucareiras. No prólogo a *Música do Parnasso*, o poeta alegoriza na lavoura da cana-de-açúcar,

---

69. "dulcia sunto, / et quocumque volent animum auditoris agunto" (*Ars poetica*, vv. 99-100).
70. "qui miscuit utile dulci / lectorem delectando pariterque monendo" (*Ars poetica*, vv. 343-4).

nos engenhos de açúcar e na mercancia da cidade, a existência, na América portuguesa, de poetas líricos (*canto suave*), dotados de conhecimento da arte poética (*discreto entretenimento*) e empregados na faina urbana das letras (*empório*).

Nesta América, inculta habitação antigamente de bárbaros índios, mal se podia esperar que as Musas se fizessem brasileiras; contudo quiseram também passar-se a este empório, aonde como a doçura do açúcar é tão simpática com a suavidade do seu canto, acharam muitos engenhos, que imitando aos poetas de Itália, e Espanha, se aplicassem a tão discreto entretenimento, para que se não queixasse esta última parte do mundo que, assim como Apolo lhe comunica os raios para os dias, lhe negasse as luzes para os entendimentos.

A alegoria, de fácil decifração, é concebida com base na sinonímia (melhor dizendo, *simpatia*) entre *doçura* e *suavidade*, atributos da Musa lírica, ao mesmo tempo que qualificativos do açúcar; mas também no equívoco do termo *engenho*, disposição natural do entendimento e conjunto das edificações onde se faz a moagem da cana; e também no caráter das Musas, companheiras de Apolo, como deus solar e da poesia que, em proporcionar claridade intensa aos trópicos, lhes transmite conjuntamente uma luz metafórica, qual seja, a poesia, lume do entendimento. Note, ainda, que *brasileiro* (*as*), termo ausente do *Vocabulário* do Bluteau, significa "cortador de cana"[71], o que circunscreve toda a alegoria no âmbito da cultura açucareira do Brasil, como fator de riqueza material e intelectual, contraposta à incultura dos índios bárbaros. Tal cultura, está claro, com toda sua *doçura* e *suavidade*, provém da Itália e da Espanha, onde floresceram os poetas que os engenhosos da terra imitam, assentados nesse fundo do mundo que é o Recôncavo da Bahia.

Doçura, suavidade, fineza, além disso, transpõem metáforas gustativas e tácteis que, na poesia sacra, têm lugar cativo como figuras analógicas da incorporação, pelos homens, da substância divina, material e espiritualmente considerada. A comunhão é seu paradigma teológico e, em poemas como "Ao Santíssimo Sacramento" ou "A Santa Inês" de José de Anchieta, ou "Ao Menino Deus em metáfora de doce", de Jerônimo Baía, ou no "Cântico ao Senhor pelas frutas", de Maria do Céu, vemos sempre em operação esse procedimento analógico, alegórico, que moraliza elementos sensíveis do mundo humano (gustativos, no caso), vinculando-os a emanações da substância divina[72]. Em *Lira Sacra*, é bom exemplo o romance 1º "Ao Santíssimo Sacramento", em que o mistério da conversão do corpo de Cristo na hóstia, onde se oculta na substância do *pão*, é explicado a partir de uma gra-

---

71. Cf. Luís Felipe Alencastro, *O trato dos viventes*, São Paulo: Companhia das Letras, 2002, p. 28 n.
72. Para uma análise detalhada desses poemas, ver Maria do Socorro F. de Carvalho, op. cit., pp. 166 ss.

ciosa pergunta que responde acerca da interpretação do mistério eucarístico por meio de saberes gerais da doçaria:

> Para que tanto rebuço
> pera que tanto disfarce?
> que se a pão sabe essa mesa
> que sois meu Deus, já se sabe.
> [...]
>
> Que regalada iguaria
> tão esquisita e suave!
> ou se chame manjar branco
> ou papo de Anjos se chame.
> Os que vos querem deveras
> vos amam com muito exame,
> bem que a bocados vos comem,
> bem que em fatias vos fazem.

Pressupondo que a teologia cristã constituiu-se por uma mescla de conceitos filosóficos e retóricos, não é heterodoxo que em proposições poéticas e parenéticas encontremos fartamente alegorizada em metáforas alimentares a noção de que o Divino orador enviou seu Filho em aparência carnal para que sua porção humana, passível, sensível, mortal estabelecesse a ponte entre o terreno e o celeste. A Encarnação, atualizada no mistério da Eucaristia, por dogma, é dádiva que permite aos homens fruírem da matéria corporal em todas as suas manifestações como alegorias da porção espiritual, impassível, inteligível, imortal que detêm e na qual, pelo Sacramento, se convertem. Assim consta, agudamente, nos tercetos que concluem o soneto LXIII de *Lira Sacra*, consagrado "À festa do Corpo de Deus":

Este mistério, nesta oculta forma
    é mais que a encarnação, se bem se adverte,
    quando um se come, e outra a Deus informa.
Porque (para que o amor mais nos desperte)
    naquela, um Deus em homem se transforma,
    e neste, em Deus um homem se converte.

Na poesia amorosa, como é evidente, as metáforas de doçuras e suavidades têm outros alvos, como sejam o encômio à beleza feminina, por retratos, a períodos de tempo, ou cronografias, e a lugares, por topografias. Do primeiro caso, um exemplo faceiro é o Romance III do coro das rimas portuguesas de *Música do Parnasso*, intitulado "Pintura de uma dama conserveira", em que, na imagem da doceira Amarílis, os cabelos são convertidos em fios de ovos; sua testa, em manjar branco; os olhos, em "morgados de amor"[73]; o nariz, em lasca de alcorça, as maçãs do rosto, em maçapão; os lábios, em ginjas; os dentes, em pastilhas; a garganta, em caramelo; os peitos, em bolos de leite; as mãos, em bolos de açúcar; e os dedos, em pedaços de alfenim – tudo isso compondo uma quase estatueta de confeitaria, em que cada parte apresenta

---

73. "Morgados tambem se chamão huma especie de empanadilhas, redondas, & cheyas de especiaria, cubertas de maça, com assucar por cima" (Bluteau, *Vocabulario portuguez & latino*, verb. "morgado").

um primor específico de *doçura*, a mimetizar cor, sabor e consistência.

Como exemplos de encômios a períodos do tempo há inúmeros poemas, sendo que alguns diretamente alusivos a branduras e amenidades temporais. Em particular, no primeiro coro das rimas portuguesas, a canção III, "Descrição do inverno" e a canção IV, "Descrição da primavera"; no segundo coro das rimas castelhanas, a canção I, "Descrição da manhã"; e a canção II, "Descrição do ocaso". Mas é nos poemas que tematizam a flora, que os poetas líricos se superam em suavidades. Na poesia épica (*v.g.* o jardim de Alcínoo, na *Odisséia*), e nesse aspecto tanto quanto na poesia bucólica, flores, frutos, pássaros e ribeiros são atributos de uma natureza feliz, êmula do Paraíso, retirada do tempo e do espaço, em que vigora uma eterna primavera, compondo, deste modo, o *locus amœnus*, lugar de amores e mais deleites dos sentidos. Já na poesia lírica seiscentista, as flores comparecem como metáforas da fugacidade da existência, da beleza transitória prestes a fenecer, da caducidade que habita a ordem do temporal humano. São inúmeros os poemas dessa espécie, os quais pertencem a todos os quatro coros de *Música do Parnasso*, dedicados seja a jardins seja a flores singulares. No primeiro coro das rimas portuguesas, o soneto X, "Ao cravo"; o soneto XI, "À açucena"; e as belíssimas oitavas "À rosa"; no segundo coro das rimas castelhanas, o madrigal VII, "Anarda borrifando outras damas com águas cheirosas"; o madrigal XV, "Jardim amoroso"; o romance IV, "Anarda colhendo flores"; o romance IX, "Anarda saindo a um jardim"; o soneto II, "A um jasmim"; o soneto III, "Adônis convertido em flor"; o soneto IV, "Narciso convertido em flor"; o romance V, "A um rouxinol"; no terceiro coro das rimas italianas: o madrigal II, "Jasmim morto e ressuscitado na mão de Anarda"; e no quarto coro das rimas latinas, o epigrama II, "Dafne convertida em árvore".

A ilha de Maré cheia de graça

Muitos outros em que o "estilo florido" se converte em própria matéria poética poderiam ser citados, e destaquei apenas aqueles em que, por evidente, a noção sobressai. De forma excelente, ela se concentra na célebre silva "À ilha de Maré", em que muitos viram nativismo, que muitos refutaram, e cujos versos ambos os lados desprezaram.

A imagem da ilha de Maré na silva de Botelho de Oliveira tem como fontes, que contrafaz, o "jardim das delícias" da ilha de Chipre, morada de Vênus, no canto VII do *Adone* de Marino, bem como a "ilha dos amores", no canto IX d'*Os Lusíadas* de Camões. Porém, todos os confrontos entre as delícias da ilha do Recôncavo e aquelas encontradas nas outras partes do mundo dos antigos, cujo *paragone* resulta sempre na superioridade dos elementos presentes em Maré, estão emoldurados pelo cotejo final entre a deusa do amor pagã e a do amor cristão, com predomínio, evidente, da última, melhor deusa do amor, porque verdadeira, de nome derivado do próprio mar, "maria":

> E se algum tempo Citeréia a achara,
> Por esta sua Chipre desprezara,
> Porém tem com Maria verdadeira
> Outra Vênus melhor por padroeira.

Por isso, o poema todo há de ser lido como uma comparação epidítica que não visa senão ao elogio da ilha da Bahia, mostrada como uma *maravilha*, cuja sobrenaturalidade é fruto da bênção divina. Em suas linhas principais, o poema consiste em uma *descriptio* da ilha de Maré, o que desde o título e na estrofe final se justifica por ser ela *termo da cidade da Bahia*, resumo ou *apodo* do Brasil. Ser uma *descriptio*, já se sabe, significa desde logo pôr sob luz brilhante tudo o que, na descrição, possa adornar a coisa descrita de qualidades e virtudes, produzindo o seu louvor. A *descriptio* é antes de tudo uma figura da *evidentia*. Assim, a descrição evidencia as belezas da ilha com ostensão, mediante hipotiposes, mostrando-as presencialmente e como que tornando o leitor um espectador delas: como em um teatro, como diante de uma pintura, no tempo presente da enunciação. Não há uma narração de coisas passadas, mas tudo se passa como se à vista do leitor, aprisionado na paisagem pela insistência do pretenso dêitico *aqui*, neste lugar e momento: **Aqui** *se cria o* *peixe regalado*; *Não falta **aqui** marisco saboroso*; *Os melões [...] **aqui** são gerados*; ***Aqui** não faltam figos*; ***Aqui** se fabricaram três capelas*; *Outra capela **aqui** se reconhece.*

Para tanto, Botelho de Oliveira segue rigoroso as recomendações de Quintiliano acerca da demonstração epidítica de um *locus*[74], começando por definir a ilha, o que faz com uma denominação motivada: é uma *terra* rodeada por mar e daí seu nome, Maré. Essa designação, porém (que embora designação obedece a uma clareza não-didática), em nosso culto autor é fonte de mais de um *tropo*, pois *maré* é nome derivado, metaforicamente, do deus do mar que rodeia a ilha, Netuno. O envolvimento da ilha pelo mar dá razão a nova metáfora, ao trazer o poeta, já na primeira estrofe, a imagem de um amante que abraça e penetra a amada – é que a lírica, ora, trata de deleites. Afirmando ser recíproco o amor entre a ilha e o mar, seu nome se justifica, portanto, amplificadamente, nas diversas expressões com que se significam aspectos desse amor: ilha de *maré de rosas* (pelas despreocupadas alegrias do amor); ilha de *marés vivas* (pelas ondas cheias com que o mar a invade); ilha de *marés mortas* (quando a água do mar, afastando-se da terra, provoca-lhe saudades). Todas essas figuras caracterizam, em linguagem afetiva – sensualíssima –, a ilha como uma terra receptiva, amorosa e fértil.

---

74. *Instituições oratórias*, Livro III, cap. 7.

Jaz em oblíqua forma e prolongada
    A terra de Maré toda cercada
    De Netuno, que tendo o amor constante,
    Lhe dá muitos abraços por amante,
    E botando-lhe os braços dentro dela
    A pretende gozar, por ser mui bela.
Nesta assistência tanto a senhoreia,
    E tanto a galanteia,
    Que do mar de Maré tem o apelido,
    Como quem preza o amor de seu querido:
E por gosto das prendas amorosas
    Fica maré de rosas,
    E vivendo nas ânsias sucessivas,
    São do amor marés vivas;
    E se nas mortas menos a conhece,
    Maré de saudades lhe parece.

Além disso, a descrição da ilha é feita de modo a conter uma narração, em que a clareza das imagens, novamente, destina-se a provocar afetos e deleites, sem se pôr a serviço do *docere*, isto é, de ensinar a qualquer desavisado o que seja a ilha de Maré. [Por essa razão são descabidas as discussões, com base no poema, a respeito da inexistência ou existência de figos e melões e uvas no Recôncavo do Seiscentos.] Por meio de um belo artifício, o poeta – senhor de (alto) engenho – faz como se a visão da ilha fosse oferecida a partir de um ponto no mar, por alguém dela se aproximando devagar (num barco...), podendo assim ver sucessivamente, do mais amplo ao particular, do contorno ao interior, sua forma oblíqua, espraiada à tona d'água, seus outeiros, as canoas e os saveiros à sua vol-

— *Introdução* —

ta, os pescadores dentro deles a lançar redes e anzóis, os peixes e mariscos que apanham, a verdura da terra, as frutas, os legumes no solo e as construções que se distinguem na paisagem: um engenho, três capelas. Descrição do mesmo ponto de vista pode ser lida em uma epopéia em prosa grega, *Leucipe e Clitofonte*, de Aquiles Tácio, cujo Livro I principia com a descrição do porto de Sídon; como exemplo seiscentista, o proêmio da novela "La Perla de Portugal (novela sem a letra *i*)", do cultíssimo Alonso de Alcalá y Herrera, em que o autor descreve a chegada ao porto de Lisboa, o percorrer a cidade e, ao mesmo porto, retornar[75].

Este modo de descrever, centrado nos procedimentos amplificativos como meios de sus-

---

75. Cf. Alonso de Alcalá y Herrera, *Varios effetos de amor en cinco novelas exemplares. Y nuevo artificio de escrevir prosas, y versos, sin una de las cinco letras vocales, excluyendo vocal differente en cada Novela*, Lisboa: Manuel da Silva, 1640, p. 39v-40: "En esta magestuosa Corte de nuestro famoso Portugal, cabeça de las generosas Comarcas de su Real Corona, o Corona de todas las de Hespaña [...]. En esta, por su capaz, o anchuroso puerto, monstruosas naves, hermosos montes, alegres collados, levantadas torres, elevados alcaçares, poderosas aduanas, notables rentas, arrogantes plaças, numerosas fuentes, espesas calles, amontonadas casas, famosos templos, devotas hermandades, sumptuosos conventos, nobles solares, doctas escuelas, valerosas armas, generosos cavalleros, gallardas damas, tan decantada en todas partes por la mas rara, perfeta, notable. Pero donde vas loca pluma? Donde te engolfas? Tente. Eres, acaso de Apeles? Podrás con tu corto caudal, retratarla? No, por mas que te canses. Pues bolvamos al puerto".

citar os afetos, em que o acento recai no fingimento de presença dramática, transformando ouvintes e leitores em espectadores ativos, caracteriza uma ecfrase: "técnica de produzir enunciados que têm *enargeia*, presentando a coisa quase como se o ouvido a visse em detalhe"[76]. Por essa *descriptio* estimar não um ensinamento, mas um encanto, não um realismo, mas uma composição poética verossímil, a aparência da ilha se mimetiza em caráter, a reproduzir a moral do Império do qual a ilhota é parte – privilegiada, como foi dito, por ser sua síntese melhor. Se exteriormente parece feia, o é do mesmo modo que a concha, que guarda em si *a pérola fermosa*; se tem outeiros, é por que neles se mostram *as presunções do mundo*; se, finalmente, na azáfama dos barcos que sulcam a baía, *uns vão buscando da Cidade a via* e *outros dela se vão com alegria*, é porque *na desigual ordem / consiste a fermosura na desordem*. A ilha é um mundo abreviado, mas inteiro, uno na sua semelhança com o Mundo criado, em que se há de desconfiar das aparências, em que *até nos peixes com verdade pura / ser pequeno [...] é desventura*, e em que, finalmente, em suas diferenças, compõe-se a harmonia da natureza, vária e antitética.

Tal variedade, razão da formosura, é o que a *descriptio* em que consiste o poema focaliza.

---

[76]. Definição de João Adolfo Hansen, em texto ainda inédito, *Categorias epidíticas da ekphrasis*, cuja leitura antecipada agradeço ao autor.

— *Introdução* —

O deambular do olhar, envolvendo e particularizando os elementos admiráveis da ilha, intensifica o caráter digressivo da descrição, propiciando a exposição minuciosa e plural de cada elemento do conjunto, em suas qualidades suscetíveis de causar espanto e maravilhar o leitor – de deleites sempre desejoso. Assim se há de entender o catálogo de peixes e mariscos, em que o sentido (sentido inteligível, é claro) do paladar é afetado por uma série de adjetivos que lhe correspondem: *regalo, regalado, sustância, gosto, gostoso, tempero, temperado, apetite, convite, saboroso, fastio...*

E assim também o extenso catálogo de frutas e legumes que ocupa a maior parte do poema, em uma gala de termos raros e sonoros, luxuosos como convém à primavera dessa ilha, em que as folhas verdes brilham sem cessar, *esmeraldas de abril*. Esse catálogo de vegetais da *silva* (por outro nome, "selva") é subdividido em três: o das frutas importadas, o das naturais e o das raízes. Entre as frutas do primeiro catálogo, a cana-de-açúcar é a primeira a ser mencionada, como de se esperar; das demais, cada uma é comparada às da terra de origem, mostrando vantagem, seja pela doçura (as laranjas-da-terra e os figos), seja pelo tamanho (as laranjas-da-China), seja pela quantidade (os limões), pela beleza (as cidras), pelo número das colheitas (as uvas moscatéis), pelo sabor (os melões), pela qualidade (as melancias), pela cor (as romãs).

No segundo catálogo, os principais termos de comparação são o sabor, o odor, a cor e o tato das frutas "próprias" em relação àquelas que frutificam apenas na Europa: a castanha do caju *é melhor que a de França, Itália, Espanha*; as pitombas *são no gosto melhor do que as cerejas*; as bananas *competem com maçãs, ou baonesas, / com peros verdeais ou camoesas*; o maracujá *como é mole, / qual suave manjar todo se engole*; a mangaba *tem o cheiro famoso, / como se fora almíscar oloroso*; enfim, o ananás, que *é muito mais que o pêssego excelente* [...] *por maior, por mais doce, e mais cheiroso*. Estabelecendo a comparação com frutos europeus tidos por ótimos, Botelho de Oliveira não só logra trazê-los ao seu poema, multiplicando, por assim dizer, a variedade dos que arrola, como também superlativiza as plantas da terra pelo confronto com as estranhas[77]. O cromatismo também é rico[78], e encarece o espectro de prazeres que podem suscitar as frutas, segundo o sentido (inteligível, novamente) da visão: cajus belos, vermelhos, amarelos; pitangas rubicundas; pitombas douradas; maracujá mais rosado do que açúcar; mangaba salpicada de tintas. E o mesmo em relação aos legumes: mangarás brancos ou vermelhos; inhames cândidos, carás roxos etc.

---

77. O adjetivo que Botelho de Oliveira utiliza, "própria", parece equivaler a "nativa". Embora o coco e a banana tenham sido trazidos pelos portugueses ao Brasil, respectivamente, da Índia e da Guiné, até mesmo o *Vocabulário* do Bluteau considera a banana "fruto do Brasil"; talvez, nesses anos iniciais de Setecentos, também o coqueiro estivesse já tão integrado à paisagem que era desaprendida sua origem oriental.

78. Cf. *Carmelina de Almeida*, op. cit., p. 101.

Sob a denominação de "legumes", por fim, Botelho de Oliveira inclui raízes como mangarás, batatas, inhames, carás e aipins, com destaque para a mandioca e sua farinha, bem como o milho e o arroz, os quais todos *são do Brasil sustentos duplicados*; aqui, o principal termo que os reúne, mais do que as belezas sensíveis que predominam entre as frutas, é a utilidade para a alimentação: os inhames *podem tirar a fome ao mais faminto*; das batatas *se faz a rica batatada, / das Bélgicas nações solicitada*; da farinha de mandioca faz-se o beiju, que *grande vantagem leva ao pão de trigo* etc. Todo este rol de "frutos da terra", em sua variedade, são partes da dita formosura da ilha, a qual, naturalmente, assim é por serem honestos seus prazeres. A riqueza, suavidade, beleza, paladar, tato, odor, que cada um deles e seu conjunto oferecem aos sentidos concorrem para o elogio da ilha, qualificando-a como útil e doce; o poema, por sua vez, imitando-lhe doçuras e utilidades, ofício maior do engenho poético, deleita e instrui o leitor, bem aprendido o binômio horaciano.

Um único sentido, o da audição, pareceria estar ausente nesse fausto de delícias, não soubéssemos que a sonoridade rara – e melódica – dos nomes de tais frutas e legumes naturais da terra ainda hoje são capazes de estranhar agradavelmente os ouvidos, até mesmo, é claro, numa leitura silenciosa: mangava, macujé, mangará, cará, inhame, beiju, aipim...

A natureza da ilha é sintetizada nos ciúmes e invejas que, devido a esses bens, o Brasil causa a Portugal, e é causa de ter sido acometida por holandeses (*Ah se Holanda os gozara!*). A síntese se materializa nos quatro elementos em que ela excele, coincidindo seus *AA* com suas virtudes: *A*rvoredos sempre verdes, *A*res puros, *Á*guas sadias, *A*çúcar deleitoso.

> Tenho explicado as fruitas, e legumes
>   Que dão a Portugal muitos ciúmes;
> Tenho recopilado
> O que o Brasil contém para invejado,
> E para preferir a toda a terra,
> Em si perfeitos quatro AA encerra.
> Tem o primeiro A, nos arvoredos
> Sempre verdes aos olhos, sempre ledos;
> Tem o segundo A, nos ares puros
> Na tempérie agradáveis, e seguros;
> Tem o terceiro A, nas águas frias,
> Que refrescam o peito, e são sadias;
> O quarto A, no açúcar deleitoso,
> Que é do Mundo o regalo mais mimoso.

A representação das letras como signos de realidades essenciais é um lugar comum e cabalístico, que recupera em outro lugar noções já vistas da potência sonora como semelhança conceitual[79]. Isso ocorre inclusive nos primeiros cro-

---

79. Cf., por exemplo, Francisco Manuel de Melo, *Tratado da ciência cabala*, Lisboa: Estampa, 1972, orig. 1724, pp. 71-2: "Recebida é de todos aquela comum sentença que afirma haver deixado Deus sua virtude *in verbis, in herbis et in lapidibus*. Das ervas e das pedras pouco e pou-

nistas do Brasil, que repetem com insistência a máxima de que as diversas línguas dos índios do Brasil não têm, nenhuma delas, nem F, nem L, nem R – por nenhum deles terem Fé, Lei ou Rei. Aqui, o poeta usa o mesmo procedimento de tomar a letra A como signo dos conceitos elegidos, porém não para vituperar, e sim para fazer uma súmula do elogio à ilha, que *em si perfeitos quatro AA encerra*. A letra *A* é primeira em todos os alfabetos, dizem, a primeira de todos os homens, também expiração de Deus – que se diz *Alfa* e *Ômega*. Certamente, as árvores, os ares e as águas insignes demonstram por si dádivas divinas à ilha, que a tornam maravilhosa em seus elementos naturais; mas a perfeição última é dada pelo açúcar, produto do labor e do artifício humano, cuja fartura, riqueza e doçura excepcionais são permitidas pela divindade para completude da glória da ilha e seu louvor. Por essa razão o engenho famoso que aí existia, destruído pelos batavos hereges

---

cos duvidarão [...] É logo só contra as palavras toda a força das impugnações. Mas a doutrina platônica assiste de boa vontade a confessar a virtude delas, como se vê em Platão, no Diálogo intitulado *Crátilo* [...] da qual disputa se colige ser Platão de parecer que da própria maneira que os objetos ministram à vista aquelas espécies por onde são vistos e conhecidos, pelo que em si é cada um deles, com real diferença e distinção de uns a outros, assim também os nomes, letras, números e figuras mandam outras invisíveis espécies ao entendimento, pelas quais são dele compreendidas, em tal modo que um nome, uma letra, um número e uma figura se propõem diversamente à imaginação do que outra figura, número, letra e nome."

que cobiçavam a baía e todo o Brasil, renasceu em seguida, Fênix católica. Tornada templo divino a ilha toda, portanto, o reconhecimento visível da fé é dado pelos homens que nela não descuidaram de construir três capelas, *ditosamente belas*, dedicada uma a Nossa Senhora das Neves, outra a São Francisco Xavier e a terceira a Nossa Senhora da Conceição.

Deste modo, todos os deleites exuberantes da ilha de Maré se mostram coniventes com a virtude católica, ibérica. Vênus, Apolo e suas Musas são alegorias, ao passo que Maria é tenaz padroeira da poesia e do amor verdadeiros. As cores, os sabores e os odores raros, imitados em locução distinta e harmoniosa, que procura se assemelhar às coisas extraordinárias e felizes que descreve, são mostras dos benefícios divinos sobre a cidade do Salvador, a qual reverencia a fé, obedece à lei, submete-se a seu rei. Se *delectare* é o efeito último almejado em poemas encomiásticos como este, tal deleite se reveste de uma eficácia precisa, em termos de adequação e conjunção ao Império e à Igreja – *imperfeitos dois II*.

ADMA MUHANA

BIBLIOGRAFIA

Manuscritos
Lyra Sacra em uarios assumptos Dedicada ao Illustrissimo Senhor Marques de Alegrete [...] *1703.* Ms. Biblioteca Pública de Évora, cod. CXIX/1-4, in 4º, 127 fls.
Conçeitos spirituais. Authorizados com os lugares da Escritura Sagrada, sobre os dez mandamentos da Ley de Deus, sobre os sete peccados mortais, sobre os quatro Nouissimos do Homem [...] *Anno de 1706.* Ms. Biblioteca Pública de Évora, cod. CXXIII in 4º, 116 fls.

Editio princeps
Musica do Parnasso. Dividida em quatro coros de rimas Portuguesas, Castelhanas, Italianas, & Latinas. Com seu descante cômico redusido em duas Comedias. [...] Lisboa, na officina de Miguel Manescal, 1705.

Edições consultadas
Lyra Sacra. Leitura paleográfica de Heitor Martins. São Paulo: Conselho Estadual de Cultura, 1971.
Música do Parnasso. Prefácio e organização do texto por Antenor Nascentes. Rio de Janeiro: MEC-INL, 1953. 2 t.

Fontes documentais

Documentos Históricos do Arquivo Municipal. Atas da Câmara (1669-1684). Prefeitura do Município do Salvador-Bahia, v. 5.

Documentos Históricos do Arquivo Municipal. Atas da Câmara (1684-1700). Prefeitura do Município do Salvador-Bahia, v. 6.

Relação da Freguesia de Nossa Senhora da Purificação de Santo Amaro do Recôncavo da Bahia pelo Vigário José Nogueira da Silva (1704). Arquivo Público da Bahia – Guia de Secção Colonial e Provincial. Livro 609, pp. 57-8.

Notícia sobre a Freguesia de S. Pedro de Itararipe e Rio Fundo, no Arcebispado da Bahia, pelo Vigário Manoel Lobo de Sousa (1757). Arquivo Público da Bahia – Guia de Secção Colonial e Provincial. Livro 609, pp. 90-3.

Estudos

ALMEIDA, Carmelina M. Rodrigues de. *O marinismo de Botelho*. Tese apresentada ao Instituto de Letras da Universidade Federal da Bahia para concurso de Professor Assistente do Departamento de Letras Românicas. Salvador, 1975.

BERNUCCI, Leopoldo. "Disfraces gongorinos en Manuel Botelho de Oliveira". *Cuadernos Hispanoamericanos*, n. 570, Madrid, dez. 1997, pp. 73-94.

MARTINEZ LOPEZ, Enrique. "La poesía religiosa de Manuel Botelho de Oliveira". *Revista Iberoamericana*, n. 68, maio-ago. 1969, pp. 303-27.

RODRIGUES-MOURA, Enrique. "Manuel Botelho de Oliveira (1636-1711). Un poeta, dos continentes, cuatro idiomas". *Actas del 50 Congreso Internacional de Americanistas*. Universidad de Varsovia, jul. 2000, pp. 366-84.

TEIXEIRA, Ivan. "O engenhoso fidalgo Manuel Botelho de Oliveira". *Revista USP*, n. 50, São Paulo, 2001, pp. 178-209.

VIANNA, Marlene Machado Zica. *Música do Parnasso. Temas, formas, linguagem*. Tese de doutorado apresentada à Faculdade de Letras da Universidade Federal de Minas Gerais. Belo Horizonte, 2001. [Não consultada.]

CRONOLOGIA

1636. Nasce, na Bahia, Manuel Botelho de Oliveira, filho do capitão de infantaria Antônio Álvares Botelho.
1657. Parte para Coimbra, onde freqüenta o curso de Direito.
1665. Retorno ao Brasil.
1677. Viúvo, casa-se em segundas núpcias com D. Felipa de Brito Freire, com quem tem três filhos: Francisco, Estévão e Maria.
1680 (ca.). Recebe o cargo de capitão-mor das ordenanças de Jacobina, vila do interior da Bahia.
1683. É eleito Síndico da Câmara de Salvador.
1684. É eleito Vereador da Câmara de Salvador.
1703. Prepara para impressão o livro de poemas *Lira Sacra*, publicado pela única vez em 1971, em São Paulo.
1705. Edita *Musica do Parnasso* na oficina de Manuel Manescal, em Lisboa, composto de poemas e duas comédias.
1706. Prepara para impressão a obra em prosa *Conceitos spirituais*, ainda inédita.
1710. Exerce novamente o cargo de Vereador da Câmara, nomeado pela Relação.
1711. No dia 5 de janeiro, falece na cidade de Salvador.

NOTA À PRESENTE EDIÇÃO

Esta edição tomou como base duas fontes primárias: a *editio princeps* de *Musica do Parnasso*, publicada na oficina de Miguel Manescal, Lisboa, em 1705, e o manuscrito de *Lyra Sacra*, depositado na Biblioteca Municipal de Évora (códice CXIV/1-4), cuja leitura foi confrontada com a edição que dela fez Heitor Martins, o Conselho Estadual de Cultura de São Paulo, em 1971. No caso de *Música do Parnasso*, cuja edição original traz ainda duas comédias, conforme se pode ler no prólogo ao leitor, não as incorporamos aqui, desde que esta edição da poesia completa do autor não contempla sua obra em prosa.

Para a atualização do texto, valemo-nos de muitas das soluções adotadas por Antenor Nascentes em sua edição de *Música do Parnasso*, feita pelo Ministério da Educação e Cultura – Instituto Nacional do Livro, no Rio de Janeiro, em 1953, obra hoje de difícil acesso. Cabe dizer que essa atualização se restringiu à modernização da grafia dos vocábulos e desde que não causasse diferença fosse em relação a rima, ao número de sílabas dos versos, ou a uma possível polissemia. Assim, substitui o *&* por *e*, o uso do *y* por *i*, conforme a normatização atual, reduzi as letras dobradas a uma só (estre*ll*a, e*ff*eyto, cha*mm*a etc.) e segui as regras ortográficas hoje vigentes para o emprego de *s*, *ss*, *ç*, *c*, *sc*, *x* e *z*, bem como de *j* e *g* e de *h*. Padronizei conforme a ortografia contemporânea as terminações dos tempos verbais do futuro e do pretérito (*-ão* e *-am*), não distinguidas na grafia seiscentista, e as de substantivos em *-eo*/*-ea* por *eu* (Deos, Orfeo) ou por *-eio*/*-eia* (enlea, afea etc.), conforme o caso. Também modernizei a acentuação dos vocábulos, mantendo as formas dúplices quando necessário (impio/ímpio; florido/flórido). Doutro modo, no mesmo intuito de preservar o que poderia ser característico da língua na época, mantive o uso das maiúsculas, abundante para os padrões atuais, inclusive em termos nos quais a grafia contemporânea não os emprega: Sol, Planeta, Rei, Ministro, Católico, Maio, Abril, Primavera etc. Evitei alterar a pontuação original, a fim de não introduzir leituras interpretativas, levando em conta ainda que no século XVII a pontuação era muito mais prosódica do que sintática; assim, mantive a vírgula diante do conectivo *e*, e o uso, aparentemente irregular, dos dois-pontos e do ponto-e-vírgula. Mantive também grafias sistemáticas, que, mesmo antiquadas, podem ser recuperadas em dicionários contemporâneos (para o que me vali, principalmente, do *Dicionário Houaiss da Língua Portuguesa*) e que é possível corresponderem a realizações fonéticas distintas das atuais: como em *convença, fermoso, frechar, fruito* (que alterna com *fruto*), *inico, resplandor* etc.; mantive ainda aquelas cuja atualização ortográfica, em alguma ocasião, poderia interferir no número silábico dos versos, ou na rima: *aonde, c'ranguejo, desperdiço, inda, Paraclito, parocismo preminente, ùa, venáb'lo* etc.

Os poemas em castelhano e em italiano, do mesmo modo, tiveram suas grafias atualizadas, respectivamente, por Viviana Gelado, professora da Universidade Federal de São Carlos, e por Maria Augusta Mattos, professora da Universidade Estadual de Campinas. Já os poemas em latim de *Música do Parnasso* foram revisados e traduzidos (em corpo menor, no texto) por Aristóteles Angheben Predebon. A eles deixo expressos meus agradecimentos pela amável e competente colaboração.

Finalmente, procurei me aproximar ao máximo da diagramação presente seja na edição setecentista de *Música do Parnasso*, seja no manuscrito da *Lira Sacra* (bastante semelhantes entre si, aliás), supondo que a aparência dos poemas na página afeta a sua leitura.

POESIA COMPLETA

MÚSICA DO PARNASSO

DIVIDIDA EM QUATRO COROS E RIMAS

PORTUGUESAS, CASTELHANAS, ITALIANAS
E LATINAS COM SEU DESCANTE COMICO
REDUZIDO EM DUAS COMÉDIAS,
OFERECIDA AO EXCELENTÍSSIMO SENHOR
DOM NUNO ÁLVARES PEREIRA DE MELO,
DUQUE DO CADAVAL ETC.
E ENTOADA PELO CAPITÃO-MOR MANUEL
BOTELHO DE OLIVEIRA, FIDALGO DA CASA
DE SUA MAJESTADE, LISBOA.

NA OFICINA DE MIGUEL MANESCAL,
IMPRESSOR DO SANTO OFICIO,
ANO DE 1705.

MUSICA DO PARNASSO

DIVIDIDA EM QUATRO COROS

DE RIMAS

PORTUGUESAS, CASTELHA-.
nas, Italianas, & Latinas.

COM SEU DESCANTE COMICO REDUSI
do em duas Comedias,

OFFERECIDA
AO EXCELLENTISSIMO SENHOR DOM NUNO
Alvares Pereyra de Mello, Duque do Cadaval, &c.
E ENTOADA
PELO CAPITAM MOR MANOEL BOTELHO
de Oliveyra, Fidalgo da Caza de Sua
Mageſtade.

LISBOA.

Na Officina de MIGUEL MANESCAL, Impreſſor do
Santo Officio. Anno de 1705.

Ao Excelentíssimo

Senhor D. Nuno Álvares Pereira de Melo, Duque do Cadaval, Marquês de Ferreira, Conde de Tentúgal, Alcaide-mor das Vilas e Castelos de Olivença, e Alvor. Senhor das Vilas de Tentúgal, Buarcos, Vila Nova Dansos, Rabaçal, Alvaiazere, Penacova, Mortágua, Ferreiradaves, Cadaval, Cercal, Peral, Vilaboa, Vilarruiva, Albergaria, Água de Peixes, Mujem, Noudar e Barrancos: Comendador das Comendas de Grândola, Sardoal, Eixo, Morais, Marmeleira, Noudar e Barrancos. Dos Conselhos de Estado, e Guerra, e do despacho de mercês, e expediente. Mestre-de-campo, General da Corte, e Província da Estremadura junto à pessoa de Sua Majestade, Capitão-general da Cavalaria da mesma Corte, e Província da Estremadura junto à pessoa de Sua Majestade, Capitão-general da Cavalaria da mesma Corte, e Província, Presidente do Desembargo do Paço etc.

Célebre fez em Fócio ao Monte Parnasso o ter sido das musas domicílio, mas se nisto teve a fortuna de ser talvez o primeiro, não faltou quem lhe tirasse a de ser único. Essa queixa pode formar da famosa Grécia, para cujas interiores províncias se passaram as musas com tanto empenho, como foi o que tiveram em fazer aquele portento da sua Arte, o insigne Homero, cujo poema eternizou no Mundo as memórias da sua pena e do seu nome. Transformou-se Itália em uma nova Grécia, e assim, ou se passaram outra vez de Grécia, ou de novo renasceram as musas em Itália, fazendo-se tão conaturais a seus engenhos, como entre outros o foram no do famoso Virgílio e elegante Ovídio, os quais, vulgarizada depois, ou corrupta a língua latina, na mesma Itália se reproduziram no grande Tasso e delicioso Marino, poetas que entre muitos floresceram com singulares créditos e não menores estimações. Ultimamente se transferiram para Espanha onde foi e é tão fecunda a cópia de poetas, que entre as demais nações do Mundo parece que aos espanhóis adotaram as musas por seus filhos, entre os quais mereceu o culto Góngora extravagante estimação, e o vastíssimo Lope aplauso universal; porém em Portugal, ilustre parte das Espanhas, se naturalizaram, de sorte que parecem identificadas com os seus patrícios; assim o testemunham os celebrados poemas daquele lusitano Apolo, o insigne Camões, de Jorge Monte-Maior, de Gabriel Pereira de Castro, e outros que nobilitaram a língua portuguesa com a elegante consonância de seus metros.

Nesta América, inculta habitação antigamente de bárbaros índios, mal se podia esperar que as Musas se fizessem brasileiras; contudo quiseram também passar-se a este empório, aonde como a doçura do açúcar é tão simpática com a suavidade do seu canto, acharam muitos engenhos, que imitando aos poetas de Itália, e Espanha, se aplicassem a tão discreto entretenimento, para que se não queixasse esta última parte do mundo que, assim como Apolo lhe comunica os raios para os dias, lhe negasse as luzes para os entendimentos. Ao meu, posto que inferior aos de que é tão fértil este país, ditaram as Musas as presentes rimas, que me resolvi expor à publicidade de todos, para ao menos ser o primeiro filho do Brasil que faça pública a suavidade do metro, já que o não sou em merecer outros maiores créditos na Poesia.

Porém encolhido em minha desconfiança, e temeroso de minha insuficiência, me pareceu logo preciso valer-me de algum herói, que me atentasse em tão justo temor, e me segurasse em tão racionável receio, para que nem a obra fosse alvo de calúnias, nem seu autor despojo de Zoilos, cuja malícia costuma tiranizar a ambos, mais por impulso da inveja, que por arbítrio da razão: para segurança, pois destes perigos solicito o amparo de Vossa Excelência, em quem venero relevantes prerrogativas para semelhante patrocínio; porque se é próprio de príncipes o amparar a quem os busca, Vossa Excelência o é não menos na generosidade de seu ânimo, que na regalia de seu sangue, com cuja tinta trasladou em Vossa Excelência a natureza o exemplar das heróicas prendas de seus ilustríssimos progenitores, de quem como águia legítima não degenerou a Sua Soberania: a Vossa Excelência venera o estado do Reino por Conselheiro o mais político, pois assim sabe nele propor as dificuldades, e investigar os meios. A Vossa Excelência faz o nosso sereníssimo Monarca árbitro dos negócios mais árduos, e arquivo dos segredos mais íntimos, repartindo, ou descansando em Vossa Excelência como em generoso Atlante o grande peso de toda a esfera lusitana; nela reconhecem a Vossa Excelência por luminar, ou astro mui benéfico, tantos quantos são os que participam das continuadas influências de sua grandeza, a qual como logra propriedades de Sol, a todos alcança com seus benignos influxos; assim o experimentam tantas viúvas, a quem Vossa Excelência socorre compassivo, tantas donzelas a quem dota liberal, tantas mulheres que têm o título de visitadas, a quem se não visita sua pessoa, remedeia todos os meses sua munificência, sendo esta em Vossa Excelência tão fecunda, como o mostram outras muitas esmolas, que por sua mão faz, além das que em trigo, e dinheiro, todo o ano reparte por seu esmoler e pároco, que são dois contínuos aquedutos, pelos quais perenemente corre a fonte de sua liberalidade; a esta dá Vossa Excelência muito maiores realces, quando tão pia e profusamente a exercita com o sagrado, ornando e enriquecendo os templos, especialmente o em que foi batizado, a quem consignou todos os anos copiosa côngrua para seu culto, favorecendo com toda a grandeza as comunidades, provendo com larga mão as Religiões do que necessitam, como o confessa a Seráfica Família do grande Patriarca São Francisco, e dando aos conventos pobres das religiosas vestiaria para todas, sendo a sua caridade como fogo, que nunca diz basta para dar, enquanto acha necessidades que socorrer; esta lhe conciliou a Vossa Excelência o renome de Pai da Pobreza, título entre os muitos que logra o mais ilustre, pois tanto o assemelha ao mesmo Deus, que por ser o sumo Bem, sempre se está comunicando a todos.

Mas como nos astros não só há influxos, senão também luzes, os brilhantes reflexos das de Vossa Excelência bem se viram em todos os tribunais deste Reino, que foram os iluminados zodíacos, onde giraram tanto tempo seus resplandores: aqui luziu a sua justiça com raios sempre diretos, porque nunca houve coisa que pudesse torcer, nem ainda inclinar a sua retidão: aqui brilhou o seu zelo com luzes tão vivas, que nada pode diminuir sua eficácia, nem resfriar o intenso de sua atividade, sendo em Vossa Excelência este zelo tão geral e pronto para todas as matérias tocantes ao bem do Reino, que por causa deste o levou no tempo presente dos tribunais aos exércitos, e da corte para a campanha, na qual se houvera mais, ou maiores ocasiões para a peleja, o admiráramos todos vivo retrato daquele famoso Marte lusitano, o Senhor Nuno Álvares Pereira, de quem Vossa Excelência herdou o valor com o nome, e com o sangue a generosidade, e ficara conhecendo o mundo como na paz e na guerra era Vossa Excelência sempre César.

Bem certificado estava de seu marcial ânimo, e militar ciência o nosso Sereníssimo Monarca, pois em sábado 4 de outubro lhe encarregou o governo da primeira linha do exército, para que dirigisse a marcha dele ao sítio que se pretendia, empresa tão difícil em si, como pelas circunstâncias para Vossa Excelência gloriosa, porque obedecendo com pronto rendimento à real vontade e encarregando-se com singular prudência desta ação, que Sua Majestade lhe fiara, fez marchar o exército com tão admirável ordem, que todos os cabos nacionais e estrangeiros concorreram a dar-lhe os parabéns do acerto com que Vossa Excelência desempenhou felizmente o bom sucesso, que nesta empresa se desejava: bem conheceram a Vossa Excelência por herói capaz e digno de outras maiores as Majestades ambas, pois na bataria, que se fez no Porto de Águeda em sete de outubro, vendo-o livre das balas do inimigo, especialmente de uma que lhe chamuscou a anca e cauda do cavalo, em que andava montado, não podendo dissimular o seu júbilo, davam também multiplicados parabéns a Vossa Excelência de escapar a tantos perigos, em que o meteu o seu valor, e de que o livrou a Providência Divina, favor bem merecido da piedade com que Vossa Excelência socorria na campanha aos soldados com tão repetidas esmolas, escudos fortíssimos que o defendem nos maiores apertos da terra, ao mesmo tempo que lhe servem de poderosas armas, com que Vossa Excelência está conquistando o céu. Mais pudera dizer de outras muitas heróicas ações, relevantes prendas e singulares virtudes de Vossa Excelência, se este epilogado papel fora capaz de tanto empenho; porém, como nele não cabe a multiplicidade de tantos títulos, quantos as acreditam, seria temeridade querer recopilar um mar imenso em tão limitada concha, e copiar figura tão agigantada em um quadro tão pequeno, guarde Deus a pessoa de Vossa Excelência por dilatados e felicíssimos anos para glória de Portugal.

De Vossa Excelência,
Menor súdito,
MANUEL BOTELHO DE OLIVEIRA

PRÓLOGO AO LEITOR

Estas Rimas, que em quatro línguas estão compostas, ofereço neste lugar, para que se entenda que pode uma só Musa cantar com diversas vozes. No princípio celebra-se uma dama com o nome de Anarda, estilo antigo de alguns poetas, porque melhor se exprimem os afetos amorosos com experiências próprias: porém, por que não parecesse fastidioso o objeto, se agregaram outras rimas a vários assuntos: e assim como a natureza se preza da variedade para formosura das coisas criadas, assim também o entendimento a deseja, para tirar o tédio da lição dos livros. Com o título de *Música do Parnasso* se quer publicar ao Mundo: porque a Poesia não é mais que um canto poético, ligando-se as vozes com certas medidas para consonância do metro.

Também se escreveram estas Rimas em quatro línguas, porque quis mostrar o seu autor com elas a notícia, que tinha de toda a Poesia, e se estimasse esta obra, quando não fosse pela elegância dos conceitos, ao menos pela multiplicidade das línguas. O terceiro e quarto coro das

Italianas e Latinas estão abreviados, porque além desta composição não ser vulgar para todos, bastava que se desse a conhecer em poucos versos. Também se acrescentaram duas Comédias, para que participasse este livro de toda a composição poética. Uma delas, *Hay amigo para amigo*, anda impressa sem nome. A outra, *Amor, Engaños, y Celos*, sai novamente escrita: e juntas ambas fazem um breve descante aos quatro coros*. Se te parecerem bem, terei o louvor por prêmio de meu trabalho; se te parecerem mal, ficarei com a censura por castigo de minha confiança.

---

* Nesta edição da *Poesia completa* de Manuel Botelho de Oliveira, não estão incorporadas as duas longas comédias castelhanas anexas à primeira edição de *Música do Parnasso*.

LICENÇAS DO SANTO OFÍCIO

Vistas as informações, pode se imprimir o livro, de que esta petição trata, e impresso tornará para se conferir, e dar licença que corra, e sem ela não correrá. Lisboa, 19 de julho de 1703.
Carneiro. Moniz. Frei Gonçalo. Hasse. Monteiro. Ribeiro.

Pode-se imprimir o livro, de que esta petição trata, e impresso tornará para se dar licença para correr. Lisboa, 14 de outubro de 1703.
Frei Pedro, Bispo de Bona.

Licença do Paço

Que se possa imprimir, vistas as licenças do Santo Ofício, & Ordinário, e depois de impresso tornará à Mesa para se conferir, e taxar, e sem isso não correrá. Lisboa, 20 de outubro de 1703.
Oliveira. Azevedo.

Taxam este livro em trezentos e cinqüenta réis. Lisboa, 27 de fevereiro de 1705.

PRIMEIRO CORO DE RIMAS PORTUGUESAS EM VERSOS AMOROSOS DE ANARDA

SONETOS

ANARDA INVOCADA
Soneto I

Invoco agora Anarda lastimado
    Do venturoso, esquivo sentimento:
    Que quem motiva as ânsias do tormento,
    É bem que explique as queixas do cuidado.
Melhor Musa será no verso amado,
    Dando para favor do sábio intento
    Por Hipocrene o lagrimoso alento,
    E por louro o cabelo venerado.
Se a gentil formosura em seus primores
    Toda ornada de flores se avalia,
    Se tem como harmonia seus candores;
Bem pode dar agora Anarda impia
    A meu rude discurso cultas flores,
    A meu plectro feliz doce harmonia.

PERSUADE A ANARDA QUE AME
Soneto II

Anarda vê na estrela, que em piedoso
    Vital influxo move amor querido,
    Adverte no jasmim, que embranquecido
    Cândida fé publica de amoroso.
Considera no Sol, que luminoso
    Ama o jardim de flores guarnecido;
    Na rosa adverte, que em coral florido
    De Vênus veste o nácar lastimoso.
Anarda pois, não queiras arrogante
    Com desdém singular de rigorosa
    As armas desprezar do Deus triunfante:
Como de amor te livras poderosa,
    Se em teu gesto florido e rutilante
    És estrela, és jasmim, és Sol, és rosa?

PONDERAÇÃO DAS LÁGRIMAS DE ANARDA
Soneto III

Suspende, Anarda, as ânsias do alvedrio,
    Quando a fortuna cegamente ordena
    Essa dor, que dilatas pena a pena,
    Esse aljôfar, que vertes fio a fio.
Se és dura rocha no rigor impio,
    Se és brilhadora luz na fronte amena;
    A triste chuva de cristais serena,
    Da sucessiva prata embarga o rio.
Mais ai, que não depões o sentimento,
    Para que em ti padeça rigor tanto,
    Se tens meu coração no peito isento. →

De sorte, pois, que no amoroso encanto
    Avivas em teu peito o meu tormento,
    Derramas por teus olhos o meu pranto.

SOL, E ANARDA
Soneto IV

O Sol ostenta a graça luminosa,
    Anarda por luzida se pondera;
    O Sol é brilhador na quarta esfera,
    Brilha Anarda na esfera de formosa.
Fomenta o sol a chama calorosa,
    Anarda ao peito viva chama altera,
    O jasmim, cravo, e rosa ao Sol se esmera,
    Cria Anarda o jasmim, o cravo, e rosa.
O Sol à sombra dá belos desmaios,
    Com os olhos de Anarda a sombra é clara,
    Pinta Maios o Sol, Anarda Maios.
Mas (desiguais só nisto) se repara
    O Sol liberal sempre de seus raios,
    Anarda de seus raios sempre avara.

MOSTRA-SE QUE A FERMOSURA ESQUIVA NÃO PODE SER AMADA
Soneto V

A pedra Ímã, que em qualidade oculta
    Naturalmente atrai o ferro impuro,
    Se não vê do diamante o lustre puro,
    Prende do ferro a simpatia inculta. →

Porém logo a virtude dificulta,
    Quando se ajunta c'o diamante duro:
    Que um ódio até nas pedras é seguro,
    Que até nas pedras uma inveja avulta.
Prendendo pois com atração formosa
    A formosura, qual Ímã se aviva,
    É diamante a dureza rigorosa;
Aquela junta com a dureza esquiva,
    Não logra a simpatia de amorosa,
    Perde a virtude logo de atrativa.

IRAS DE ANARDA CASTIGADAS
Soneto VI

Do cego Deus, Anarda, compelido
    Vejo teu rosto, e digo meu tormento;
    Digo para favor do sentimento,
    Vejo para recreio do sentido;
As rosas de teu rosto desabrido,
    De teus olhos o esquivo luzimento;
    Este fulmina logo o raio isento
    Estas espinham logo ao Deus Cupido.
Porém para experiências amorosas,
    Quando de amor as ânsias atropelas,
    As perfeições se mudam deslustrosas:
Porque tomando amor vingança delas,
    Nos rigores te afeia as lindas rosas,
    Nas iras te escurece as luzes belas.

VENDO A ANARDA DEPÕE O SENTIMENTO
Soneto VII

A Serpe, que adornando várias cores,
    Com passos mais oblíquos, que serenos,
    Entre belos jardins, prados amenos,
    É maio errante de torcidas flores;
Se quer matar da sede os desfavores,
    Os cristais bebe co'a peçonha menos,
    Porque não morra c'os mortais venenos,
    Se acaso gosta dos vitais licores.
Assim também meu coração queixoso,
    Na sede ardente do feliz cuidado
    Bebe c'os olhos teu cristal fermoso;
Pois para não morrer no gosto amado,
    Depõe logo o tormento venenoso,
    Se acaso gosta o cristalino agrado.

CEGA DUAS VEZES, VENDO A ANARDA
Soneto VIII

Querendo ter Amor ardente ensaio,
    Quando em teus olhos seu poder inflama,
    Teus sóis me acendem logo chama a chama.
    Teus sóis me cegam logo raio a raio.
Mas quando de teu rosto o belo Maio
    Desdenha amores no rigor que aclama,
    De meus olhos o pranto se derrama
    Com viva queixa, com mortal desmaio,
De sorte, que padeço os resplandores,
    Que em teus olhos luzentes sempre avivas,
    E sinto de meu pranto os desfavores →

Cego me fazem já com ânsias vivas
  De teus olhos os sóis abrasadores,
  De meus olhos as águas sucessivas.

RIGORES DE ANARDA NA OCASIÃO
DE UM TEMPORAL
Soneto IX

Agora o Céu com ventos duplicados,
  E com setas de prata despedidas,
  Se enfurece com nuvens denegridas,
  E se irrita com golpes fulminados.
Quando Anarda em tormentos desprezados
  Fulmina nas finezas padecidas
  Os raios dos rigores contra as vidas,
  As nuvens dos desdéns contra os cuidados.
Mas ùa, e outra tempestade encerra
  Diverso mal nas amorosas calmas,
  Ou quando forma da borrasca a guerra:
Porque perdendo Amor ilustres palmas,
  Aquela é tempestade contra a terra,
  Mas esta é tempestade contra as almas.

PONDERAÇÃO DO ROSTO,
E OLHOS DE ANARDA
Soneto X

Quando vejo de Anarda o rosto amado,
  Vejo ao Céu, e ao jardim ser parecido;
  Porque no assombro do primor luzido
  Tem o Sol em seus olhos duplicado. →

Nas faces considero equivocado
    De açucenas, e rosas o vestido;
    Porque se vê nas faces reduzido
    Todo o Império de Flora venerado.
Nos olhos, e nas faces mais galharda
    Ao Céu prefere quando inflama os raios,
    E prefere ao jardim, se as flores guarda:
Enfim dando ao jardim, e ao Céu desmaios,
    O Céu ostenta um Sol; dois sóis Anarda,
    Um Maio o jardim logra; ela dois Maios.

NÃO PODENDO VER A ANARDA
PELO ESTORVO DE ÛA PLANTA
Soneto XI

Essa árvore, que em duro sentimento,
    Quando não posso ver teu rosto amado,
    Opõe grilhões amenos ao cuidado,
    Verdes embargos forma ao pensamento;
Parece que em soberbo valimento,
    Como a vara do próprio, que há logrado,
    Dando essa glória a seu frondoso estado,
    Nega essa glória a meu gentil tormento.
Porém para favor dos meus sentidos
    Essas folhas castiguem rigorosas,
    Os teus olhos, Anarda, os meus gemidos.
Pois caiam, sequem pois folhas ditosas,
    Já de meus ais aos ventos repetidos,
    Já de teus sóis às chamas luminosas.

PONDERAÇÃO DO TEJO COM ANARDA
Soneto XII

Tejo formoso, teu rigor condeno,
    Quando despojas altamente impio
    Das lindas plantas o frondoso brio,
    Dos férteis campos o tributo ameno.
Nas amorosas lágrimas, que ordeno,
    Porque cresças em claro senhorio,
    Corres ingrato ao lagrimoso rio,
    Vás fugitivo com desdém sereno.
Oh como representa o desdenhoso
    Da bela Anarda teu cristal ativo,
    Neste, e naquele efeito lastimoso!
Em ti já vejo a Anarda, ó Tejo esquivo,
    Se teu cristal se ostenta rigoroso,
    Se teu cristal se mostra fugitivo.

AO SONO
Soneto XIII

Quando em mágoas me vejo atribulado,
    Vem, sono, a meu desvelo padecido,
    Refrigera os incêndios do sentido,
    Os rigores suspende do cuidado.
Se no monte Cimério retirado
    Triste lugar ocupas, te convido
    Que venhas a meu peito entristecido,
    Porque triste lugar se tem formado.
Se querem noite escura teus intentos,
    E se querem silêncio; nas tristezas
    Noite, e silêncio têm meus sentimentos: ➔

Porque triste, e secreto nas ternezas,
    É meu peito ùa noite de tormentos,
    É meu peito um silêncio de finezas.

ANEL DE ANARDA PONDERADO
Soneto XIV

Esse vínculo, Anarda, luminoso,
    Do mínimo jasmim prisão dourada,
    Logra na mão beleza duplicada,
    Quando logra na mão candor formoso.
Se te aprisiona seu favor lustroso,
    Te retrata os efeitos de adorada;
    Porque quando te adorna a luz amada,
    Me aprisionas o peito venturoso.
Agora podem teus desdéns esquivos,
    Na breve roda de ouro ver seguros,
    Se cuidados, se incêndios logro ativos;
Pois nela considero em males duros,
    Que tenho a roda dos cuidados vivos,
    Que tenho o ouro dos incêndios puros.

ANARDA ESCULPIDA NO CORAÇÃO LAGRIMOSO
Soneto XV

Quer esculpir artífice engenhoso
    Ùa estátua de bronze fabricada,
    Da natureza forma equivocada,
    Da natureza imitador famoso. →

No rigor do elemento luminoso,
  (Contra as idades sendo eternizada)
  Para esculpir a estátua imaginada,
  Logo derrete o bronze lagrimoso.
Assim também no doce ardor que avivo,
  Sendo artífice o Amor, que me desvela,
  Quando de Anarda faz retrato vivo;
Derrete o coração na imagem dela,
  Derramando do peito o pranto esquivo,
  Esculpindo de Anarda a estátua bela.

ANARDA TEMEROSA DE UM RAIO
Soneto XVI

Bramando o Céu, o Céu resplandecendo,
  Belo a um tempo se via, e rigoroso,
  Em fugitivo ardor o Céu lustroso,
  Em condensada voz o Céu tremendo.
Gira de um raio o golpe, não sofrendo
  O capricho de ũa árvore frondoso:
  Que contra o brio de um subir glorioso
  Nunca falta de um raio o golpe horrendo.
Anarda vendo o raio desabrido,
  Por altiva temeu seu golpe errante,
  Mas logo o desengano foi sabido.
Não temas (disse eu logo) o fulminante:
  Que nunca ofende o raio ao Céu luzido,
  Que nunca teme ao raio o Sol brilhante.

EFEITOS CONTRÁRIOS DO RIGOR DE ANARDA
Soneto XVII

Anarda bela no rigor sofrido
   Deseja a morte ao lastimoso peito,
   Sem ver que em seu perigo a morte aceito,
   Pois sempre vive Anarda em meu sentido:
Mas como o mortal golpe desabrido
   Nunca exprimenta um infeliz sujeito,
   Morro somente de amoroso efeito,
   Nunca morro do golpe pretendido.
Teme em meu coração a Parca forte
   O divino retrato, que convida
   A meu peito amoroso imortal sorte.
De sorte pois, que em glória padecida
   Anarda própria me deseja a morte,
   Anarda própria me defende a vida.

ESPERANÇAS SEM LOGRO
Soneto XVIII

Se contra minha sorte enfim pelejo,
   Que quereis, esperança magoada?
   Se não vejo de Anarda o bem que agrada,
   Não procureis o bem do que não vejo.
Quando frustrar-se o logro vos prevejo,
   Sempre a ventura espero dilatada;
   Não vejo o bem, não vejo a glória amada,
   Mas que muito, se é cego o meu desejo?
Enfermais do temor, e não se alcança
   O que sem cura quer vossa loucura;
   E morrereis de vossa confiança. →

Esperança não sois, porém se apura,
    Que só nisto sereis certa esperança:
    Em ser falsa esperança da ventura.

ENCARECE A FINEZA DO SEU TORMENTO
Soneto XIX

Meu pensamento está favorecido,
    Quando cuida de Anarda o logro amado;
    Ele se vê nas glórias do cuidado,
    Eu me vejo nas penas do sentido.
Ele alcança o fermoso, eu o sofrido,
    Ele presente vive, eu retirado;
    Eu no potro de um mal atormentado,
    Ele no bem, que logra, presumido.
Do pensamento está muito ofendida
    Minha alma, do tormento desejosa,
    Porque em glória se vê, bem que fingida:
Tão fina pois, que está por amorosa,
    De um leve pensamento arrependida,
    De um vão contentamento escrupulosa.

ROSA, E ANARDA
Soneto XX

Rosa da fermosura, Anarda bela
    Igualmente se ostenta como a rosa;
    Anarda mais que as flores é fermosa,
    Mais fermosa que as flores brilha aquela.
A rosa com espinhos se desvela,
    Arma-se Anarda espinhos de impiedosa;
    Na fronte Anarda tem púrpura airosa,
    A rosa é dos jardins purpúrea estrela. →

Brota o carmim da rosa doce alento,
>Respira olor de Anarda o carmim breve,
>Ambas dos olhos são contentamento:
Mas esta diferença Anarda teve:
>Que a rosa deve ao Sol seu luzimento,
>O Sol seu luzimento a Anarda deve.

MADRIGAIS

NAVEGAÇÃO AMOROSA
Madrigal I

É meu peito navio,
>São teus olhos o Norte,
>A quem segue o alvedrio,
>Amor Piloto forte;
>Sendo as lágrimas mar, vento os suspiros,
>A venda velas são, remos seus tiros.

PESCA AMOROSA
Madrigal II

Foi no mar de um cuidado
>Meu coração pescado;
>Anzóis os olhos belos;
>São linhas teus cabelos
>Com solta gentileza,
>Cupido pescador, isca a beleza.

NAUFRÁGIO AMOROSO
Madrigal III

Querendo meu cuidado
    Navegar venturoso,
    Foi logo soçobrado
    Em naufrágio amoroso;
    E foram teus desdéns contrário vento,
    Sendo baixo o meu vil merecimento.

EFEITOS CONTRÁRIOS DE ANARDA
Madrigal IV

Se sai Anarda ao prado,
    Campa todo de flores matizado;
    Se sai à praia ondosa,
    Brilha toda de raios luminosa;
    Enfim, se está presente,
    Tudo se vê contente;
    Mas eu só nos desdéns, com que me assiste,
    Quando presente está, me vejo triste.

PONDERAÇÃO DO ROSTO, E SOBRANCELHAS DE ANARDA
Madrigal V

Se as sobrancelhas vejo,
    Setas despedes contra o meu desejo;
    Se do rosto os primores,
    Em teu rosto se pintam várias cores;
    Vejo, pois, para pena, e para gosto
    As sobrancelhas arco, Íris o rosto.

ENCARECIMENTO DOS RIGORES DE ANARDA
Madrigal VI

Se meu peito padece,
    O rochedo mais duro se enternece;
    Se afino o sentimento,
    O tronco se lastima do tormento;
    Se acaso choro, e canto,
    A fera se entristece do meu pranto;
Porém nunca estas dores
    Abrandam, doce Anarda, teus rigores.
    Oh condição de um peito!
    Oh desigual efeito!
    Que não possa abrandar ũa alma austera
    O que abranda ao rochedo, ao tronco, à
                                  [fera!

VER, E AMAR
Madrigal VII

Anarda vejo, e logo
    A meu peito atormenta o brando fogo;
    Enfim quando me inflama,
    Procedendo da luz a bela chama,
    Vejo por glórias, sinto por desmaios,
    Relâmpagos de luz, de incêndios raios.

CABELO PRESO DE ANARDA
Madrigal VIII

Se esse vínculo belo
    Prende, Divina ingrata, teu cabelo; →

Justa prisão lhe ofende.
Quando em castigos prende a quem me
[prende;
Querendo a lei de Amor, quando o condena,
Que seja a própria culpa própria pena.

AO VÉU DE ANARDA
Madrigal IX

Negando um véu ditoso
    Da bela Anarda o resplandor queixoso,
    Beberam meus suspiros
    De Amor as chamas, e do Amor os tiros;
    De sorte que em motivos de meu gosto
    Era venda do Amor o véu do rosto.

AO MESMO
Madrigal X

Se me encobres, tirana,
    De teu rosto gentil a luz ufana,
    Julga meu pensamento
    Que hás de dar bem ao mal, gosto ao
[tormento;
    Sendo esse linho, se padeço tanto,
    Às chagas atadura, lenço ao pranto.

DESDÉM, E FERMOSURA
Madrigal XI

Querendo ver meu gosto
    O Cândido e purpúreo de teu rosto,
    Sinto o desdém tirano,
    Que fulmina teu rosto soberano;
    Mata-me o esquivo, o belo me convida,
    Encontro a morte, quando busco a vida.

ANARDA ESCREVENDO
Madrigal XII

Quando escreves, ordena
    Meu amor que te dite minha pena;
    Para que decorada,
    De ti seja lembrada:
    Mas ai, que na lição da pena impia
    Me botas os borrões da tirania.

NÃO PODE O AMOR PRENDER A ANARDA
Madrigal XIII

Amor, que a todos prendes
    Naquele doce ardor que n'alma acendes,
    Prende a Anarda, que dura
    Isenta de teu fogo a fermosura;
    Mas ai, que já não podes, pois primeiro
    Em seus olhos ficaste prisioneiro.

SEPULCRO AMOROSO
Madrigal XIV

Já morro, doce ingrata,
    Já teu rigor me mata:
    Seja enterro o tormento,
    Que inda morto alimento;
    Por responsos as queixas,
    Se tiras-me a vida e o amor me deixas;
    E por sepulcro aceito,
    Pois teu peito é de mármore, teu peito.

AMANTE PRESO
Madrigal XV

Anarda, fui primeiro
    De teus valentes raios prisioneiro;
    Prendeu-me agora o fado,
    Às mãos de ũa desgraça castigado;
    Tenho pois de prisões dobrado peso;
    No corpo preso estou, n'alma estou preso.

SUSPIROS
Madrigal XVI

Quando o fogo se inflama,
    Sobe ao Céu natural a nobre chama;
    Verás o mesmo efeito,
    Divina Anarda, no amoroso peito,
    Que em brando desafogo
    Sobe o suspiro ardente de meu fogo →

A teu luzido rosto; e não me admiro,
Pois é teu rosto Céu, chama o suspiro.

ROSAS DE LISTÕES NO CABELO DE ANARDA
Madrigal XVII

Quando, Anarda, hás formado
   As rosas de listões nesse toucado,
Julga meu pensamento
Que produz os listões teu luzimento;
Que para florescer jardim tão belo,
São rosas os listões, Sol o cabelo.

DOUTORAMENTO AMOROSO
Madrigal XVIII

Anarda, o Deus Cupido
   Entre as leis de constante
Dá por prêmio luzido
   O venturoso grau de sábio amante;
São propinas forçosas
As finezas custosas;
As orações prudentes,
Os rogos eloqüentes;
Sendo Padrinho o agrado;
Doutor o coração, Borla o cuidado.

CONVENIÊNCIAS DO ROSTO, E PEITO DE ANARDA
Madrigal XIX

Teu rosto por florido
    Com belo rosicler se vê luzido;
Teu peito a meus amores
    Brota agudos rigores;
    Uniste enfim por bens, e penas minhas
    No rosto rosas, e no peito espinhas.

AO MESMO
Madrigal XX

Ostentando esplendores,
    Teu rosto vivifica mil candores;
Desprezando finezas,
    Teu coração congela mil tibezas;
    Por frio, e branco enfim chamar se deve
    Neve teu coração, teu rosto neve.

ANARDA VENDO-SE A UM ESPELHO
Madrigal XXI

Anarda, que se apura
    Como espelho gentil da fermosura,
    Num espelho se via,
    Dando dobrada luz ao claro dia;
    De sorte que com próvido conselho
    Retrata-se um espelho noutro espelho.

ANARDA JOGANDO A ESPADILHA
Madrigal XXII

Joga, Anarda formosa,
    Espadilha amorosa:
    Os Parceiros atentos
    Sejam meus pensamentos;
    Serão os matadores
    Teus esquivos rigores;
    E por maior triunfo
    A fermosura o preço, Amor o trunfo.

TEME QUE SEU AMOR NÃO POSSA ENCOBRIR-SE
Madrigal XXIII

Não pode, bela ingrata,
    Encobrir-se este fogo, que me mata;
    Que quando calo as dores,
    Teme meu coração que entre os ardores
    Das chamas, que deseja,
    Meu peito se abra, e minha fé se veja.

DÉCIMAS

ANARDA VENDO-SE A UM ESPELHO
Décima 1

De Anarda o rosto luzia
    No vidro, que o retratava,
    E tão belo se ostentava, →

Que animado parecia:
Mas se em asseios do dia
No rosto o quarto farol
Vê seu lustroso arrebol;
Ali pondera`meu gosto
O vidro espelho do rosto,
O rosto espelho do Sol.

2

É da piedade grandeza
    Nesse espelho ver-se Anarda,
    Pois ufano o espelho guarda
    Duplicada a gentileza:
    Considera-se fineza
    Dobrando as belezas suas,
    Pois contra as tristezas cruas
    Dos amorosos enleios
    Me repete dois recreios,
    Me oferece Anardas duas.

3

De sorte que, sendo amante
    Da beleza singular,
    Posso outra beleza amar,
    Sem tropeços de inconstante;
    E sendo outra vez triunfante
    Amor do peito, que adora
    Ûa Anarda brilhadora,
    Em dois rostos satisfeito, →

Se em um fogo ardia o peito,
Em dois fogos arde agora.

4

Porém depois rigorosa,
    Deixando o espelho lustroso,
    Oh como fica queixoso,
    Perdendo a cópia fermosa!
    Creio pois que na amorosa
    Lei o cego frechador,
    Que decreta único ardor,
    Não quis a imagem que inflama,
    Por extinguir outra chama,
    Por estorvar outro amor.

A UM CUPIDO DE OURO, QUE TRAZIA
PRESO ANARDA NOS CABELOS
Décima 1

Ao Cíprio rapaz, isento,
    De Anarda prende o rigor;
    E se prende ao mesmo Amor,
    Que muito que a um pensamento?
    Já no solto luzimento
    Já nos olhos sempre amados,
    Ali se vêem ponderados,
    Vencedores, não vencidos,
    Os seus olhos por Cupidos,
    Os cabelos por dourados.

2

Se já não foi que o Deus cego
    Quer à bela Anarda amar;
    Que bem se pode invejar
    De um Deus tão divino emprego.
    Em feliz desassossego,
    Sentindo amorosa brasa,
    Parece n'ùa, e noutra asa,
    Quando de amante se enleia,
    Ouro não, com que se asseia,
    Chama sim, com que se abrasa.

3

Creio já que disfarçado
    Quer lograr Anarda bela,
    E naquele ouro desvela
    Luzimentos de um cuidado:
    Pois qual Jove namorado
    Daquele belo tesouro,
    Um, e outro amante louro,
    Ambos são no ardor querido,
    Jove em ouro convertido,
    Convertido Amor em ouro.

LACRE ATREVIDO A ÙA MÃO DE ANARDA
Décima 1

Quando a tanta neve pura
    Liquida-se ardor luzente →

Solicita o centro ardente
Nessa ardente fermosura;
Oh como nele se apura,
Para que explique meu rogo
De meu pranto o desafogo!
Pois quando o lacre se adverte,
Lágrimas de fogo verte,
Verto lágrimas de fogo.

2

Porém com vário rigor
   Essa chama lagrimosa,
   Ardendo na mão formosa,
   Queima da neve o candor:
   Mas em teu peito, que Amor
   Nunca o transforma, sujeito,
   Logra meu pranto outro efeito;
   Pois quando padeço tanto,
   Estilo o fogo do pranto,
   Não queimo a neve do peito.

EXEMPLOS COM QUE SE CONSIDERA
AMANTE DE ANARDA
Décima 1

Qual Girassol por amante
   Solicita o ingrato Sol
   Tal meu peito Girassol
   O Sol de Anarda brilhante;
   E qual no Estio flamante, →

Quer Zéfiro, e quer verdor
O prado: quer meu amor,
Abrasado na esquivança,
O verdor de ũa esperança,
O Zéfiro de um favor.

2

Qual o centro natural
    Deseja o fogo nocivo,
    Qual pretende o mar esquivo
    Do rio ameno o cristal,
    Tal busca em desejo igual
    De Anarda no senhorio,
    Que é centro de ardor impio,
    Que é mar de cristais brilhante,
    De meu peito o fogo amante,
    De meu pranto o largo rio.

3

Qual o monte sublimado,
    Qual a planta envelhecida;
    Esta de folhas despida,
    Aquele de cãs nevado;
    Querem num, e noutro estado
    De Abril o belo horizonte;
    Tais querem de Anarda a fronte,
    Como Abril de graça tanta,
    De meu pensamento a planta,
    De minha firmeza o monte.

SONO POUCO PERMANENTE
Décima

Quando, Anarda, o sono brando
    Quer suspender meus tormentos,
    Condenando os sentimentos,
    Os desvelos embargando;
    Dura pouco, porque quando
    Cuido que em belo arrebol
    Estou vendo teu farol,
    Foge o sono à cova fria;
    Porque lhe amanhece o dia,
    Porque lhe aparece o Sol.

COMPARAÇÕES NO RIGOR DE ANARDA
Décima

Quando Anarda me desdenha
    Afetos de um coração,
    É diamante Anarda? não,
    Não diamante, porque é penha;
    Penha não, porque se empenha,
    Qual Áspid' seu rigor forte;
    Áspid' não, que tem por sorte
    Ser qual tigre na crueza;
    Tigre não, que na fereza
    Tem todo o império da Morte.

ROSTO DE ANARDA
Décima

O Sol em belos ensaios,
    Por representar-se belo
    Com luminoso desvelo
    De teu rosto aprende os raios;
    De teu rosto os lindos Maios
    Únicas luzes apura
    Com qualquer beleza pura,
    De sorte que no arrebol
    É fermosura do Sol,
    Brilha Sol da fermosura.

CRAVO NA BOCA DE ANARDA
Décima

Quando a púrpura fermosa
    Desse cravo, Anarda bela,
    Em teu céu se jacta estrela,
    Senão luzente, olorosa;
    Equivoca-se lustrosa,
    (Por não receber o agravo
    De ser nessa boca escravo)
    Pois é, quando o cravo a toca,
    O cravo, cravo da boca,
    A boca, boca de cravo.

ROSA NA MÃO DE ANARDA ENVERGONHADA
Décima

Na bela Anarda ũa rosa,
    Brilhando desvanecida,
    Padeceu por atrevida
    Menoscabos de fermosa:
    Porém não, que vergonhosa
    Com mais bela galhardia
    Do que era d'antes, se via;
    Pois quando se envergonhava,
    Mais vermelha se jactava,
    Mais fermosa se corria.

COMPARAÇÃO DO ROSTO DE MEDUSA COM O DE ANARDA
Décima

Contra amorosas venturas
    É de Medusa teu rosto,
    E por castigo do gosto
    São cobras as iras duras;
    As transformações seguras
    Acharás em meus amores;
    Pois ficando nos ardores
    Todo mudado em finezas,
    Sou firme pedra às tristezas,
    Sou dura pedra aos rigores.

COMPARAÇÃO DOS GIGANTES COM OS PENSAMENTOS AMOROSOS
Décima

Ao Céu de Anarda lustroso
    Com montes de vãos intentos
    Subiram meus pensamentos
    Gigantes, no ardor queixoso;
    Fulminou logo o penoso
    Castigo de desfavores
    Apesar de altos primores;
    Que em merecidos desmaios
    Seus rigores foram raios
    Etnas foram meus ardores.

ECO DE ANARDA
Décima

Entre males desvelados,
    Entre desvelos constantes,
    Entre constâncias amantes,
    Entre amores castigados,
    Entre castigos chorados,
    E choros, que o peito guarda,
    Chamo sempre a bela Anarda;
    E logo a meu mal, fiel,
    Eco de Anarda cruel
    Só responde ao peito que Arda.

REDONDILHAS

ANARDA AMEAÇANDO-LHE A MORTE
Redondilhas

Ameaças o morrer:
    Como morte podes dar,
    Se estou morto de um penar,
    Se estou morto de um querer?
Mas é tal essa fereza,
    Que quer dar a um fino amor
    Ũa morte com rigor,
    Outra morte co'a beleza.
E com razão prevenida
    Quis duplicar esta sorte,
    Que a pena daquele é morte,
    Que a glória daquela é vida.
Da morte já me contento,
    Se por nojo de mal tanto
    Derrames um belo pranto,
    Formes um doce lamento.
Tornarás meu peito ativo
    Com tão divino conforto,
    Se ao rigor da Parca morto,
    Por glória do pranto vivo.
De teu rigor aplaudidas
    Serão piedosas grandezas;
    Por que te armes mais ferezas,
    Por que te entregue mais vidas.
Quando teu desdém se alista,
    Impedes o golpe atroz;
    Pois quando matas co'a voz,
    Alentas então co'a vista. →

Confunde pois a nociva
    Impiedade, que te exorta,
    A um tempo ũa vida morta,
    A um tempo ũa morte viva.
De teu rigor os abrolhos
    Se rompem da vida os laços,
    Hei de morrer em teus braços,
    Hei de enterrar-me em teus olhos.

QUE HÁ DE SER O AMOR UM SÓ
Redondilhas

Uma alma do abrasador
    Frecheiro é gloriosa palma;
    Quem pois sacrifica ũa alma,
    Deve adorar um Amor.
Rende Amor por majestade
    Do entender a excelência,
    Da memória a persistência,
    A inclinação da vontade.
Prendem belas sujeições
    O coração nos ardores;
    Quem pois cria dois amores,
    Há mister dois corações.
Inconstante há de lograr
    Dois fogos, por mais que anele:
    Pois quando cuida naquele,
    Neste já deixa de amar.
Inteiro amante não é,
    Que no florido primor,
    Partida a flor, não é flor,
    Partida a fé, não é fé. →

Amor é Sol no sujeito
>Que belos incêndios cria;
>E se brilha um Sol no dia,
>Um amor brilhe no peito.
Veneno amor é julgado;
>Mate pois, quando o condeno,
>Se um veneno, outro veneno,
>Um cuidado, outro cuidado.
Há de ser no coração
>Um, ou outro emprego belo,
>Agrado sim, não desvelo,
>Faísca sim, chama não.
Venero enfim, se avalio
>Entre muitos um desejo,
>Muitas damas no cortejo,
>Ûa Anarda no alvedrio.

QUE O AMOR HÁ DE SER DESCOBERTO
Redondilhas

Se brilha um fogo luzido,
>(O mesmo no Amor é certo)
>Arder não pode encoberto,
>Luzir não pode escondido.
Se é raio Amor, rompa o medo,
>Quando os sentidos inflama,
>Patenteie a luz da chama,
>Rasgue a nuvem do segredo.
Se quando a beleza adora,
>Qual harmonia se estuda;
>Nunca a harmonia foi muda,
>Sempre a harmonia é sonora. →

Atreva-se o Amor constante
    A publicar o que sente;
    Não desmaie, se é valente,
    Não se encolha, se é gigante.
Se brilha qual perla, ou rosa,
    Nunca estimações ordena,
    No botão a rosa amena,
    Na concha a perla fermosa.
Cupido n'afeição louca
    Este intento há persuadido;
    Os olhos cerra Cupido,
    Não cerra Cupido a boca.
Se Amor de ave tem a empresa,
    Quando o encerra algum desprezo
    Por violência vive preso,
    Porém não por natureza.
Quando Amor se mostra, é certo
    Que, como se vê despido,
    Não se encobre Amor vestido,
    Mostra-se Amor descoberto.
Anarda pois, no Amor ledo,
    Por mais que silêncios gozes,
    Se o cala o medo das vozes,
    Dizem-no as vozes do medo.

ROMANCES

ANARDA PASSANDO O TEJO EM UMA BARCA
Romance 1

    O Cristal do Tejo Anarda
        Em ditosa barca sulca; →

Qual perla, Anarda se alinda,
Qual concha, a barca se encurva.
Se falta o vento, Cupido
Batendo as asas com fúria,
Zéfiro alenta amoroso,
Aura respira segura.
Aumenta o Tejo seus logros,
Que com tanta fermosura
Cristal em seu colo bebe,
Ouro em seu cabelo usurpa.
Se bem nas águas copiado,
Ali se viam confusas
Ondas de ouro no cabelo,
E do cristal ondas puras.
Já deixa o nome de rio,
Oceano se assegura,
Pois a branca Tétis logra,
Pois o claro Sol oculta.
Corta o aljofre escumoso,
Que como Vênus se julga,
Ufano se incha o aljofre,
Cândida se ri a escuma.
De seus olhos foge o rio,
Que pois nele a vista ocupa,
Evitar seus olhos trata,
Fugir às chamas procura.
Logrando o cabelo a barca,
(Se bem feliz, o não furta)
Um por véu de ouro se jacta,
Outra por Argo se inculca.
Ardem chamas n'água, e como
Vivem das chamas, que apura,
São ditosas Salamandras
As que são nadantes turbas. →

Meu peito também, que chora
    De Anarda ausências perjuras,
    O pranto em rio transforma,
    O suspiro em vento muda.

ANARDA DOENTE
Romance II

Anarda enferma flutua,
    E quando flutua enferma,
    Jaz doente a fermosura,
    Está fermosa a doença.
Se nela a doença triste
    Bela está, que será nela
    De tanta graça o donaire!
    De tanta luz a beleza!
Se o mal é sombra, ou eclipse,
    É pensão das luzes certa,
    Que ao Céu uma sombra aspire,
    Que ao Sol um eclipse ofenda.
Cruéis prognósticos vejo,
    Pois são ameaças feras,
    O Sol entre eclipses pardos,
    O Céu entre nuvens densas.
Quando as belas flores sentem
    De Anarda a grave tristeza,
    Digam-no as rosas na face,
    Digam-no os jasmins na testa.
Faltam flores, faltam luzes,
    Pois ensina Anarda bela
    Lições de flores ao Maio,
    E leis de luzes à Esfera. →

As almas se admiram todas
    Em repugnâncias austeras,
    Vendo enferma a mesma vida,
    Vendo triste a glória mesma.
Desdenhado Amor se vinga,
    Se n'ânsia a febre a condena;
    Pois qual ânsia amor se forja,
    Pois qual febre amor se gera.
Basta já, Frecheiro alado,
    Bate as asas, solta a venda;
    Do rosto o suor lhe alimpa,
    Do peito o ardor refresca.
Vem depressa, Amor piedoso
    Que te importa, pois sem ela
    Em vão excitas as chamas,
    Em vão despedes as setas.
Mas não teme a morte Anarda,
    Que se ùa morte a cometa,
    Com mil almas se defende,
    Com mil corações se alenta.
De mais sim que nunca a Parca
    Contra Anarda se atrevera,
    Que contra as frechas da Morte
    Fulmina de Amor as frechas.

ANARDA SANGRADA
Romance III

É bem que desate Anarda
    De tanto sangue os embargos;
    Sendo o sangue rio alegre,
    Sendo Anarda Abril galhardo. →

Ensina no braço, e sangue
    Com branco, e purpúreo ensaio,
    A ser neve à mesma neve,
    A ser cravo ao mesmo cravo.
Se bem num, e noutro efeito,
    Faz Amor milagre raro;
    Pois a neves une rosas,
    Pois Dezembros une a Maios.
Se Anarda é vida de todos,
    E o sangue à vida comparo:
    Tantas vidas vai perdendo,
    Quantos corais vai brotando.
Pára um pouco, e como teme
    De haver dado morte a tantos,
    Ficava presa à corrente,
    Ficava sem sangue o braço.
E não mata a sangue frio,
    Se com sangue está matando;
    Pois aviva mil ardores,
    Pois abrasa mil cuidados.
A sangue, e fogo publica
    Guerra a meu peito abrasado;
    A sangue em corais vertidos,
    A fogo em olhos tiranos.
Corre o sangue, porque dizem
    Que está corrido, admirando
    Do rosto o carmim confuso,
    Da boca o nácar rasgado.

ANARDA CHORANDO
Romance IV

Se o mar da beleza temes,
    Alerta, amoroso peito,
    Alije-se uma esperança,
    Amaine-se um pensamento.
Tempestades lagrimosas
    Te provocam os receios;
    Pois vejo o dia nublado,
    Pois não vejo o Céu sereno.
Porém não temas, covarde,
    Que na cor do rosto belo
    Navego em maré de rosas,
    Em um mar leite navego.
Mas inda naqueles olhos
    Fatal prodígio me temo;
    Quem viu água em brasas duas?
    Quem viu chuva em dois luzeiros?
Não são piedade os suspiros,
    Nem seu pranto, pois é certo
    Brotar chamas ũa pedra,
    Abrir fontes um rochedo.
Se são Astros, que me influem,
    Amor, com razão receio
    Impiedades nos cuidados,
    Infortúnios nos desejos.
Vai a meu peito, e seus olhos
    Pelo amor, pelo tormento
    Da vida os fios cortando,
    Do pranto os fios vertendo.
Naquelas águas Cupido,
    Por avaro, e por severo, →

Das chamas excita a sede,
Das setas amola o ferro.
E quando as lágrimas param
    Nas gentis faces, pondero
    Que se faz rubi, parando,
    O que era aljofre correndo.

ANARDA COLHENDO NEVE
Romance V

Colhe a neve a bela Anarda,
    E nos peitos incendidos
    Contra delitos de fogo
    Arma de neve castigos.
Na brancura, na tibieza
    Tem dois triunfos unidos;
    Vence a neve à mesma neve,
    Vence o frio ao mesmo frio.
Congela-se, e se derrete
    De sorte, que em branco estilo
    A um desdém se há congelado
    A dois sóis se há derretido.
Se não é que os candores
    Daquela neve vencidos,
    Liquidam-se pranto a pranto,
    Lastimam-se fio a fio.
As mãos escurecem tanto
    A neve, que em pasmos lindos
    O que era prata chuvosa,
    Ficava azeviche tíbio.
A seu Sol suspiros voam,
    E tornam por atrevidos, →

Como exalações do peito,
    Em nevados desperdiços.
Da neve tiros me vibra,
    E felizmente imagino
    Que não são tiros de neve,
    Que são mãos de Anarda os tiros.
Frustra a neve seus efeitos,
    Que me tinham defendido,
    De Anarda o Sol luminoso,
    De Amor o fogo nocivo.

ANARDA CINGINDO UMA ESPADA
Romance VI

Varonilmente arrogante
    Anarda se considera,
    Já na fereza da espada,
    Já na espada da fereza.
Em dois assombros unidas,
    Duas Deusas se vêem nela;
    Fermosa Vênus se aclama,
    Armada Palas se ostenta.
Não é muito que valente
    Se preze, pois sempre altera,
    Valentias no donaire,
    Valentias na beleza.
Quis aumentar os rigores;
    Por que matasse soberba,
    Já da beleza nas luzes,
    Já do ferro nas violências.
Porém parece frustrado,
    Se o mortal ferro se empenha; →

Porque quando esgrime o ferro,
Já deu morte à gentileza.
Porém quando mata os peitos,
    Que ressuscitam de vê-la,
    Noutra morte os ameaça,
    Noutra vida os atropela.
Se já não é, que cingindo
    Dura espada, representa
    Da beleza a guerra dura,
    Que a beleza é dura guerra.
Armada do agrado, e ferro,
    Um, e outro brio aumenta,
    Sendo mais que armada amada,
    Mais que belicosa bela.
Desigual c'o Deus menino
    Se arma, ela a luz, ele a venda,
    Ela ornada, ele despido,
    Ela a espada, Amor a frecha.

Volta

Deixa as armas, lhe disse,
    Cruel, atenta
    Que nas luzes fulminas
    Armas mais feras.
Se é para render vidas,
    As armas deixa;
    Todo o peito a teus olhos
    A vida entrega.
De ponto em branco armada
    Sempre te asseias,
    De ponto a boca em branco
    A fronte amena.

ANARDA VISTA DE NOITE
Romance VII

Contra os impérios da noite
    Anarda bela se vê,
    Que ũa noite mal podia
    A tantos sóis ofender.
Oh como a noite se queixa
    Contra a brilhadora lei!
    Pois rompem seu privilégio,
    Pois revogam seu poder.
Só nisto noite parece,
    Que em seu rosto, olhos cruéis,
    Cândida Lua descobre,
    Luzidas estrelas tem.
Se no inferno condenada
    Habita a noite infiel;
    Como pode a noite infausta
    A glória de Anarda ver?
Se conduz a noite o sono,
    Não pode permanecer,
    Que Anarda embarga o repouso,
    Que Anarda desvela a fé.
Se a noite afeta silêncios,
    Não pode silêncios ter;
    Porque em queixa lastimosa
    Clama o suspiro fiel.
Se borrifa águas de Letes,
    Não pode o Letes verter;
    Pois dela se acordam todos,
    Dela se esquece ninguém.
Deixa Anarda tantas luzes,
    Que inda a noite em seu temer →

Oculta Anarda, se encolhe,
Ausente o Sol, se detém.

ANARDA SAINDO FORA
Romance VIII

Alerta peitos, alerta,
    Que sai a gentil Anarda,
    Aquele acinte das rosas,
    Aquele arrufo das graças.
Desafia a todo o peito,
    Ilustremente alentada,
    Tendo a graça valentona,
    Tendo a beleza fidalga.
Ostenta com dois motivos,
    Mui soberba, mui bizarra,
    O seu brio à Portuguesa,
    O seu pico à Castelhana.
Com seus olhos de azeviche,
    Com sua flórida cara
    Aos astros dá belas figas,
    Aos jasmins faz muitas raivas.
Mostrando-se mui senhora,
    Aos escravos peitos dava
    De um menosprezo as injúrias,
    De um rigor as bofetadas.
Ao mesmo tempo se juntam
    Na fermosura adorada
    Os rigores de Quaresma
    Entre alegrias de Páscoa.
Estocadas dá de penas,
    De amores fulmina balas, →

Se as graças desembainha,
Se os resplandores dispara.
Nas mangas de holanda bela
Contra Amor rebelde se arma;
Por Holanda a holanda vejo,
Por mangas receio as mangas.
Castigando-a por traidora
O Rei menino, formava
O cadafalso do colo,
O degolado da gala.
É Céu a beleza sua,
Quando o manto se adornava,
Servindo o manto de glória,
Servindo a garça de graça.

VERSOS VÁRIOS QUE PERTENCEM AO PRIMEIRO CORO DAS RIMAS PORTUGUESAS ESCRITOS A VÁRIOS ASSUNTOS

À MORTE FELICÍSSIMA DE UM JAVALI PELO TIRO, QUE NELE FEZ ÙA INFANTA DE PORTUGAL
Soneto I

Não sei se diga (oh bruto) que viveste,
    Ou se alcançaste morte venturosa;
    Pois morrendo da destra valorosa,
    Melhor vida na morte mereceste.
Esse tiro fatal, de que morreste,
    Em ti fez ùa ação generosa,
    Que entre o fogo da pólvora ditosa
    Da nobre glória o fogo recebeste.
Deves agradecer essa ferida,
    Quando esse tiro o coração te inflama,
    Pois a maior grandeza te convida:
De sorte, que te abriu do golpe a chama
    Uma porta perpétua para a vida,
    Ùa boca sonora para a fama.

A UM GRANDE SUJEITO INVEJADO, E APLAUDIDO
Soneto II

Temerária, soberba, confiada,
   Por altiva, por densa, por lustrosa,
   A exalação, a Névoa, a Mariposa,
   Sobe ao Sol, cobre o dia, a luz lhe enfada.
Castigada, desfeita, malograda,
   Por ousada, por débil, por briosa,
   Ao raio, ao resplandor, à luz fermosa,
   Cai triste, fica vã, morre abrasada.
Contra vós solicita, empenha, altera,
   Vil afeto, ira cega, ação perjura,
   Forte ódio, rumor falso, inveja fera.
Esta cai, morre aquele, este não dura,
   Que em vós logra, em vós acha, em vós
                                [venera,
   Claro Sol, dia cândido, luz pura.

A FREI JOSÉ, RELIGIOSO DESCALÇO, PREGANDO NA FESTA DE SÃO JOSÉ*
Soneto III

Hoje, José, vosso discurso aclama
   Do Divino José sacros primores; →

---

* Possivelmente o padre Frei José do Espírito Santo, fundador do primeiro convento de Carmelitas Descalços no Brasil. Esses eram chamados de "terésios" por terem adotado a reforma de Santa Teresa de Jesus, que restituiu o rigor de penitência na Ordem. Sua Igreja e Convento de Santa Teresa foram inaugurados no ano de 1692.

E vós ganhando aplauso em seus louvores,
    Por um José outro José se afama:
Um, e outro José maior se chama,
    Ele dos Santos, vós dos Pregadores;
    E o nome de José obra melhores
    Nele aumentos de graça, em vós de fama.
Com tanta discrição, assombro tanto
    Vosso discurso seu louvor provoca,
    Que vossa boca infunde doce encanto:
E para ser perfeita no que toca,
    Se fala vossa boca em José Santo,
    Fala o Santo José por vossa boca.

A AFONSO FURTADO RIOS E MENDONÇA SAINDO DO PORTO DE LISBOA A GOVERNAR O ESTADO DO BRASIL, EM OCASIÃO TEMPESTUOSA, HAVENDO DEPOIS BONANÇA NOS MARES*
Soneto IV

Entre horrores cruéis do crespo vento
    Cortais, Afonso, o pélago arrogante,
    Vós constante no brio, ele inconstante,
    Ele em frio cristal, vós no ardimento.
Se nos conflitos do Mavórcio intento
    Marte vos respeitou sempre triunfante, →

---

* Vigésimo sexto Governador-geral do Brasil (1671-1675), Alfonso Furtado de Castro do Rio e Mendonça, Visconde de Barbacena, conquistou dos índios as terras de Maragojipe e Cachoeira. Adentrou o sertão do Piauí, povoando-o com fazendas de gado.

Venceis no mar de um Deus o Reino
[errante,
E na terra de um Deus o forte alento.
Perde Netuno as iras obediente,
Ou entrega seus cerúleos senhorios,
Afonso invicto, a vosso braço ardente,
E por glória maior de vossos brios
Prostra ao vosso Bastão o seu Tridente,
Obedece seu mar a vossos Rios.

AO MESMO SENHOR, ENTRANDO
NO PORTO DA BAHIA NA MESMA OCASIÃO
TEMPESTUOSA, HAVENDO ANTES
BONANÇA NOS MARES
Soneto V

Nos marítimos reinos imperioso
Éreis do Rei Netuno obedecido,
Com vosso ilustre jugo enobrecido,
Inchado o mar se viu por venturoso.
Tétis já vos queria para esposo,
Anfitrite vos tem favorecido;
Prendia amor ao Bóreas atrevido,
E desatava ao Zéfiro amoroso.
Mas sabendo Netuno o vosso cargo,
Vossa ausência previu, e no Hemisfério
Borrascas move com tormento amargo:
Pois sente que com fácil vitupério
Deixeis de seu cristal o império largo,
E da terra busqueis o novo Império.

À MORTE DO DESEMBARGADOR JERÔNIMO DE SÁ E CUNHA*
Soneto VI

Ministro douto, afável, comedido,
    Discreto, pio, reto, e respeitado,
    Foste de todos igualmente amado,
    Como foste de todos bem sentido.
Morreste; porém cuido persuadido
    Que não morreste não, porque lembrado
    Vives nos corações tão retratado,
    Como se nunca foras fenecido.
Inda que contra nós a Parca corte
    Os teus fios vitais por despedidas,
    Não temas de que acabes dessa sorte;
Antes entre memórias repetidas,
    Se ũa vida perdeste em ũa morte,
    Nos corações cobraste muitas vidas.

AO ASTROLÁBIO INVENTADO, E FABRICADO PELO ENGENHO DO REVERENDO PADRE MESTRE JACOBO ESTANCEL, RELIGIOSO DA COMPANHIA**
Soneto VII

Artífice engenhoso da escultura,
    Famoso Mestre da cerúlea via, →

---

* Desse juiz do Tribunal de Apelação Superior da Bahia, órgão do poder real, apenas se sabe que era filho ilegítimo de um escrevente e que, admitido ao serviço Real em 1674, tomou posse na Relação da Bahia em 1687.
** Valentin Stansel, astrônomo jesuíta, nasceu na Morávia (1621) e faleceu na Bahia (1705). Enviado ao Colé-

Que quanto discorreis na Astrologia,
Tudo fácil fazeis na Arquitetura;
Neste Astrolábio a fama vos segura,
   Que pouco se há mister ver meio o dia,
   Que no Zênite está da mor valia,
   Quando a ciência luz na mor Altura.
Tomais o Sol com pensamento leve;
   Dédalo sábio o Mundo vos aclama,
   Quando invento tão raro se vos deve.
E quando vosso nome mais se afama,
   Sendo a terra a seus vôos orbe breve,
   Tomais o Sol por orbe à vossa fama.

AO GENERAL JOÃO CORREIA DE SÁ
VINDO DA ÍNDIA*
Soneto VIII

Quem vos vê sem tropeços de inconstante,
   Quem vos trata sem notas de invejoso,
   Vos rende o coração por amoroso,
   Vos tributa a vontade por amante. →

---

gio de Salvador, ensinou teologia moral e desenvolveu estudos de astronomia. São obras suas: *Dioptra geodetica* (ca. 1652); *Orbe Affonsino, horoscopio universal* (1658); *Mercurius brasilicus, sive de Coeli et soli brasiliensis oeconomia* (1675); *Legatus uranicus ex orbe novo in veterum, h. e. Observationes Americanæ cometarum factæ, concriptæ et in Europam missæ* (1683); *Uranophilus coelestis peregrinus* (1685).

* Filho do famoso Governador do Rio de Janeiro Salvador Correia de Sá e Benevides, João Correia de Sá foi mestre de campo e senhor de engenhos, tendo assumido o governo do Rio de Janeiro entre 1661 e 1662. Uma revol-

Na Plaga Oriental será constante
   A fama em vosso nome generoso;
   Que são vossas empresas, Sá famoso,
   Melhores asas a seu vôo errante.
Entre o laço de afável senhorio
   Correia sois enfim, que a quem vos ama,
   A vontade lhe atais, sem ter desvio.
Sá sois: e quando o Mundo vos aclama,
   Preservais com o sal de vosso brio
   Da corrupção dos tempos vossa fama.

À VIDA SOLITÁRIA
Soneto IX

Que doce vida, que gentil ventura,
   Que bem suave, que descanso eterno,
   Da paz armado, livre do governo,
   Se logra alegre, firme se assegura!
Mal não molesta, foge a desventura,
   Na Primavera alegre, ou duro Inverno,
   Muito perto do Céu, longe do Inferno,
   O tempo passa, o passatempo atura.
A riqueza não quer, de honra não trata,
   Quieta a vida, firme o pensamento,
   Sem temer da fortuna a fúria ingrata: →

---

ta da população contra a família dos Sá fez com que a Câmara da cidade o destituísse de suas atribuições. Passou a Goa em 1672 como general dos estreitos de Ormuz e do Golfo Pérsico, onde ganhou fama de conquistador e assassino. Preso e enviado a Lisboa, conseguiu parar na Bahia, onde permaneceu até a situação se acalmar.

Porém atento ao rio, ao bosque atento,
   Tem por riqueza igual do rio a prata,
   Por aura honrosa tem do bosque o vento.

AO CRAVO
Soneto X

Quando rei dos floridos esplendores,
   Te reconhece Abril, te aclama o prado,
   Em sólio de esmeralda entronizado,
   Da púrpura tivestes os primores.
Luzes qual Sol entre Astros brilhadores,
   Se bem Rei mais propício, e mais amado;
   Que ele estrelas desterra em régio estado,
   Em régio estado não desterras flores.
Porém deixa a soberba, que te anela
   Essa fragrância, essa beleza culta,
   Pois somente em queimar-te se desvela:
Que se teu luzimento mais se avulta,
   Esse alento, que exala, é morte bela,
   Essa grã, que se veste, é chama oculta.

À AÇUCENA
Soneto XI

Quando alentas por glória do sentido
   O fermoso candor, que Abril enflora;
   Não te aplaude, Açucena, a linda Flora,
   Nevada estrela sim no Céu florido.
Entre aplausos do adorno embranquecido,
   Quando ao prado amanhece a bela Aurora, →

No luminos'Oriente ũa Alva chora,
Outra Alva nasce no jardim luzido.
Teme o fim, flor ufana, que a temê-lo
   A própria fermosura te convida,
   Que há de abrasar-se no solar desvelo:
Porque aos raios do sol pouco advertida,
   Neve te julgo já no candor belo,
   Neve te julgo já na frágil vida.

CONTRA OS JULGADORES
Soneto XII

Que julgas, ó Ministro de Justiça?
   Por que fazes das leis arbítrio errado?
   Cuidas que dás sentença sem pecado?
   Sendo que algum respeito mais te atiça.
Para obrar os enganos da injustiça,
   Bem que teu peito vive confiado,
   O entendimento tens todo arrastado
   Por amor, ou por ódio, ou por cobiça.
Se tens amor, julgaste o que te manda;
   Se tens ódio, no inferno tens o pleito,
   Se tens cobiça, é bárbara, execranda.
Oh miséria fatal de todo o peito!
   Que não basta o direito da demanda,
   Se o Julgador te nega esse direito.

A UM CLARIM TOCADO NO SILÊNCIO DA NOITE
Soneto XIII

Quando em acentos plácidos respiras,
    Por modo estranho docemente entoas,
    Que estando imóvel, pelos ares voas,
    E inanimado, com vigor suspiras.
Da saudade cruel a dor me inspiras,
    Despertas meu desejo, quando soas,
    E se ao silêncio mudo não perdoas,
    De minha pena o mesmo exemplo tiras.
Sentindo o mal de um padecido rogo,
    Com que Nise se opõe a meu lamento,
    Pretendes respirar-me o desafogo:
Mas contigo é diverso o meu tormento;
    Que eu sinto de meu peito o ardente fogo,
    Tu gozas de teu canto o doce vento.

À MORTE DO REVERENDO PADRE ANTÔNIO VIEIRA*
Soneto XIV

Fostes, Vieira, engenho tão subido,
    Tão singular, e tão avantajado, →

---

* Famoso pregador jesuíta, nasceu em 1608, em Lisboa, e faleceu em 18 de julho de 1697, em Salvador. Professor de retórica em Olinda, privado do rei D. João IV em Portugal, diplomata, missionário no Maranhão e no Pará, réu preso da Inquisição em Coimbra, cortesão, bibliotecário e polígrafo, é a maior personalidade do século XVII no Brasil e em Portugal.

Que nunca sereis mais de outro imitado,
   Bem que sejais de todos aplaudido.
Nas sacras Escrituras embebido,
   Qual Agostinho, fostes celebrado;
   Ele de África assombro venerado,
   Vós de Europa portento esclarecido.
Morrestes; porém não; que ao Mundo atroa
   Vossa pena, que aplausos multiplica,
   Com que de eterna vida vos coroa;
E quando imortalmente se publica,
   Em cada rasgo seu a fama voa,
   Em cada escrito seu ũa alma fica.

À MORTE DE BERNARDO VIEIRA RAVASCO,
SECRETÁRIO DO ESTADO DO BRASIL*
Soneto XV

Idéia ilustre do melhor desenho
   Fostes entre o trabalho sucessivo,
   E nas ordens do Estado sempre ativo
   Era o zelo da Pátria o vosso empenho.
Ostentastes no ofício o desempenho
   Com pronta execução, discurso vivo,
   E formando da pena o vôo altivo,
   Águia se viu de Apolo o vosso engenho. →

---

* Irmão do padre Antônio Vieira, nasceu em Salvador em 1617 e aí faleceu em 20 de julho de 1697. Secretário de Estado do Brasil, senhor de engenho, proprietário de fazendas de cana e poeta letrado, tinha fama de irascível e se envolveu nos principais acontecimentos políticos da Bahia seiscentista.

Despede a morte, cegamente irada,
    Contra vós ũa seta rigorosa,
    Mas não vos tira a vida dilatada:
Que na fama imortal, e gloriosa,
    Se morrestes como Águia sublimada,
    Renasceis como Fênix generosa.

PONDERAÇÃO DA MORTE DO PADRE ANTÔNIO VIEIRA, E SEU IRMÃO BERNARDO VIEIRA AO MESMO TEMPO SUCEDIDAS
Soneto XVI

Criou Deus na celeste Arquitetura
    Dois luzeiros com giro cuidadoso,
    Um que presida ao dia luminoso,
    Outro que presidisse à noite escura.
Dois luzeiros também de igual ventura
    Criou na terra o Artífice piedoso;
    Um, que foi da Escritura Sol famoso,
    Outro, Planeta da ignorância impura.
Brilhando juntos um e outro luzeiro,
    Com sábia discrição, siso profundo,
    Não podia um viver sem companheiro.
Sucedeu justamente neste Mundo,
    Que fenecendo aquele por primeiro,
    Este também feneça por segundo.

A UM ILUSTRE EDIFÍCIO DE COLUNAS, E ARCOS
Soneto XVII

Essa de ilustre máquina beleza,
    Que o tempo goza, e contra o tempo atura; →

É soberbo primor da arquitetura,
É pródigo milagre da grandeza.
Fadiga da arte foi, que a Natureza
    Inveja de seus brios mal segura;
    E cada pedra, que nos Arcos dura,
    É língua muda da fatal empresa.
Não teme da fortuna os vários cortes,
    Nem do tempo os discursos por errantes,
    Arma-se firme contra as leis das sortes.
Que nas colunas, e Arcos elegantes,
    Contra a fortuna tem colunas fortes,
    Contra o tempo fabrica Arcos triunfantes.

A DOM JOÃO DE LANCASTRO, NA OCASIÃO DO INCÊNDIO DO MOSTEIRO, E IGREJA DE SÃO BENTO EM LISBOA, FAZENDO-SE MENÇÃO DE SE LIVRAR DO NAUFRÁGIO DA BARRA DA BAHIA*
Soneto XVIII

Arde o templo com fogo furibundo,
    É tudo confusão, e teme a gente;
    E todo o inferno se conjura ardente,
    Para abrasar o templo no profundo. ➔

---

* Trigésimo segundo Governador-geral do Brasil (1694-1702), D. João de Lancastre assumiu o cargo depois de ter governado o reino de Angola. Em Salvador, concluiu os fortes que protegem a entrada da Baía de Todos os Santos e fez edificar as Casas da Relação, da Moeda e da Alfândega. Em seu tempo se descobriram os tesouros das minas gerais, no ano de 1698.

Contra Lusbel, e seu poder imundo
    Vos arrojais Católico e valente.
    E abraçado co'a Virgem felizmente,
    Livrastes de um eclipse ao Sol do Mundo.
Pagando a Virgem vossa fé ditosa,
    Vendo-vos perigar no mar irado,
    Vos livra agradecida, e generosa.
Em ambos fica o empenho executado;
    Ela vos livra da água procelosa,
    Vós a livrais do fogo conjurado.

AO MESMO SENHOR, TRAZENDO A IMÁGEM DE NOSSA SENHORA DA GRAÇA, DESDE O SEU TEMPLO ATÉ O MOSTEIRO DE SÃO BENTO, SEM A LARGAR DE SEUS OMBROS
Soneto XIX

Com generoso brio o forte Atlante
    (Sem recear do Céu o peso urgente)
    Toma sobre seus ombros firmemente
    Do céu superno o peso rutilante.
Vós também com primor da Fé constante
    Tomais em vossos ombros reverente
    O Céu claro da Virgem preminente:
    Que tem muito valor um peito amante.
Porém sois mais que Atlante esclarecido,
    Que ele de Alcides pede a fortaleza
    Para largar-lhe o Céu, como oprimido:
Diga a Fama que em ũa, e outra empresa
    Ele largou o Céu, enfraquecido,
    Vós sustentais o Céu, sem ter fraqueza.

AO MESMO SENHOR, MANDANDO A SEU FILHO DOM RODRIGO DE LANCASTRO PARA A ÍNDIA
Soneto XX

Mandastes vosso filho desejado
    Aos perigos do pélago espantoso,
    Porém Tétis, amando o gesto airoso,
    Fará que nunca o mar seja alterado.
Nesta ausência cruel, avantajado
    No serviço Real, por generoso,
    Abalo vos não faz o amor queixoso,
    Nem vos perturba o sangue magoado.
Vosso peito fiel ao Rei descobre
    Que sois varão de ilustre fortaleza,
    Para que com valor virtudes obre.
Pois em vós com plausível inteireza
    É mais forte que o filho a Pátria nobre,
    Mais o afeto leal, que a natureza.

AO NASCIMENTO DO PRÍNCIPE NOSSO SENHOR
Soneto XXI

De um Régio tronco, de uma Régia rama,
    Qual ramo nasces, e qual flor respiras;
    E porque a todos singular prefiras,
    Áustria te alenta, Portugal te inflama.
O Monstro alado no seu templo aclama
    Futuras obras, a que tanto aspiras;
    Que inda, quando entre lágrimas suspiras,
    Geme o mar, treme a terra, voa a fama. →

De Lísia tomarás o cetro honroso
   E te verás na sacrossanta guerra
   Absoluto Monarca glorioso.
A teu valor, que a tenra idade encerra,
   Prometem para Império poderoso,
   Marte o esforço, o mar Tétis, Jove a terra.

À MORTE DA SENHORA RAINHA DONA MARIA SOFIA ISABEL, ALIVIADA COM A VIDA DOS SENHORES PRÍNCIPES, E INFANTES*
Soneto XXII

Sai o Sol dos crepúsculos do Oriente,
   E começando em lúcidos ensaios,
   Representa depois ardentes raios
   No teatro do Pólo refulgente.
Chega depois ao Ocaso, e quando sente
   (Bem que a seu resplandor floresçam Maios)
   Na vida, que ostentou, mortais desmaios,
   Os Astros ficam pelo Sol ausente.
Assim também alívios semelhantes
   Deixa este Sol aos olhos nunca enxutos
   Dos corações dos Lusos sempre amantes:
Porque nos deixa, sendo noite os lutos,
   Nas Régias prendas Astros rutilantes,
   Que sejam de seus raios substitutos.

---

* D. Maria Sofia Isabel (1666-1699), rainha de Portugal, segunda mulher de D. Pedro II, foi mãe do futuro rei D. João V. Fundou em Beja um colégio para os religiosos franciscanos, que dotou com muitos rendimentos. A sua morte precoce causou consternação na Corte e no povo.

OITAVAS

PANEGÍRICO
AO EXCELENTÍSSIMO SENHOR
MARQUÊS DE MARIALVA,
CONDE DE CANTANHEDE,
NO TEMPO QUE GOVERNAVA
AS ARMAS DE PORTUGAL*
Oitavas

Agora, Aquiles Lusitano, agora,
   Se tanto concedeis, se aspiro a tanto,
   Deponde um pouco a lança vencedora,
   Inclinai vossa fronte ao rude canto:
   Se minha veia vossa fama adora,
   Corra em Mavórcio, corra em sábio espanto,
   Cheia de glória, de Hipocrene cheia,
   No Mundo a fama, no discurso a veia.

II

   Vós, Ramo ilustre de ũa excelsa planta,
   Que em fecunda virtude enobrecida,
Sua genealogia
   Entre os Troncos mais altos se levanta,
Donde
descendem
os Meneses   Grande na estirpe, no valor crescida:
   Tão nobre sempre, que em nobreza tanta,
   Com água não, com sangue foi nascida, →

---

* D. Antônio Luís de Meneses, terceiro conde de Cantanhede e primeiro marquês de Marialva (?-1675), foi general do exército do Alentejo, conselheiro de Estado e de guerra, um dos militares que mais se distinguiram na guerra da Restauração de 1640.

Da Infanta heróica; dando em tempos
[muitos
De espadas folhas, de vitórias fruitos.

III

Escassamente quinze Maios eram,
　Que abrem do tenro buço os resplandores,
　Quando logo no peito vos alteram
Começou a ensaiar-se na guerra com o exercício da caça 　Guerreira propensão vossos Maiores:
　Venatório exercício pretenderam
　Vossos brios, se verdes, superiores,
　Vendo em desejos de tratar escudos
De Cíntia agrados não, de Marte estudos.

IV

Quantas vezes o bruto generoso,
　Que em virtude do impulso soberano
　Alterna as plantas gravemente airoso,
Correndo a cavalo 　Move a carreira loucamente ufano;
　Seguia ao cervo, que de vós medroso,
　Asas lhe dava aos pés o próprio dano,
　De sorte que seguiu no mesmo alento,
Não bruto ao bruto, porém vento ao vento.

V

Entre os ócios da paz já valoroso
　Ostentáveis, Senhor, ao mesmo instante →

No peito denodado, e gesto airoso,
Alentado valor, belo semblante;
De sorte pois, que em gênio belicoso,
De sorte pois, que em gentileza amante,
Unindo as prensas de ũa, e outra sorte,
Éreis galhardo Heitor, Narciso forte.

VI

Na manhã tenra da florida idade,
   Onde se ofusca a luz do entendimento,
   Com névoas de apetites a vontade,
   Com nuvens de loucura o pensamento:

Sua mocidade, e prudência

Na manhã tenra enfim a claridade
   Da prudência mostráveis sempre atento,
   Qual dia belo, que em manhã celeste
Não se orna nuvens, não; raios se veste.

VII

Quando vosso primor alimentava
   Os doutos partos do sutil juízo,
   Lusitânia feliz vos aclamava,
   Entre verde saber maduro siso:

Sua ciência na mesma idade

Lusitânia feliz vos admirava,
   Quando entre ostentações de sábio aviso
   Frutificava em prevenido abono
Na verde Primavera o rico Outono.

VIII

Quando a Pátria sujeita se rendia
   Do Castelhano Império à força crua,
   Oh como infelizmente se afligia,
Restauração de Fúnebre, triste, desmaiada, nua!
Portugal, em
que teve grande Depois isenta da violência impia,
parte o Senhor Despindo as dores da tristeza sua,
Marquês
   Aclamou-se no ardor de vossa espada
   Festiva, alegre, valorosa, ornada.

IX

Descingindo da fronte belicosa
   As verdes folhas da Árvore funesta,
   Dourando a nuvem d'ânsia lastimosa,
   O pranto serenou da mágoa infesta:
Ao mesmo Adornada escarlata generosa,
   Entre a voz popular da heróica festa
   Juntou, prevendo o forte, e fausto agouro,
   Na mão a espada, na cabeça o louro.

X

Roma já não se jacte por ufana
   De Cúrcio o arrojo, na lealdade pio,
   Não solenize já por soberana
   De Fábio a testa, de Marcelo o brio:
Ao mesmo Pois logra em vós a gente Lusitana,
   Pois em vós com mais crédito avalio,
   (Unindo três Heróis neste desvelo)
   Outro Cúrcio, outro Fábio, outro Marcelo.

XI

Vendo o frecheiro Deus que valoroso
    Vosso peito se opunha ao fogo ativo,
Himeneu vos prendeu por amoroso,
Cupido vos frechou por vingativo:
Seu casamento Sendo vós igualmente amante airoso,
Vós logrando igualmente esforço altivo,
Se ornou no forte ardor, na doce chama
Mavorte o Mirto, Citeréia a grama.

XII

Diga este Amor aquela Aurora, aquela
    Descendente do Herói, que em brio tanto
Brilhando em seu valor invicta estrela,
À Senhora De Lísia glória foi, d'África espanto:
Marquesa de Oh como agora se publica nela,
Marialva com
que casou o
Senhor Marquês Se a honestidade, se a beleza canto,
Marialva por ilustre simpatia
É de virtudes mar, e Alva do dia!

XIII

Quando vos elegeu supremo Aluno
    (Elvas opressa) a Pátria vacilante,
Entre Soldado Capitão, vos uno,
General das O bastão nobre, a espada fulminante:
armas contra o Quando rios de sangue vê Netuno,
sítio de Elvas Pareceu um purpúreo, outro arrogante,
De Lísia o Reino, do Oceano o espelho
Por Arábia Feliz, por Mar Vermelho.

XIV

Campou de Lísia a Flor por renascida,
    Murchou a Flor de Ibéria por cortada;
Aquela está no campo esclarecida,
Esta fica no campo desmaiada,
Ao mesmo   A campanha parece florescida,
Sendo no duro Inverno maltratada:
Porque tinta em correntes sanguinosas
De cravos se vestiu, se ornou de rosas.

XV

Ostentando no sítio heroicamente,
    Excessos de valor Cipião famoso,
Ulisséia ficou Roma potente,
O Tejo pareceu Tibre glorioso;
E com tantos aplausos excelente
Mostrastes por assombro generoso
Na sorte alegre, no valor impio
Modesto o coração, prudente o brio.

XVI

Marquês vos honra o generoso Atlante,
    Se do Céu não, da Lusitana terra,
Sexto Afonso, que em armas fulminante
El-rei D. Afonso Fez invicto o valor na justa guerra:
VI lhe dá o título Não foi por desempenho, porque amante
de Marquês   Pagara o esforço, que esse braço encerra,
Se Afonso fora no valor profundo
Não Rei de um Reino, não; Senhor de um
                                [Mundo.

XVII

Depois seguramente conduzindo
Passando ao Contra o Príncipe Austríaco insolente
Alentejo com Exército segundo, persuadindo
segundo
exército, no Com muda discrição, voz eloqüente:
tempo em que Com a Deidade Estrimônia competindo,
era governador
das armas Do Tejo abristes o cristal corrente;
D. Sancho Jacta-se já, pois logra em seu festejo
Manuel Se Netuno o Oceano, Marte o Tejo.

XVIII

Na campanha do Ibero mal segura
Vosso nome altamente publicado,
Ambos vencestes a batalha dura,
Vitória do Sancho guerreiro então, vós respeitado:
Cano, que hoje
se chama de Com vosso nome a palma se assegura
Ameixial Somente pelas vozes de afamado,
Quando Lísia aclamou glórias ufanas,
Sendo Sancho Aníbal, o Cano Canas.

XIX

Outra vez com esforço verdadeiro
No Transtagano império obedecido,
Governador Mostrastes na Província ânimo inteiro,
das armas do Quando dela tivestes o Partido:
Partido do
Alentejo. Vitória Valente o peito foi, no ardor guerreiro,
da praça de Alcançando a vitória esclarecido,
Valença (Valença o sabe) que em igual conceito
Valença a Praça foi, valente o peito.

XX

Diga Lísia também a Palma nobre,
    Última empresa, da Mavórcia História
    Da fama devedora aplausos cobre

Vitória última
de Montes
Claros
    Quando a fama por vós alcança a glória;
    O nome venturoso o sítio dobre
    De Montes Claros na feliz vitória,
    Que são da Parca, e Marte os golpes raros
    Nos corpos Montes, nas façanhas Claros.

XXI

Cedendo o peito à força sucessiva,
    Sendo opresso do Ibero o Lusitano,

Princípio da
batalha, em que
os Castelhanos
se imaginaram
vencedores
    Retrocede, que a sorte compassiva
    Quis dar um troféu breve ao Castelhano:
    Nos bronzes logo o fero ardor se aviva,
    E nos ferros se esgrime o brio ufano,
    Armam-se os Lusos mais que duros cerros
    Com bronzes bronzes, e com ferros ferros.

XXII

Qual Deidade da Esfera luminosa
    Entre vapores pérfidos, consente
    Que um pouco ofusque a névoa tenebrosa

Alenta-se a
batalha por
parte dos
Portugueses
    As lisonjas gentis da luz ardente:
    Porém depois, os golpes da lustrosa
    Vingança a névoa desmaiada sente,
    Vibrando o Sol em férvido desmaio
    Luz a luz, chama a chama, raio a raio.

XXIII

Tal o luso valor, que Sol se apura,
    Consente entre escondidos ardimentos
    Que do Ibero conflito a névoa impura
    Ofusque de seu brio os luzimentos:
Alcança-se a vitória
    Porém depois na bélica ventura
    Castigando nublados pensamentos
    Com luzidas façanhas, vibram logo
    Bala a bala, aço a aço, fogo a fogo.

XXIV

Vós posto na eminência agigantada,
    Que rouba os raios do medroso Etonte,
    Não já de louro vossa fronte ornada,
    Ornada sim de estrelas vossa fronte:
Posto no monte o Senhor Marquês
    Subis ao Céu na glória celebrada,
    Sois assombro guerreiro do Horizonte,
    Com que o monte por ũa, e outra parte
    Fica Atlante do Céu, templo de Marte.

XXV

Quando na Aula celeste visitava
    O louro amante do Peneu Louro
    Ao Troiano gentil, que a Jove dava
    Do Néctar o licor em mesas d'ouro:
Sua estância no campo em tempo de Inverno
    Entre o nevado horror, que o Céu vibrava
    Pronto no campo, intrépido ao pelouro,
    Repousáveis porém com braço feito,
    Sendo a neve colchões, as armas leito.

XXVI

Quando entre obstinações do ardor nocivo
    Latindo nesse Pólo o Cão luzente,
    Vomita em grave horror o fogo esquivo,
Sua estância   Abre na boca adusta o círio ardente:
no campo em   Vosso peito também no esforço vivo
tempo do Estio   Fomentava os ardores de valente,
    Ambos ardendo, um de outro satisfeito,
    Na calma o círio, no valor o peito.

XXVII

Qual Águia ilustre, que do Sol os raios,
    Sendo de altivas plumas adornada,
    Sem maltratar-se à luz, sem ter desmaios,
Comparação   Bebe constante, opõe-se remontada:
com a Águia   Vós remontado em bélicos ensaios,
mais
avantajado   Vendo raios de Marte na estacada,
    Águia sois, e subis com mais instinto,
    Ela ao Planeta quarto, vós ao quinto.

XXVIII

Se fulminais ousado, forte, e ledo
    Contra Iberos Gigantes a pujança,
    Oh que estrago! Oh que lástima! Oh que
                               [medo!
Comparação   Quando a espada tratais, brandis a lança:
de Júpiter   Mui cedo pelejais, venceis mais cedo
contra os   O Transtagano ardor Flegra se alcança,
Castelhanos   Vendo Iberos Gigantes, senão erro,
    Por Júpiter a vós, por raio o ferro.

XXIX

Qual firme escolho, que no mar resiste
    Ao cristalino impulso, que discorre,
    Ou quando o mar com crespa fúria insiste,
Sua constância Ou quando o mar com terso aljôfar corre:
no bom, ou   Assim também quando a borrasca assiste,
mau sucesso   Assim também quando a bonança ocorre,
    Já do bem, já do mal; ao mesmo instante
    Constante sois no bem, no mal constante.

XXX

Se espedaçando escudo, arnês, e malha
    Chovem globos em pólvora incendidos,
    E se arvoram bandeiras na Batalha,
Alusão de seu Os Castelhanos fortes já vencidos;
valor no tremor Não fazem globos, que Vulcano espalha,
da terra, e das Não fazem ventos nos troféus movidos,
bandeiras   Faz somente o valor, que em vós se encerra,
    As bandeiras tremer, tremer a terra.

XXXI

Qual Órion de estrelas matizado,
    Para que com cristais ao Mundo ofenda,
    Da procelosa espada nasce armado,
    Luminosa no Céu, no mar tremenda:
Comparação de Tal vós com vossa espada denodado
sua espada   Fazeis de estragos tempestade horrenda,
    Se bem com mais terror, que em glória
                                 [nossa
    Água esperdiça aquela, e sangue a vossa.

XXXII

Em vosso peito habitam finalmente
    Todas as prendas do primor glorioso,
    Se não sois mil Heróis, Conde excelente,
    Sereis por vezes mil Herói famoso:
Breve elogio de suas virtudes
    Lograis bélico ardil, voz eloqüente,
    Prudente discrição, valor ditoso,
    Severo agrado, sangue esclarecido,
    Amado no temor, no amor temido.

XXXIII

Sendo vós exemplar da humana glória,
    Sendo do Luso Império forte amparo,
    Para eterno papel de vossa história
Suas ações eternizadas, e seu retrato temido por elas
    Bronzes Corinto dê, mármores Paro:
    Vós esculpido na fatal vitória,
    Vós retratado no conflito raro;
    Metam medo aos remotos, aos vizinhos,
    Lenhos na imagem, no retrato linhos.

XXXIV

Cesse a Musa, senhor, retumbe a fama,
    Destempere-se a Lira, entoe a Trompa,
    Que quando o Plectro humilde vos aclama,
Sua fama do Oriente até o Poente
    É bem que a tuba o Plectro me interrompa:
    Se vosso esforço como Sol se afama,
    Dos Gigantes a filha os ares rompa,
    Donde se veste esse Planeta louro
    Mantilhas de rubi, mortalhas de ouro.

À ROSA
Oitavas

Inundações floridas de Amaltéia
    Prodigamente Clóri derramava
    E líquida em rocio a sombra feia
    No fraudulento Bruto, o Sol brilhava:
    Quando entre tanta flor, que Abril semeia,
    Fidalgamente a rosa se adornava,
    Ostentando por garbo repetido
    De ouro o toucado, de âmbar o vestido.

II

Esta gala, que veste generosa,
    Deve aos cândidos pés da Deusa amante,
    E ficando no orvalho mais lustrosa,
    Deve estimar da Aurora o mal constante:
    De sorte que no prado fica a Rosa
    Com desditas alheias arrogante,
    Pois quando se entroniza brilhadora,
    Sangue de Vênus tem, pranto de Aurora.

III

Quando esse Deus de raios aparece,
    Agrado dando à vista, luz ao prado,
    A Deidade das flores amanhece,
    Ao prado dando luz, à vista agrado:
    E quando a Primavera resplandece
    Com gala verde, e brilhador toucado,
    Fica sendo no adorno de verdores
    Jóia esta flor, e gargantilha as flores.

IV

Em galharda altivez tanto se afina,
    Que vestida de púrpura fermosa
    Adulação se arroga de divina,
    Desprezando o primor de majestosa:
    Por Deidade do campo peregrina
    Não lhe faltam perfumes de olorosa,
E quando Deusa dos jardins e aclamo,
Faz templo do rosal, altar do ramo.

V

Ave purpúrea no jardim lustroso
    Soberbamente a considera o dia,
    As verdes ervas são ninho frondoso,
    Donde a fragrante adulação se cria:
    Se respira do alento o deleitoso,
    Se desprega da pompa a bizarria,
Forma em tanta beleza, em olor tanto
As folhas asas, a fragrância canto.

VI

Com plácidos requebros assistida
    Do Zéfiro fecundo a Rosa amada,
    Lhe dá lascivos beijos por querida,
    E vermelha se faz de envergonhada:
    Já se encalma com chama padecida,
    Já respira com ânsia suspirada,
Oh como no jardim, quando se adora
Sente Zéfiro amor, ciúmes Flora!

VII

Como Lua no Céu entre as estrelas,
    Campa fermosamente em resplandores
    Entre as flores a Rosa, é Lua entre elas,
    Brilhando o prado, Céu; astros, as flores:
    Por vantagens se jacta horas mais belas,
    Nem se escondem c'o sol os seus primores,
    Se brilha a Lua; a Rosa vencer trata
    Com raios de rubi raios de prata.

VIII

Mas ai, quão brevemente se assegura
    A flor purpúrea no primor luzido!
    Que não logre isenções a fermosura!
    Que a morte de ũa flor rompa o vestido!
    Oh da Rosa gentil mortal ventura!
    Que logo morta está, quando há nascido,
    Sendo o toucado do infeliz tesouro
    Em berço de coral sepulcro de ouro.

IX

Se vivifica a grã, se olor expira,
    Dando lisonja ao prado, ornato à fonte,
    No doce alento, e bela grã se admira
    De Sido inveja, emulação de Oronte:
    Mas se vento aromático respira,
    Mas se lhe pinta o luminoso Etonte →

Da cor a sombra, passa num momento
Qual sombra a sombra, como vento, o
[vento.

X

Se abre a Rosa pomposo nascimento,
    Se bebe a Rosa nacarada morte,
    Se foi Sol no purpúreo luzimento,
    Também se iguala Sol na breve sorte:
    Se o Sol nasce, e padece o fim violento;
    Nasce a Rosa, e padece o golpe forte,
    De sorte que por morta, e por luzente
    No Ocaso ocaso tem, no Oriente oriente.

XI

Se, Anarda, vibras na beleza ingrata
    Raios de esquiva, de fermosa raios,
    Adverte, adverte, que um rigor maltrata
    Adulação de Abris, primor de Maios:
    Ouve na flor, que desenganos trata,
    As mudas vozes dos gentis desmaios;
    Atente enfim teu néscio desvario,
    Que a fermosura é flor, o tempo Estio.

XII

Não queiras, não, perder com cego engano
    Dessas flores, que logras, a riqueza, →

Vê pois que cada idade por teu dano
É sucessivo Inverno da beleza:
Aprende cedo, Anarda, o desengano
Desta ufana, já morta, gentileza,
Não queiras, não, perder em teu desgosto
Do Dezembro da idade o Abril do rosto.

CANÇÕES VÁRIAS

À MORTE DA SENHORA RAINHA DE PORTUGAL DONA MARIA SOFIA ISABEL
Canção primeira

Que pavor, que crueza?
    Que pena, que desdita a Lísia enluta!
Já do pranto a tristeza,
Como mar lagrimoso, ao mar tributa;
Vendo Netuno, para novo espanto,
Que tem dois mares, quando corre o pranto.

II

Espanha lastimada
    Pelas razões do sangue generoso,
Toda se mostra irada,
E brama contra o golpe rigoroso,
E para ser no Mundo mais temido,
Por boca do Leão faz o bramido.

III

Mostra Alemanha o fino
　Excesso quando sente o seu tormento,
　Porque do Palatino
　A pátria faz ser próprio o sentimento;
　E o Danúbio, que é rio arrebatado,
　Parece que na dor se vê parado.

IV

França, que nobremente
　A Lusitânia ostenta amor seleto,
　De luto reverente
　A seus Francos vestiu com franco afeto;
　E tendo nesta mágoa altas raízes,
　Em roxos lírios troca as brancas Lises.

V

Itália a dor publica
　Em Florença, que rica se nomeia,
　Mas de mágoas é rica;
　Nápoles bela em dor se torna feia:
　Porém Roma, que santa se conhece,
　Com Princesa tão santa se engrandece.

VI

América sentida
　Faz tanta estimação da dor, que ordena,
　Que desejara a vida →

Eterna, para ser eterna a pena;
E quando no tormento mais se alarga,
O doce açúcar troca em pena amarga.

VII

A belíssima Aurora,
    Que chora de Mémnon a morte escura,
    Também padece, e chora
    Desta perda cruel a desventura;
    E com dobrada dor da infausta sorte
    Se uma morte chorou, chora outra morte.

VIII

O Sol, que luminoso
    Tem o império das luzes no Hemisfério,
    Já não quer ser lustroso,
    E quisera largar o claro império,
    Pois de uma Águia Real na morte triste
    O majestoso vôo não lhe assiste.

IX

Também padece a Lua
    Desta mágoa infeliz o desalento,
    E quando mais flutua,
    No inconstante noturno luzimento
    Minguante, e cheia está, se a dor se estréia
    Minguante em glórias, de desditas cheia.

X

As estrelas luzentes,
    Que ao Sol no claro Pólo substituem,
    Parecendo inclementes,
    Se presságios cruéis ao Mundo influem,
    Com tal rigor desta influência usaram,
    Que em cometas infaustos se trocaram.

XI

Os Planetas errantes,
    Triste a Saturno tem no Céu rotundo;
    Vênus para os amantes
    Tem da sorte feliz o bem jucundo;
    Porém para Isabel, que é Vênus pura,
    Não quis Vênus ser astro da ventura.

XII

O Cipreste funesto,
    Que se levanta ao Céu triste, e frondoso,
    Neste tormento infesto
    Prepara os ramos seus por lastimoso,
    E tendo o ser, que é só vegetativo,
    Em corpo se transforma sensitivo.

XIII

A pacífica Oliva,
    Que no Dilúvio foi da paz consorte,
    Quando sente a nociva →

Tirania infeliz da Parca forte,
Já não serve de paz, antes ostenta
O dilúvio das lágrimas, que alenta.

XIV

A palma celebrada,
    Que contra o peso fica mais gloriosa,
    Agora desmaiada
    Se vê menos robusta, e vigorosa:
    Porque ao peso da pena padecida
    Toda humilde se vê, toda oprimida.

XV

O jardim, que florido
    Era com Flora, e Zéfiro formoso,
    Hoje se vê despido,
    Feio, fúnebre, inculto, deslustroso,
    Porque por esta morte inopinada
    Zéfiro triste está, Flora anojada.

XVI

A Rosa, que ostentava
    A beleza da púrpura olorosa,
    E sempre se jactava
    Ser Rainha das flores imperiosa,
    Como vê desenganos de Rainhas,
    Não quer mais que nas dores as espinhas.

XVII

O Cravo que exalante
    Do belo olor se veste de escarlata,
    Já não brilha flamante,
    Quando sente da Morte a fúria ingrata,
    Antes mostra na cor, sangue vestido,
    Que do golpe da dor ficou ferido.

XVIII

O jasmim, que a beleza
    Tem na neve animada, que a sustenta,
    Perdeu a gentileza;
    Já no frágil candor se desalenta;
    E tendo a Parca a seta despedido,
    Alvo ficou da seta amortecido.

XIX

Sente pois Pedro Augusto
    Perder o Sol, a flor, o dia claro,
    Pois tendo sempre adusto
    Entre chamas de amor o peito caro;
    Agora vê nas faltas da alegria
    Posto o Sol, seca a flor, escuro o dia.

XX

Sente o culto sagrado
    De ùa Rainha Santa o afeto pio,
    Pois com devoto agrado →

Fazia da humildade o senhorio,
Como quem altamente conhecia
Que a Púrpura também carcomas cria.

XXI

Sente o Palácio ilustre
    A saudade da altíssima Princesa,
A quem deve seu lustre,
    E da melhor Política a grandeza,
Que sendo Palatina, no amor fino
Fez do régio Palácio Palatino.

XXII

Sentem todas as Damas
    A falta desta Aurora, que assistiam,
E como ilustres ramas
    Do seu favor o orvalho mereciam,
E perderam, faltando seus fulgores,
De tantas esperanças os verdores.

XXIII

Sente a casta Donzela
    A falta de Isabel, que tanto amava
Quando na idade bela
    O tálamo ditoso lhe buscava,
E se Cupido armava seus enganos,
Himeneu casto lhe impedia os danos.

XXIV

Sente a caterva pobre
    Da liberal senhora a perda rara,
    Quando por mão tão nobre
    Tantas vidas da morte restaurara,
    Vencendo contra as Parcas desabridas
    O poder, que intentavam sobre as vidas.

XXV

Sente o Preso os clamores,
    Que lhe faz padecer a morte brava,
    Que Isabel com favores
    Da Justiça os rigores temperava
    Conhecendo na espada da justiça,
    Que era o sumo rigor suma injustiça.

XXVI

Sente enfim todo o povo
    Esta tristeza atroz, e desumana:
    Que não é caso novo
    Sentirem todos o que a todos dana;
    Pois perdeu, quando fica ao desamparo,
    Todo o bem, toda a glória, todo amparo.

Canção, suspende o metro,
    Que de tanta desdita o triste pranto
    Me desafina a voz, faz rouco o canto.

A LUÍS DE SOUSA FREIRE
ENTRANDO DE CAPITÃO DE INFANTARIA
NESTA PRAÇA NO TEMPO EM QUE ERA
GOVERNADOR DO ESTADO DO BRASIL
ALEXANDRE DE SOUSA FREIRE*
Canção II

I

Alegre o dia em pompas festejadas
   Nos estrondos das armas repetidos,
   Entre aplausos de afetos bem nascidos,
   Entre mágoas de invejas malcriadas:
   Das militares turbas ordenadas
   Feito esquadrão na Praça belicoso,
   Brilha Apolo invejoso,
   E quer formar por competências belas
   Praça de luzes, esquadrão de estrelas.

II

Nas várias galas, que a Milícia airosa
   Com bom gosto traçou, vestiu com graça,
   Entre as cores do adorno a mesma Praça
   Parece Primavera belicosa:
   De sorte que por glória misteriosa
   Flora, e Belona alegremente unidas,
   Em armas aplaudidas,
   Entre os caprichos da Milícia ornada,
   Florida está Belona, Flora armada.

---

* Vigésimo quinto Governador-geral do Brasil (1667-1671), Alexandre de Sousa Freire passou todo o período de governo abatido por doenças.

III

Sendo triste o valor por iracundo,
    E sendo a guerra feia por esquiva,
    Quando mortais ações aquele aviva,
    Quando esta ostenta a Marte furibundo;
    Hoje se veste com primor jucundo
    Do que teceu Itália, Holanda, e França
    A Militar pujança;
    Hoje na pompa, que esta, e aquele encerra,
Fica alegre o valor, fermosa a guerra.

IV

No militar concurso o Deus vendado
    Deseja acompanhar-vos, Freire belo,
    E para retratar Márcio desvelo
    De aljava, e frechas se oferece armado:
    Hoje ser vosso Alferes alentado
    Quisera Amor; e em fácil simpatia
    Da bélica alegria
    Ensaiando-se em uma, e outra prenda,
Venáb'lo a seta faz, bandeira a venda.

V

Vomitado o sulfúreo mantimento
    Do fogoso arcabuz entre os sentidos,
    Perdem-se nos estrondos os ouvidos,
    E nos ares feridos geme o vento:
    Parece tempestade, e no ardimento →

Da pólvora se forja o raio errante,
Nuvens o militante
Esquadrão condensado, quando em giros
É relâmpago o ardor, trovões os tiros.

VI

Quantas bandeiras vedes despregadas
  Por lisonja de bélicos empenhos,
  Vos hão de ser felices desempenhos,
  Inda hão de ser por vossa destra honradas:
  Que sendo as inimigas castigadas,
  Cingida a fronte de Apolíneo louro,
  Com venturoso agouro
  Tereis, logrando sempre igual vitória,
  Não glória de troféus, troféus de glória.

VII

Quando a lança brandis heroicamente
  No flórido verdor da gentileza,
  Vos prognosticam todos na destreza
  De general o cargo preminente:
  Para apoio fatal da Lísia gente
  Sereis na guerra Aquiles Lusitano
  Contra o Império Otomano,
  E mudareis por que ele se submeta,
  Em bastão grave a desigual gineta.

VIII

Do veneno gostoso, bem que ardente.
    Gloriosamente Vênus abrasada
    Com dois motivos, tanto amor lhe agrada,
    Se vos vê belo, se vos vê valente:
    Renovando as memórias igualmente
    De Adônis, e de Marte já queridos,
    Ressuscita os sentidos,
    E a vós só rende, quanto aos dois reparte,
    Pois novo Adônis sois, e novo Marte.

IX

Cioso o Trácio Deus se convertera
    Em nova Fera, que seu mal vingara,
    Se em vosso peito o ardor não respeitara,
    Se em vosso rosto o gesto não temera:
    Com causas duas maior queixa altera
    De dois agravos, pois de amor cioso,
    Do valor receoso,
    Vosso primor a Marte desabona,
    Pois vos quer Vênus, pois vos quer Belona.

X

Na forja Lilibéia fatigado
    Vulcano está, que Citeréia amante
    Lhe pede um forte escudo rutilante
    Para cobrir-vos, Freire, o peito amado:
    Nas férreas oficinas ocupado, →

Lhe falta o braço já, já nos suores
Correm rios de ardores,
E quando gota a gota estila a fronte,
Queima o ar, coze o ferro, abala o monte.

XI

Com sutil traça, com engenho agudo,
    Competindo a fadiga, e sutileza,
    Grava Vulcano por maior empresa
    O brasão nobre no brilhante escudo:
    Dos vossos ascendentes bem que mudo
    As grandezas publica generosas,
    Quando em ações famosas
    Os vossos Sousas têm por Armas suas
    As Régias Quinas, as partidas Luas.

XII

O semblante da guerra temeroso
    Nos poucos lustros não vos mete horrores,
    Bem que logreis nos anos os verdores,
    Primeiro que varão sois valoroso:
    Antecipais à idade o brio honroso,
    Qual Águia, qual Leão sois parecido
    No vôo, e no bramido,
    Porque as feras despreza, e ao Sol se aprova,
    Bem que novo Leão, bem que Águia nova.

XIII

Não obra em vosso peito o esforço tarde,
    Já da guerra o rigor tendes bebido,
    Que do exemplo de Avós já persuadido,
    Vos ferve o sangue, o coração vos arde:
    Em tão floridos anos vos aguarde
    Feliz a sorte; e chegareis ditoso
    A ser Herói famoso:
    Que quando brilha o Sol no roxo Oriente,
    Chega a luz clara ao pálido Ocidente.

XIV

Sabendo as artes do Mavórcio ofício,
    A roda não temais da Deusa cega,
    Que quando vosso ardor nele se entrega,
    Já Mercúrio vos dita esse exercício:
    Com sábio esforço, sem grosseiro vício
    Vosso gênio será sempre afamado,
    Das artes ajudado,
    Dando Mercúrio contra a sorte avara
    A firme base, a poderosa vara.

XV

De vosso tio Sousa esclarecido
    Que as ações imiteis agora espero,
    Que inda sente Marrocos horror fero,
    Com que dos Africanos foi temido: →

E em paga do valor sempre aplaudido
América governa venturosa
Na presença gloriosa,
Que a parte de dois mares satisfeita
África o teme, América o respeita.

XVI

Vede de vosso tio a clara história.
   Com que valente, e sábio já se aclama,
   Dando-lhe ilustremente a mesma fama
   O templo altivo da imortal memória:
   Sendo dele a virtude tão notória,
   Emudece a calúnia de admirada,
   E para avantajada
   Glória sua, que o mérito lhe veja,
   Vença o Mundo, honre a Fama, prostre a
                                    [inveja.

XVII

Lenços lhe pinte Apeles excelente,
   Estátuas lhe consagre Fídias raro,
   Retrate Apeles seu esforço claro,
   Esculpa Fídias seu saber prudente:
   Porém não, que no Céu gloriosamente
   Altas ações se escrevam de seu brio:
   Que na fama confio,
   Se hão de formar para memória delas
   Tábua o Céu, pena o Sol, tinta as estrelas.

Canção, suspende o canto,
   Que prometo afinar, se Febo inspira,
   O Plectro humilde, a temerária Lira.

DESCRIÇÃO DO INVERNO
Canção III

I

Ira-se horrendo, e se orna tenebroso
   Renovado na sombra o Inverno esquivo,
   Aos afagos do Zéfiro nocivo,
   Às carícias de Flora rigoroso:
   Com vestido de nuvens impiedoso
   Melancólica a fronte carregada,
   Por velho desagrada,
   E tendo a chuva sempre em seus rigores,
   Enfermo está de lânguidos humores.

II

Aumenta seu rigor o triste Inverno,
   Encarcerando no queixoso Pólo
   A luz propícia do gentil Apolo,
   E mais que Inverno, fica escuro inferno:
   Apolo pois com sentimento externo
   Entra na casa atroz do Deus lunado,
   Que de luas armado
   Dois chuveiros vibrando, arma inclementes
   Em minguantes de Lua, de água enchentes.

III

Vomita o Bóreas no furor ingrato
    O nevado rigor, bem que luzido,
    Adornando aos jardins branco vestido,
    Despindo dos jardins o verde ornado:
    Sendo ao prado nocivo, aos olhos grato,
    Da neve esperdiçada o candor frio,
    Nos disfarces de impio
    Parece a neve em presunção fermosa
    Emplumado candor, ou lã chuvosa.

IV

Prisioneiros se vêem arroios claros,
    Quiçá, porque murmuram lisonjeiros,
    Dando às almas avisos verdadeiros,
    Dando a perfeitos Reis exemplos raros;
    Da prata fugitiva sendo avaros,
    O frio caramelo os prende duro:
    Que pois o cristal puro
    Corre louco, castigam com desvelo
    Loucuras de cristal, pedras de gelo.

V

A planta mais galharda, que serena
    Era verde primor, lisonja ornada,
    Padece nus agravos de prostrada,
    Perde subornos plácidos de amena;
    E quando tanta lástima lhe ordena →

Do vento, bem que leve, a grave injúria,
Ao brio iguala a fúria,
Pois no exame dos golpes inimigo
Folha a soberba foi, vento o castigo.

VI

Pede o Céu contra o vale, contra o monte
    O socorro cruel da horrenda prata,
    Quando bombardas de granizos trata,
    Escurecendo a luz na irada fronte;
    Vertendo bravo sucessiva fonte,
    Formando condensado guerra escura,
    Contra a terra conjura
    Quando não por assombros, por vinganças
De sombras esquadrões, de aljôfar lanças.

VII

Mas logo o mar soberbo ao mesmo instante
    Por vingar generoso a terra impura,
    Levanta de cristais soberba pura,
    Sacrilégios argenta de arrogante:
    Pois opõe contra Jove, qual gigante
    Em montes de cristal de cristal montes,
    E em densos horizontes
    Jove quiçá, por fulminar desmaios,
De nuvens se murou, se armou de raios.

VIII

O lenho pelas ondas navegante
    Sendo de vários ventos combatido.
Teme o profundo mal de submergido,
Padece o triste horror de flutuante:
A marítima turba naufragante
Alarido levanta lastimoso
Contra o Céu rigoroso,
Vendo que a escura, e súbita procela
Quebra o leme, abre a tábua, rompe a vela.

Canção, na bela Fílis
    Outro Inverno repetem mais escuro
    A tristeza que sinto, a dor, que aturo.

DESCRIÇÃO DA PRIMAVERA
Canção IV

I

Campa no campo agora
    A mãe das flores belas,
Brilham de Febo os raios nas estrelas,
Que em lindos resplandores
Alternam, como irmãos, ledos candores.
Ledo o candor se adora:
Que se a luz não se ignora,
Porque o candor, e o ledo se conceda,
Do Cisne filhos são, filhos de Leda.

II

Pintor Maio luzido
    Em diversos primores
    Tantas tintas mistura, quantas cores;
    Sendo do lindo Maio
    Pincel valente o matutino raio;
    E em quadros repartida
    A pintura florida,
    Maio pintor alegre, em cópias tantas
    De flores quadros faz, sombra das plantas.

III

O campo reverdece,
    Os cravos purpureiam,
    As açucenas de candor se asseiam,
    As violetas fermosas
    Vestem diversas cores por lustrosas:
    A Vênus reconhece,
    Quando a rosa amanhece
    Com tanta ostentação, que é nos verdores
    Mais que de Vênus flor, Vênus das flores.

IV

O tronco florescente
    Forma com duros laços
    Vegetativos de seus ramos braços,
    E seus verdes cabelos
    Lascivamente se penteiam belos: →

Que o vento reverente
O serve cortesmente,
E para ser galã na mocidade
Buço nas flores tem, verdor na idade.

V

Celebra alegremente
    O volátil concento
    Da Primavera o verde nascimento,
    (Sendo os rios sonoros
    Instrumentos gentis a vários coros)
    Cantando brandamente,
    Saltando airosamente,
    Nas doces vozes, desiguais mudanças,
    Cantos se entoam, e se alternam danças.

VI

O Sol Rei luminoso
    Entre o estrelado Império
    Entroniza esplendores no Hemisfério,
    Vendo com luz amada
    A província do giro dilatada;
    Despendendo piedoso
    Favores de lustroso,
    Ficando por rebelde, e por querida
    A sombra desterrada, a luz valida.

VII

Oh como alegre Flora
    De flores adornada
    Jaz no leito das ervas recostada!
Oh que beijo amoroso
Favônio lhe repete deleitoso.
Se o prado ri, se chora
Vitais perlas Aurora,
(Dando de vário estado mudo aviso)
Da Aurora o pranto vê, do prado o riso.

Canção, na bela Nise
    Quando em seus Maios seu verdor se
                             [esmera,
    Podes ver retratada a Primavera.

AO OURO
Canção V

I

Este que em todo o mundo obedecido,
    Este que respeitado
    Nos subornos mortais de pretendido,
Agravo esquivo, mais que lindo agrado,
Morte se aclama, pois da mesma sorte
É pálido o metal, pálida a Morte.

II

Os Monarcas sustentam poderosos
   Neste metal prezado
   Impérios, se violentos, generosos;
   Porém tendo nos Reis império amado,
   (Executando fáceis vitupérios)
   Tem império nos Reis, é Rei de Impérios.

III

A justiça corrompe verdadeira;
   No Ministro imprudente
   Quebra as regras de justa, as leis de inteira;
   Pois este forma no interesse ardente
   (Não com fiel, mas infiel desprezo)
   Da cobiça a balança, do ouro o peso.

IV

Inferno se padece lastimoso,
   Não se logra Ouro claro
   Nas graves pretensões de cobiçoso,
   Nos obséquios solícitos de avaro;
   Um o procura, outro não goza dele,
   Este Tântalo está, Sísifo aquele.

V

Quando faltava d'ouro a gentileza,
   A gente pobre, e rica →

Lograva idade de ouro na pobreza.
Mas quando nesta idade se publica
Em contrários motivos de impiedade,
De ferro idade fez, não de ouro idade.

VI

Qual Áspid', que entre flores escondido
   Na florida beleza
Brota ao peito o veneno mal sentido,
   Assim pois na luzida gentileza
Mata o metal, matando brilhadores
Nos luzimentos um, outro nas flores.

VII

Profanando de Dânae a vã pureza
   Em chuvosos amores,
   Apesar de engenhosa fortaleza,
   Apesar dos cuidados guardadores,
Murchou na chuva de ouro rigorosa
O modesto jasmim, a virgem Rosa.

VIII

Entre o logro da paz solicitada
   A guerra determina
Bem que ouro brilha, enjeita a paz dourada;
   E quando Márcias confusões afina
A paz compra de sorte, que na terra
Guerra se vê da paz, é paz da guerra.

IX

A Natureza em veias escondidas
    Cria o metal oculto,
    Quiçá piedosa das mortais feridas:
    Mas quando o desentranha humano insulto,
    Da mesma veia, donde nasce belo,
    Corre logo a ambição, mana o desvelo.

X

O rigor se arma, a guerra se refina,
    A cobiça se apura,
    A morte contra o peito se fulmina,
    O engano contra o peito se conjura
    De sorte, que acumula ao peito humano
    Rigor, guerra, cobiça, morte, engano.

Canção, suspende já de Euterpe o metro,
    Que em Fílis tens para cantar no Pindo
    De seu cabelo de ouro, ouro mais lindo.

SAUDADES DE UM ESPOSO AMANTE PELA PERDA DE SUA AMADA ESPOSA
Canção VI

I

Agora que altamente
    Me lastima o rigor, me assalta a pena,
    Agora que eloqüente
    Fala o silêncio quando a voz condena, →

Agora pois quando meu Bem me deixa,
Corra o pranto, obre a mágoa, suba a
[queixa.

II

Qual flor em flor cortada
    Te murchaste meu Bem (ah morte feia!)
Oh como desmaiada
    A florida república se afeia,
Pois perdeu toda a flor na morte dura,
O âmbar leve, a grã bela, a neve pura!

III

O sol já retirado
    Menos formoso, menos claro o vejo,
Pois eras seu cuidado;
    Eras do lindo Sol seu vão desejo,
Sendo sim seus ardentes resplandores
Não ardores de luz, de amor ardores.

IV

Oh como pede à sombra
    Que o resplandor lhe embargue, a luz lhe
[furte!
    E se na dor se assombra,
    Pede à noite também que o dia encurte,
Pois perdeu tristemente na alegria
Melhor luz, melhor Alva, e melhor Dia.

V

Belíssima senhora,
    Que choro ausente, que venero amante,
    Na Pátria vencedora
    De ũa morte cruel te vês triunfante;
    E por que venças tudo, em igual sorte
    Venceste os corações, venceste a morte.

VI

Entre mil saudades
    Morta te estimo, e te desejo viva:
    Mas ah que em mil idades
    Se frustra o rogo, a lástima se aviva,
    Tendo em dobrado mal, que ao peito corta.
    Vivo o desejo, a esperança morta!

VII

Quando te considero
    Algum tempo em meus braços (ai que
                        [mágoa!)
    Logo este golpe fero
    O que logro em ardor, me solta em água,
    Competindo entre si por desafogo
    Nos olhos a água, e no peito o fogo.

VIII

Se vives retratada
    Neste meu coração, que te ama ausente,
Fica a dor mitigada
Neste enganoso bem, por aparente;
Mas ai que fica, quando a dor me aperta,
Falsa a consolação, a mágoa certa!

IX

Lá no Empíreo gloriosa
    Lembra-te deste amor, que tanto apuro:
Que esta pena amorosa
Solicito constante, fino aturo;
E impressa na alma minha pena interna,
Fica imortal o amor, a mágoa eterna.

X

Deixaste-me uma prenda
    Para alívio feliz da mágoa crua,
Que, quando te eu pretenda,
Lograsse meu desejo cópia tua:
Mas ai que é maior mal, pois nas memórias
Saudades sinto, quando finjo glórias!

Canção, depõe o plectro,
    Que já me impede o pranto
Que altere a voz, e que prossiga o canto.

À ILHA DE MARÉ
TERMO DESTA CIDADE DA BAHIA
Silva

Jaz em oblíqua forma e prolongada
    A terra de Maré toda cercada
    De Netuno, que tendo o amor constante,
    Lhe dá muitos abraços por amante,
    E botando-lhe os braços dentro dela
    A pretende gozar, por ser mui bela.
Nesta assistência tanto a senhoreia,
    E tanto a galanteia,
    Que do mar de Maré tem o apelido,
    Como quem preza o amor de seu querido:
E por gosto das prendas amorosas
    Fica maré de rosas,
    E vivendo nas ânsias sucessivas,
    São do amor marés vivas;
    E se nas mortas menos a conhece,
    Maré de saudades lhe parece.
Vista por fora é pouco apetecida,
    Porque aos olhos por feia é parecida;
    Porém dentro habitada
    É muito bela, muito desejada,
    É como a concha tosca, e deslustrosa,
    Que dentro cria a pérola fermosa.
Erguem-se nela outeiros
    Com soberbas de montes altaneiros,
    Que os vales por humildes desprezando,
    As presunções do Mundo estão mostrando,
    E querendo ser príncipes subidos,
    Ficam os vales a seus pés rendidos. →

Por um, e outro lado
    Vários lenhos se vêem no mar salgado;
    Uns vão buscando da Cidade a via,
    Outros dela se vão com alegria;
    E na desigual ordem
    Consiste a fermosura na desordem.
Os pobres pescadores em saveiros,
    Em canoas ligeiros,
    Fazem com tanto abalo
    Do trabalho marítimo regalo;
    Uns as redes estendem,
    E vários peixes por pequenos prendem;
    Que até nos peixes com verdade pura
    Ser pequeno no Mundo é desventura:
    Outros no anzol fiados
    Têm aos míseros peixes enganados,
    Que sempre da vil isca cobiçosos
    Perdem a própria vida por gulosos.
Aqui se cria o peixe regalado
    Com tal sustância, e gosto preparado,
    Que sem tempero algum para apetite
    Faz gostoso convite,
    E se pode dizer em graça rara
    Que a mesma natureza os temperara.
Não falta aqui marisco saboroso,
    Para tirar fastio ao melindroso;
    Os Polvos radiantes,
    Os lagostins flamantes,
    Camarões excelentes,
    Que são dos lagostins pobres parentes;
    Retrógrados c'ranguejos,
    Que formam pés das bocas com festejos,
    Ostras, que alimentadas →

    Estão nas pedras, onde são geradas;
    Enfim tanto marisco, em que não falo,
    Que é vário perrexil para o regalo.
As plantas sempre nela reverdecem,
   E nas folhas parecem,
   Desterrando do Inverno os desfavores,
   Esmeraldas de Abril em seus verdores,
   E delas por adorno apetecido
   Faz a divina Flora seu vestido.
As fruitas se produzem copiosas,
   E são tão deleitosas,
   Que como junto ao mar o sítio é posto,
   Lhes dá salgado o mar o sal do gosto.
   As canas fertilmente se produzem,
   E a tão breve discurso se reduzem,
   Que, porque crescem muito,
   Em doze meses lhe sazona o fruito.
   E não quer, quando o fruto se deseja,
   Que sendo velha a cana, fértil seja.
As laranjas da terra
   Poucas azedas são, antes se encerra
   Tal doce nestes pomos,
   Que o tem clarificado nos seus gomos;
   Mas as de Portugal entre alamedas
   São primas dos limões, todas azedas.
Nas que chamam da China
   Grande sabor se afina,
   Mais que as da Europa doces, e melhores,
   E têm sempre a vantagem de maiores,
   E nesta maioria,
   Como maiores são, têm mais valia.
Os limões não se prezam,
   Antes por serem muitos se desprezam. →

Ah se Holanda os gozara!
Por nenhũa província se trocara.
As cidras amarelas
    Caindo estão de belas,
    E como são inchadas, presumidas,
    É bem que estejam pelo chão caídas.
As uvas moscatéis são tão gostosas,
    Tão raras, tão mimosas,
    Que se Lisboa as vira, imaginara
    Que alguém dos seus pomares as furtara;
    Delas a produção por copiosa
    Parece milagrosa,
    Porque dando em um ano duas vezes,
    Geram dois partos, sempre, em doze meses.
Os Melões celebrados
    Aqui tão docemente são gerados,
    Que cada qual tanto sabor alenta,
    Que são feitos de açúcar, e pimenta,
    E como sabem bem com mil agrados,
    Bem se pode dizer que são letrados;
    Não falo em Valariça, nem Chamusca:
    Porque todos ofusca
    O gosto destes, que esta terra abona
    Como próprias delícias de Pomona.
As melancias com igual bondade
    São de tal qualidade,
    Que quando docemente nos recreia,
    É cada melancia ũa colmeia,
    E às que tem Portugal lhe dão de rosto
    Por insulsas abóboras no gosto.
Aqui não faltam figos,
    E os solicitam pássaros amigos,
    Apetitosos de sua doce usura,
    Porque cria apetites a doçura; →

E quando acaso os matam
Porque os figos maltratam,
Parecem mariposas, que embebidas
Na chama alegre, vão perdendo as vidas.
As Romãs rubicundas quando abertas
À vista agrados são, à língua ofertas,
São tesouro das fruitas entre afagos,
Pois são rubis suaves os seus bagos.
As fruitas quase todas nomeadas
São ao Brasil de Europa trasladadas,
Porque tenha o Brasil por mais façanhas
Além das próprias fruitas, as estranhas.
E tratando das próprias, os coqueiros,
Galhardos, e frondosos
Criam cocos gostosos;
E andou tão liberal a natureza
Que lhes deu por grandeza,
Não só para bebida, mas sustento,
O néctar doce, o cândido alimento.
De várias cores são os cajus belos,
Uns são vermelhos, outros amarelos,
E como vários são nas várias cores,
Também se mostram vários nos sabores;
E criam a castanha,
Que é melhor que a de França, Itália,
[Espanha.
As pitangas fecundas
São na cor rubicundas
E no gosto picante comparadas
São de América ginjas disfarçadas.
As pitombas douradas, se as desejas,
São no gosto melhor do que as cerejas.
E para terem o primor inteiro,
A vantagem lhes levam pelo cheiro. →

Os Araçases grandes, ou pequenos,
    Que na terra se criam mais, ou menos
    Como as peras de Europa engrandecidas,
    Com elas variamente parecidas,
    Também se fazem delas
    De várias castas marmeladas belas.
As bananas no Mundo conhecidas
    Por fruto, e mantimento apetecidas,
    Que o Céu para regalo, e passatempo
    Liberal as concede em todo o tempo,
    Competem com maçãs, ou baonesas,
    Com peros verdeais ou camoesas.
    Também servem de pão aos moradores,
    Se da farinha faltam os favores;
    É conduto também que dá sustento,
    Como se fosse próprio mantimento;
    De sorte que por graça, ou por tributo,
    É fruto, é como pão, serve em conduto.
A pimenta elegante
    É tanta, tão diversa, e tão picante,
    Para todo o tempero acomodada,
    Que é muito avantajada
    Por fresca, e por sadia
    À que na Ásia se gera, Europa cria.
O mamão por freqüente
    Se cria vulgarmente,
    E não o preza o Mundo,
    Porque é muito vulgar em ser fecundo.
O mar'cujá também gostoso, e frio
    Entre as fruitas merece nome, e brio;
    Tem nas pevides mais gostoso agrado,
    Do que açúcar rosado; →

É belo, cordial, e como é mole,
Qual suave manjar todo se engole.
Vereis os Ananases,
    Que para Rei das fruitas são capazes;
    Vestem-se de escarlata
    Com majestade grata,
    Que para ter do Império a gravidade
    Logram da c'roa verde a majestade;
    Mas quando têm a c'roa levantada
    De picantes espinhos adornada,
    Nos mostram que entre Reis, entre Rainhas
    Não há c'roa no Mundo sem espinhas.
    Este pomo celebra toda a gente,
    É muito mais que o pêssego excelente,
    Pois lhe leva avantagem gracioso
    Por maior, por mais doce, e mais cheiroso.
Além das fruitas, que esta terra cria,
    Também não faltam outras na Bahia;
    A mangava mimosa
    Salpicada de tintas por formosa,
    Tem o cheiro famoso,
    Como se fora almíscar oloroso;
    Produze-se no mato
    Sem querer da cultura o duro trato,
    Que como em si toda a bondade apura,
    Não quer dever aos homens a cultura.
    Oh que galharda fruta, e soberana
    Sem ter indústria humana,
    E se Jove as tirara dos pomares,
    Por ambrosia as pusera entre os manjares!
Com a mangava bela a semelhança
    Do Macujé se alcança;
    Que também se produz no mato inculto →

Por soberano indulto:
E sem fazer ao mel injusto agravo,
Na boca se desfaz qual doce favo.
Outras fruitas dissera, porém basta
Das que tenho descrito a vária casta;
E vamos aos legumes, que plantados
São do Brasil sustentos duplicados:
Os Mangarás que brancos, ou vermelhos,
São da abundância espelhos;
Os cândidos inhames, se não minto,
Podem tirar a fome ao mais faminto.
As batatas, que assadas, ou cozidas
São muito apetecidas;
Delas se faz a rica batatada
Das Bélgicas nações solicitada.
Os carás, que de roxo estão vestidos,
São Lóios dos legumes parecidos,
Dentro são alvos, cuja cor honesta
Se quis cobrir de roxo por modesta.
A Mandioca, que Tomé sagrado
Deu ao gentio amado,
Tem nas raízes a farinha oculta:
Que sempre o que é feliz, se dificulta.
E parece que a terra de amorosa
Se abraça com seu fruto deleitosa;
Dela se faz com tanta atividade
A farinha, que em fácil brevidade
No mesmo dia sem trabalho muito
Se arranca, se desfaz, se coze o fruito;
Dela se faz também com mais cuidado
O beiju regalado,
Que feito tenro por curioso amigo
Grande vantagem leva ao pão de trigo. →

Os Aipins se aparentam
  Co'a mandioca, e tal favor alentam,
  Que têm qualquer, cozido, ou seja assado,
  Das castanhas da Europa o mesmo agrado.
O milho, que se planta sem fadigas,
  Todo o ano nos dá fáceis espigas,
  E é tão fecundo em um, e em outro filho,
  Que são mãos liberais as mãos de milho.
O arroz semeado
  Fertilmente se vê multiplicado;
  Cale-se de Valença, por estranha
  O que tributa a Espanha,
  Cale-se do Oriente
  O que come o gentio, e a Lísia gente;
  Que o do Brasil quando se vê cozido
  Como tem mais substância, é mais crescido.
Tenho explicado as fruitas, e legumes,
  Que dão a Portugal muitos ciúmes;
  Tenho recopilado
  O que o Brasil contém para invejado,
  E para preferir a toda a terra,
  Em si perfeitos quatro AA encerra.
  Tem o primeiro A, nos arvoredos
  Sempre verdes aos olhos, sempre ledos;
  Tem o segundo A, nos ares puros
  Na tempérie agradáveis, e seguros;
  Tem o terceiro A, nas águas frias,
  Que refrescam o peito, e são sadias;
  O quarto A, no açúcar deleitoso,
  Que é do Mundo o regalo mais mimoso.
São pois os quatro AA por singulares
  Arvoredos, Açúcar, Águas, Ares.
  Nesta Ilha está mui ledo, e mui vistoso →

Um Engenho famoso,
Que quando quis o fado antiguamente
Era Rei dos engenhos preminente,
E quando Holanda pérfida, e nociva
O queimou, renasceu qual Fênix viva.
Aqui se fabricaram três Capelas
Ditosamente belas,
Ûa se esmera em fortaleza tanta,
Que de abóbada forte se levanta;
Da Senhora das Neves se apelida,
Renovando a piedade esclarecida,
Quando em devoto sonho se viu posto
O nevado candor no mês de Agosto.
Outra Capela vemos fabricada.
A Xavier ilustre dedicada,
Que o Maldonado Pároco entendido
Esse edifício fez agradecido
A Xavier, que foi em sacro alento
Glória da Igreja, do Japão portento.
Outra Capela aqui se reconhece,
Cujo nome a engrandece,
Pois se dedica à Conceição sagrada
Da Virgem pura sempre imaculada,
Que foi por singular e mais formosa
Sem manchas Lua, sem espinhos Rosa.
Esta Ilha de Maré, ou de alegria
Que é termo da Bahia,
Tem quase tudo quanto o Brasil todo,
Que de todo o Brasil é breve apodo;
E se algum tempo Citeréia a achara,
Por esta sua Chipre desprezara,
Porém tem com Maria verdadeira
Outra Vênus melhor por padroeira.

ROMANCES

AO GOVERNADOR ANTÔNIO LUÍS GONÇALVES DA CÂMARA COUTINHO EM AGRADECIMENTO DA CARTA QUE ESCREVEU A SUA MAJESTADE PELA FALTA DA MOEDA DO BRASIL*
Romance I
Em esdrúxulos

Escreveis ao Rei Monárquico
   O mal do Estado Brasílico,
   Que perdendo o vigor flórido,
   Se vê quase paralítico,
Porém vós, como Católico,
   Imitando a Deus boníssimo,
   Lhe dais a Piscina plácida
   Para seu remédio líquido.
De todo o corpo República
   O dinheiro é nervo vívido,
   E sem ele fica lânguido,
   Fica todo debilíssimo.
Em vossos arbítrios ótimos
   Sois três vezes científico,
   Ditando o governo de Ético,
   Econômico, e Político. →

---

* Trigésimo primeiro Governador-geral do Brasil (1690-1694), almotacé-mor do Reino, ficou conhecido por ter governado com isenção de interesses particulares. A ele se devem ter difundido no Brasil a cultura da canela e da pimenta da Índia, bem como ter reprimido o banditismo dos paulistas caçadores de escravos no Recôncavo. Ao término do seu mandato foi nomeado vice-rei da Índia.

Aos Engenhos dais anélitos,
    Que estando de empenhos tísicos,
    Tornam em amargo vômito
    O mesmo açúcar dulcíssimo.
Também da pobreza mísera
    Atendeis ao estado humílimo,
    Assim como o raio Délfico
    Não despreza o lugar ínfimo.
Aos Mercadores da América
    Infundis de ouro os espíritos.
    Quando propondes o próvido
    Com pena de ouro finíssimo.
Pasma em Portugal atônito
    Todo o estadista satírico,
    E as mesmas censuras hórridas
    Vos dão fáceis Panegíricos.
Se falais verdade ao Príncipe,
    Não temais o Zoilo rígido,
    Que ao Sol da verdade lúcida
    Não faz mal o vapor crítico.
O Brasil a vossos méritos,
    Como se fora Fatídico,
    Vos anuncia o cetro máximo
    Sobre o Ganges, e mar Índico.
Sois em vossas obras único
    Para maiores, ou mínimos,
    Sois na justiça integérrimo,
    Sois na limpeza claríssimo.
Sois descendente do Câmara,
    Aquele Gonçalves ínclito,
    Que com discurso Astronômico
    Sujeitou golfos marítimos.
Sois também Coutinho impávido,
    Mas vosso couto justíssimo →

Não val a homicidas réprobos,
Nem a delinqüentes ríspidos.
Vosso filho primogênito
   Aprende de vós solícito
   As virtudes para Bélico,
   As ações para Magnífico.
Em seus anos inda lúbricos
   Tem verdores prudentíssimos,
   É com gravidade lépido,
   É sem soberba ilustríssimo.
Vivei Senhor muitos séculos
   Entre aplausos felicíssimos
   Onde nasce Apolo férvido,
   Onde morre Apolo frígido.

A ÙA DAMA, QUE TROPEÇANDO DE NOITE
   EM ÙA LADEIRA, PERDEU UMA
         MEMÓRIA DO DEDO
              Romance II

Bela turca de meus olhos,
   Corsária de minha vida,
   Galé de meus pensamentos,
   Argel de esperanças minhas;
Quem te fez tão rigorosa,
   Dize, cruel rapariga?
   Deixa os triunfos de ingrata,
   Busca os troféus de bonita.
Não te queiras pôr da parte
   De minha desdita esquiva:
   Que a beleza é muito alegre,
   Que é muito triste a desdita. →

Se ostentas tanto donaire
    Com fermosura tão linda,
    Segunda beleza formas
    Quando a primeira fulminas.
E se cair na ladeira
    Manhosamente fingias,
    Tudo era queda do garbo,
    Tudo em graça te caía.
Não tinha culpa o sapato,
    Que o pezinho não podia,
    Como era coisa tão pouca,
    Com beleza tão altiva.
Botando o cabelo atrás,
    (Oh que gala, oh que delícia!)
    A bizarria acrescentas,
    Desprezando a bizarria.
Toda de vermelho ornada,
    Toda de guerra vestida
    Fazes do rigor adorno,
    Fazes da guerra alegria.
A tantas chamas dos olhos
    Teu manto glorioso ardia;
    Por sinal que tinha a glória,
    Por sinal que o fumo tinha.
Liberalmente o soltaste:
    Que era o teu manto, menina,
    Pouca sombra a tanto Sol,
    Pouca noite a tanto dia.
Se de teu dedo a memória
    Perdeste, é bem que o sintas;
    Que de meu largo tormento
    Tens a memória perdida.
Dar-te-ei por melhores prendas,
    Que minha fé te dedica, →

Dois anéis de água em meus olhos,
Que de chuveiros te sirvam.
Agradece meus cuidados,
E recebe as prendas minhas;
Se tens da beleza a jóia,
Os brincos de amor estima.
Se cordão de ouro pretendes
Por jactância mais subida,
Aceita a prisão de uma alma,
Que é cordão de mais valia.
A todos estes requebros
Não quis atender Belisa,
Que se é diamante em dureza,
Só de diamantes se alinda.

PINTURA DE UMA DAMA CONSERVEIRA
Romance III

No doce ofício Amarílis
Doce amor causando em mim,
Seja a pintura de doces;
Doce aveia corra aqui.
Capela de ovos se adverte
A cabeça em seu matiz,
Fios de ovos os seus fios,
Capela a cabeça vi.
A testa, que docemente
Ostenta brancuras mil,
Sendo manjar de Cupido,
Manjar branco a presumi.
Os olhos, que são de luzes
Primogênitos gentis, →

São dois morgados de amor,
Donde alimentos pedi.
Fermosamente aguilenho
(Ai que nele me perdi!)
Bem feita lasca de alcorça
Parece o branco nariz.
Maçapão rosado vejo
Em seu rosto de carmim,
Nas maçãs o maçapão,
No rosto o rosado diz.
Entre os séculos da boca,
(Purpúrea inveja de Abril)
Em conserva de mil gostos
Partidas ginjas comi.
Os brancos dentes, que exalam
Melhor cheiro que âmbar-gris,
Parecem brancas pastilhas
Em bolsinhas carmesins.
Com torneados candores
(Deixemos velhos marfins)
Toda feita diagargante
Vejo a garganta gentil.
Os sempre cândidos peitos,
Que escondem leite nutriz,
Se não são bolas de neve,
São bolos de leite, sim.
As mãos em palmas, e dedos,
Se em bolos falo, adverti.
Entre dois bolos de açúcar
Dez pedaços de alfenim.
Perdoai, Fábio, dizia,
Que no retrato, que fiz,
Fui Poeta de água doce
Quando no Pindo bebi.

PINTURA DOS OLHOS DE UMA DAMA
Romance IV

Os olhos dois de Belisa,
    Em seu rosto amor compara,
    Seu rosto flores-de-lis,
    Seus olhos Pares de França.
Com mui soberbos rigores,
    Com mui feras ameaças
    São dois valentões de luzes,
    Dois espadachins de graças.
Línguas de fogo parecem,
    Em que meu peito se abrasa.
    Línguas são, pois falam mudas,
    De fogo, pois vibram chamas.
Dizem que o Céu competindo
    Lhe deu, chegando-lhe à cara,
    De luzes dois beliscões,
    De estrelas duas punhadas.
E desta briga formosa
    Bem que as luzes da Muchacha
    Não ficaram desairosas,
    Ficaram dali rasgadas.
Outros dizem que a menina
    Foi contra Amor tanto irada,
    Que arrancara a Amor os olhos,
    Que os olhos de Amor roubara.
Mas se por força os não dera,
    Sempre sentira a desgraça;
    Pois quando a Muchacha vira,
    Logo de amante cegara.
De sorte que desta perda
    Como envergonhado estava, →

Quis adornar-se ũa venda
Por disfarçar ũa mágoa.
E daqui vem que seus olhos,
    Que ao cego arqueiro tomara,
    Frechas despedem de amores,
    Prisões solicitam de almas.
Não se queixe o deus Cupido,
    Pois o império lhe dilata,
    Esgrimindo aqueles furtos,
    Fulminando aquelas armas.

PINTURA DE UMA DAMA NAMORADA DE UM LETRADO
Romance V

Quando agora mais amante
    Vos vejo estar estudando
    Cuidados da Deusa Astréia
    Nos ócios do Deus vendado;
Pois amais um Serafim,
    Donde achais como letrado,
    Que se aclama Peregrino
    Quanto sois Feliciano.
O cabelo, que por negro,
    E por lustroso comparo,
    É muito Nigro nas cores,
    É muito Febo nos raios.
Traz nos olhos, e na testa
    Alvoroto, pois alcanço
    Que Alva se ostenta por branca,
    Que o Roto tem por rasgados.
Com Júlio Claro parecem,
    Se estão peitos abrasando; →

Cada qual no ardor é Júlio,
Cada qual na luz é Claro.
Se o gracioso rosto advirto,
    Se o belo nariz retrato,
    É seu nariz Fermosino,
    É seu rosto Graciano.
Na boquinha faladora,
    Que mui rosada a declaro,
    É nas vozes Parladoro,
    É nas cores Rosentálio.
A Mascardo, e Lambertino
    Na língua, e nos dentes acho;
    É na língua Lambertino,
    É nos seus dentes Mascardo.
Tomásio, e Nata pondero,
    Se os peitos, e mãos comparo;
    Nos peitos de leite a Nata,
    Nas mãos de avara a Tomásio.
Leotardo o coração julgo
    Com rigores igualados;
    É nos rigores mui Leo,
    É nos favores mui Tardo.
Espino, e Salgado, amigo,
    Quero nela ponderar-vos;
    É seu desdém todo Espino,
    Todo seu dito é Salgado.
Enfim se quereis de Clóri
    Os favores soberanos,
    Dai-lhe lições de Moneta,
    Tereis estudos de Amato.

À FONTE DAS LÁGRIMAS, QUE ESTÁ NA CIDADE DE COIMBRA
Romance VI

Verte pródiga ũa penha
    Das durezas apesar
    Serenidades de aljôfar,
    Esperdiços de cristal.
Esta penha carregada
    Em triste sombra se faz,
    Por perder de Inês a luz,
    Por sentir de Inês o mal.
Dos dois amantes é pranto,
    Que em ser duro o Amor fatal
    Entre durezas o guarda,
    Entre durezas o dá.
Doce, e liberal a prata
    Fonte de amor se diz já.
    Que Amor se alimenta doce,
    Que Amor se induz liberal.
Sua a penha; mas que muito,
    Se no adusto cabedal
    Quis pranto de ardor verter,
    Quis fogo de amor suar.
O Deus Frecheiro se admira
    De ver que com pranto tal
    Verde lisonjeia o prado,
    Ameno respira o ar.
De sua fé retratava
    A bela Inês singular
    A constância no penhasco,
    A pureza no cristal. →

Quando voa a turba alada,
    O vendado Deus rapaz,
    Faz Cupidilhos das aves,
    Forma Chipre do lugar.
Os limos no largo tanque
    Ali se vêm pentear,
    Que a seus úmidos cabelos
    Pentes de prata lhes dá.
Ali Vênus celebrada
    Das cristalinas Irmãs,
    Estima as Ninfas do tanque,
    Despreza as Ninfas do mar.
Ali muitos choupos crescem
    Verdes, que verdes os faz
    Aquela firme esperança
    Daquele amor imortal.
A um tempo do vento, e d'água
    Sobe, e campa cada qual
    Tifeu do vento frondoso,
    Narciso d'água galã.
Esta das lágrimas fonte
    Na douta Coimbra está,
    Que se é do saber escola,
    Diz que Pedro soube amar.

SEGUNDO CORO
DAS RIMAS CASTELHANAS
EM VERSOS AMOROSOS
DA MESMA ANARDA

PROEMIO

Soneto I

No canto hazañas de Mavorte impío,
    Canto victorias de Cupido airado,
    Cuando en la guerra atroz de mi cuidado
    Cautivó dulcemente mi albedrío.
A pesar de envidioso desvarío
    Pretende ser mi amor eternizado
    Por divina virtud de un bello agrado,
    Que reverente adora el pecho mío.
Si en ansia ardiente al corazón encalma
    El fuego amante de un gentil sujeto,
    Corone el canto de mi amor la palma.
Mi fuego pues con uno y otro efecto,
    Si da con vivo mal ardor al alma,
    Dé con sabio favor Luz al concepto.

ENCARECIMENTO DA FERMOSURA DE ANARDA
Soneto II

Bello el clavel ostenta sus colores,
    Bella la rosa en el jardín se admira,
    Bello el lirio fragante olor respira,
    Bello el jazmín se viste de candores.
Bello el Abril produce alegres flores,
    Bello el Sol en la cuarta esfera gira,
    Bella la Fénix nace de su pira,
    Bella la Luna esparce resplandores.
Mas con Anarda dulcemente hermosa
    No puede hallarse en todo el suelo alguna
    Hermosura, que brille luminosa.
Con su belleza singular ninguna
    Belleza tener pueden clavel, Rosa,
    Lirio, Jazmín, Abril, Sol, Fénix, Luna.

DIFERENTES EFEITOS DE UM PEITO AMANTE, E ROSTO AMADO
Soneto III

Hermoso siempre, siempre atormentado,
    Tu rostro agrada, vive el pecho mío,
    Roba tu rostro el fácil albedrío,
    Siente mi pecho el infeliz cuidado.
Tu rostro alegre de mi pecho amado,
    Mi pecho amante de tu rostro impío,
    Luce tu rostro en bello señorío,
    Arde mi pecho en fuego suspirado.
Sufre penas mi pecho lastimoso,
    Ostenta resplandor tu rostro tierno,
    Con luz tu rostro, el pecho sin reposo. →

Viendo tu gracia pues mi mal eterno,
 Veo en tu rostro el paraíso hermoso,
 Veo en mi pecho el miserable infierno.

NÃO PODE AMAR OUTRA DAMA
Soneto IV

Del ave ilustre, que en primor lozano
 De las otras se vio Reina volante,
 Bebiendo rayo a rayo el sol brillante,
 Peinando vuelo a vuelo el aire vano.
Sus alas, si las junta alguna mano,
 Consumen cualquier ala en lo arrogante:
 Que aun el odio en las aves es constante,
 Que aun aprenden el mal del ser humano.
Así pues en mi amor, que en bellas galas
 Es águila mejor de lucimientos,
 Si, Anarda, con tus ojos le regalas,
Consumen, si las juntan mis intentos,
 Como reales alas otras alas,
 Mis pensamientos otros pensamientos.

ENCARECIMENTO DO RIGOR DE ANARDA
Soneto V

No es tan contrario el ocio del cuidado,
 Del vicio descortés el caballero,
 Del vasallo fiel el lisonjero,
 Del discreto saber el rico estado,
Del Monarca perfecto el rostro airado,
 Del noble corazón el odio fiero, →

Del engañoso vil el verdadero,
La dicha alegre del hermoso agrado:
No es tan contraria, no, la hipocresía
De la virtud desnuda, y del sosiego
Con sangriento rigor la guerra impía;
No es tan contrario, no, del agua el fuego,
El bien del mal, y de la noche el día,
Como se opone Anarda al niño ciego.

QUE O AMOR HÁ DE SER POUCO FAVORECIDO
Soneto VI

Cuando acaso se enciende el fuego ardiente,
Las cóleras de llamas vomitando,
Si aura poca respira un soplo blando,
Le fomenta las llamas blandamente.
De suerte que se aviva más luciente
En sus llamas hermosas; pero cuando
Aura mucha está soplos respirando,
Mata sus llamas, y su ardor desmiente.
Pues así, si el Amor con fuerza impía
Aviva llamas, cuando a un pecho trata,
Con la misma ocasión su ardor se enfría;
De suerte que a su llama, oh dulce Ingrata,
El aura poca de favor le cría,
El aura mucha de favor le mata.

ESTUDO AMOROSO
Soneto VII

Dichosamente soy docto estudiante
    En la universidad de tu belleza;
    Aprendiendo preceptos de tristeza,
    Aprendiendo también leyes de amante.
La justicia, es amar tu Sol brillante
    Con infalibles reglas de fineza,
    Defendiendo altamente la firmeza,
    Negando sabiamente lo inconstante.
Es Aula el corazón en mis pasiones,
    Do se explican del llanto los despojos,
    Son los olvidos falsas opiniones:
Y decorando fácil tus enojos,
    Lecciones de morir son las lecciones,
    El Maestro el Amor, libros tus ojos.

QUE SEU AMOR SE VÊ PERDIDO NOS OLHOS, E CORAÇÃO DE ANARDA
Soneto VIII

La vista de tus ojos brilladores
    El alma, Anarda esquiva, considera
    Del fuego abrasador mejor esfera,
    Dos hermosos epítomes de ardores.
Tu corazón, Anarda, en los rigores,
    Que a un pecho amante esquivamente
                             [altera,
    Todo hielo en desdenes se pondera,
    Todo nieve se copia en disfavores. →

En graves penas, en tristezas sumas
    Ningún sosiego de mi amor aclamas,
    Porque con dos motivos le consumas;
Pues volando mi amor cuando le inflamas,
    Tu vista abrasa sus incautas plumas,
    Hiela tu corazón sus dulces llamas.

QUE NÃO FLORESCE O AMOR COM O LOGRO
Soneto IX

El cedro incorruptible, que eminente
    Apuesta eternidades con los años,
    Formando al Cielo de altivez engaños,
    Si nunca logra el fruto, es floreciente.
Pero si el fruto logra dulcemente
    Para dar a los logros desengaños,
    Con los esquivos, si fecundos daños
    Nunca galán de flores si consiente.
El amor a los años incorrupto
    No ha de lograr lo bello, que se ofrece,
    Aunque lo juzgue amor dulce tributo,
Al fruto de lo hermoso, que apetece;
    Si florece el Amor, no logra el fruto,
    Si el Amor logra el fruto, no florece.

QUE A FERMOSURA NÃO HÁ DE SER
AMANTE PARA SER AMADA
Soneto X

El Plátano, que explica delicioso
    Las verdes hojas de su libro ameno, →

Si es del Invierno húmidamente lleno,
    Recoge el bello Sol en seno umbroso.
Pero cuando el Estío caluroso
    Llamas vomita con ardor sereno,
    Condensa umbrosamente el blando seno,
    Resiste dulcemente al Sol hermoso.
Cual Plátano también un pecho escoge
    El Sol de la hermosura, que le asiste,
    Si coge ardores, si tibiezas coge:
Pues con alegre bien, con pena triste
    En desdeñoso Invierno lo recoge,
    En amoroso Estío le resiste.

ANARDA VENDO-SE A UM ESPELHO
Soneto XI

Anarda en un espejo se miraba,
    Que lucido dos veces se aplaudía,
    Por el cristal hermoso que fingía,
    Por el cristal más bello que copiaba.
Y como tan al vivo retrataba
    De su rara belleza la armonía,
    Con su rostro el espejo se encendía,
    Con su rostro el espejo se ignoraba.
Díjele entonces: Dulce Anarda hermosa,
    De tus desdenes con razón me quejo,
    Si eres con tu belleza rigurosa.
Desengaños agora le aconsejo:
    Que si es más que ese espejo luminosa,
    Es Anarda más frágil que ese espejo.

QUE NÃO PODE O AMOR ABRASAR
A ANARDA
Soneto XII

El diamante que en fondo luminoso
    Entre piedras de precios excelentes,
    Si las otras se ven Astros lucientes,
    Él brilla de las otras Sol hermoso.
Si le asiste el veneno riguroso,
    Vibra el diamante fuerzas tan vehementes
    Que impide las ponzoñas más valientes,
    Que resiste al rigor más venenoso.
Así pues la belleza esquiva, y pura
    De Anarda hermosa el mismo efecto
                     [aclama,
    Cuando con ella Amor su llama apura.
Pierde su fuerza pues, y no la inflama,
    Siendo diamante, la belleza dura,
    Siendo veneno, la amorosa llama.

QUE ATÉ QUANDO DORME
NÃO DEIXA DE CHORAR
Soneto XIII

Cuando amorosas penas atesoro
    En hermoso de incendios dulce encanto,
    Con mil endechas lloro lo que canto,
    Con mil lágrimas canto lo que lloro.
Prende el sueño mis penas, y no ignoro
    Que me embarga las ansias de mi llanto,
    Quizá porque en mi fe no llore tanto,
    Que pueda faltar llanto en lo que adoro. →

Mas cuando al sueño llama dulcemente
 No tiene Amor las lágrimas en calma,
 Porque dentro del alma las consiente:
Que en ella viendo Amor su dulce palma,
 Si deja de llorar hacia la frente,
 Quiere llorar entonces hacia el alma.

LÁGRIMAS DE ANARDA POR OCASIÃO DE SEUS DESDÉNS
Soneto XIV

Cuando fulmina borrascoso el Cielo
 Lluviosas armas del Diciembre impío,
 Flechando al pecho con agudo frío,
 Cerrando el día con nublado velo;
Cuando embarga con cándido desvelo
 El hielo prisionero en pobre río,
 Como la perla del gentil rocío
 Nace el cristal del embargado hielo.
Así también, Anarda, cuando tienes
 El pecho esquivo al amoroso encanto,
 Es fuerza que el cristal del llanto ordenes;
Pues con la misma acción, que imitas tanto,
 Si tu pecho es un hielo de desdenes,
 Del hielo del desdén nace tu llanto.

VERIFICA ALGUMAS FÁBULAS EM SEU AMOR
Soneto XV

No es fabulosa, no, la angustia viva,
 Que padece ligado el Prometeo, →

Pues el águila ilustre de un deseo
Roe mi pecho en la prisión altiva;
No es fabuloso, no, que en la nociva
    Sombra infernal cantase el sacro Orfeo,
    Pues en infierno de amoroso empleo
    Canto con rudo plectro pena esquiva.
No es fabuloso de Faetón osado
    El intento del Sol mal conseguido,
    Ni de Isis el desvelo enamorado:
Que está mi pensamiento, y mi sentido
    Al rayo de un rigor precipitado,
    Al lazo de un afecto suspendido.

AMOR NAMORADO DE ANARDA
Soneto XVI

Cansado el ciego Dios de herir flechero
    Las nobles almas con incendio hermoso,
    Quiso buscar sosiegos de gustoso
    Quien motiva cuidados de severo.
Viendo de Anarda el rostro lisonjero,
    Pensó que Venus era, y delicioso
    Gustando en ella halagos de un reposo,
    Provó lo dulce, reprovó lo fiero.
Pero después sabiendo (en lo arrogante)
    Que Anarda no era Venus, inflamado
    Amó de Anarda la beldad triunfante;
De suerte que en asombros del cuidado
    El propio Amor se vio de Anarda amante,
    El propio Amor se vio de amor flechado.

CANÇÕES

SOLICITA A ANARDA PARA UM CAMPO
Canção I

Ven, Anarda brillante,
    Darás luces al día,
    Quitarás la tiniebla al alma mía;
    Darás al mismo instante
    Con tus plantas, y rayos
    Alientos al vergel, al Sol desmayos.

II

Ven al prado, y si alcanza
    Piedades el morirme,
    Mira el verde laurel, el roble firme;
    Pues dirá mi esperanza,
    Pues dirá mi amor noble,
    Mi esperanza es laurel, mi amor es roble.

III

Verás que el Tajo apura
    Oro, y plata canora,
    El jazmín, y el clavel, que alienta Flora
    Porque de tu hermosura
    Retraten el tesoro
    El clavel, el jazmín, la plata, el oro.

IV

Si fiera te pregona,
    Como hermosa, mi vida,
    Este jardín, y bosque te convida.
    Pues para tu corona,
    Y para el mal, que alteras,
    Flores brota el jardín, el bosque fieras.

V

Ven en fin, que si vienes,
    En acentos suaves
    Esos floridos coros de las aves
    Te darán parabienes,
    Pues si vienes ahora,
    Verán tus ojos Sol, tu rostro Aurora.

VI

Ven pues al bosque, y cuando
    Vinieres fatigada,
    Aquí te ofrecen, oh Ponzoña amada,
    El río cristal blando,
    El viento auras gustosas,
    Los olmos pabellón, lecho las rosas.

VII

Ven en fin, que la fuente
    (Si callo lo que lloro, →

Si me encubro la fe, con que te adoro)
Por cándida, y corriente
Te dirá con su canto
La fe de un pecho, de un amor el llanto.
Canción, nunca de Anarda
Hablando la hermosura,
Que no soy dulce Orfeo de Anarda dura.

ANARDA FINGINDO CIÚMES
Canção II

I

Anarda, si otros ojos
    Me dan desasosiego,
    Para causarte enojos
    Vibren tus ojos luego,
No rayos de esplendor, rayos de fuego.

II

Si otro rostro me alienta
    Amorosos dolores;
    En tu rostro, que aumenta
    Como Áspid, los rigores,
Coja venenos yo, buscando flores.

III

Si otra boca me apura
    Ostentaciones finas; →

Por que castigues dura
Lo propio, que imaginas,
De tu boca en las rosas halle espinas.

IV

Si por mi corta suerte
    Otro cabello adoro;
    Rompa la Parca fuerte
    Cuando el tuyo enamoro
    Los hilos de mi vida en hilos de oro.

V

Si otra mano venero
    Con amor soberano,
    Cuando tu mano quiero;
    Sea a mi ardor ufano
    Como nieve en candor nieve tu mano.

VI

En fin si a lo penoso
    De otro amor me condeno;
    Tu Cielo luminoso
    Con nubes de iras lleno
    Turbio lo vea yo, nunca sereno.

Canción, si Anarda tiene
    El alma, que amor cría,
    Sépalo su rigor del alma mía.

MADRIGAIS

DESENGANO DA FERMOSURA DE ANARDA
Madrigal I

Anarda, tus engaños
    No dejen marchitar tan verdes años,
    Adviertan tus locuras
    Que el tiempo es fiero Estío de hermosuras.
    Y a ti misma en ti misma irás a buscarte,
    Y a ti misma en ti misma no has de hallarte.

ANARDA NEGANDO CERTO FAVOR
Madrigal II

  Culpóme por agravios
    (Por querer ser Abeja de sus labios):
    Anarda esquiva, y luego
    Hurtándole un clavel mi dulce fuego,
    Le dije: Dueño hermoso,
    Aunque no quieras tú, seré dichoso,
    Besando del clavel porción tan poca,
    Pues si beso el clavel, beso tu boca.

ANARDA VISTA, E AMADA
Madrigal III

Cuando las luces de tus ojos veo,
    Se enciende mi deseo,
    El corazón se inflama
    De suerte pues, que en la amorosa llama,
    Las que en tus ojos son luces vivientes,
    Son en mi corazón llamas ardientes.

AMANTE SECRETO
Madrigal IV

Corazón, arde, y vea
    El amor los silencios, satisfecho
    De tus cenizas sea
    (En cenizas deshecho)
    Sepulcro interno tu callado pecho.

MÚSICA, E CRUEL
Madrigal V

Con lisonjera voz mi Bien cantaba,
    Ya las piedras quitaba
    De su naturaleza
    (Quedando a su voz tiernas) la dureza;
Pero cuando se muestra tan impía,
Lo que a piedras quitaba, en sí ponía.

AMOR DECLARADO PELOS OLHOS
Madrigal VI

Cuando inflama escondido
    El fuego en sus ardores repetido,
    Sube la llama, y luego
    Por los balcones se publica el fuego;
    Si mi fuego me inflama,
    Sube a los ojos la amorosa llama,
    Y si a los ojos, cual balcón, se aplica,
    Mi fuego muestra, y mi pasión publica.

ANARDA BORRIFANDO OUTRAS DAMAS COM ÁGUAS CHEIROSAS
Madrigal VII

Vierte la blanca Aurora
    Cuando en los campos dulcemente llora
    Sobre las flores bellas
    El rocío, que sudan las estrellas:
    Así pues rocía Anarda con olores,
    Siendo Anarda la Aurora, ellas las flores.

RIGOR, E FERMOSURA
Madrigal VIII

Sintiendo tus rigores
    Al corazón maltratan mil dolores;
    Viendo tus luces puras,
    A los ojos recrean mil dulzuras;
    Causa pues tu belleza en los enojos
    Tormento al corazón, gloria a los ojos.

AMOR MEDROSO
Madrigal IX

Quiero explicar mi daño
    En lo amargo dolor de un dulce engaño:
    Mas, cuando Anarda veo,
    Porque ve tanta luz, tiembla el deseo;
    De suerte que variando el dulce fuego,
    Temblores hallo, cuando al Sol me llego.

ANARDA VENDO-SE A UM ESPELHO
Madrigal X

Un espejo a mi Dueña retrataba,
   Y ella se enamoraba
   De su propia belleza;
   De suerte que en asombros de fineza
   Extraños celos a mi amor apura
   Con su propia hermosura su hermosura.

AO MESMO
Madrigal XI

Si el espejo retrata
   De tu rara hermosura la altiveza,
   Desengañarte trata,
   Queriendo allí que mire tu esquiveza
   Que es sombra tu belleza.

ETNA AMOROSO
Madrigal XII

Si Cupido me inflama,
   Si desdeñas mi empleo;
   En amorosa llama,
   En nieve desdeñosa el Etna veo,
   Con amor, y tibieza
   Tenemos su firmeza,
   Y en disonancia breve
   Suspiro fuego yo, tu brotas nieve.

AIS REPETIDOS
Madrigal XIII

Si suspiros aliento,
   No son blandos alivios del tormento,
   Vientos sí, que en dolores
   Blandamente respiran mis amores,
   Porque aviven al pecho, que se inflama
   Del fuego amante, la perpetua llama.

DOENÇA AMOROSA
Madrigal XIV

En un penoso lecho
   Enfermo vive el pecho;
   Los pulsos alterados
   Son los varios cuidados,
   La cura es la beldad, que amante veo,
   La dolencia el Amor, fiebre el deseo.

JARDIM AMOROSO
Madrigal XV

Es mi llama dichosa
   Como purpúrea rosa;
   Es planta la firmeza
   De amorosa terneza;
   Por dulce, no por grave
   Es el suspiro Céfiro suave;
   Y cuando más se adora,
   Es mi amor jardinero, Anarda Flora.

GUERRA AMOROSA
Madrigal XVI

Si mi pecho arrogante
    Quiere el Reino feliz de la hermosura,
    La valentía apura
    De una firmeza amante;
    Arma fuertes dolores por soldados,
    Son los finos cuidados
    Las armas, con que cierra,
    Enemigo el desdén, Amor la guerra.

ANARDA VESTIDA DE AZUL
Madrigal XVII

Lo azul mi bien vestía,
    Como quien a los ojos publicaba
    Que quien Cielo se veía;
    Como Cielo se ornaba;
    Pero dando lo azul celosa pena,
    Al infierno de celos me condena,
    De suerte que lo azul a mi amor tierno
    En ella fue de Cielo, en mí de infierno.

RETRATO AMOROSO
Madrigal XVIII

Amoroso retrato
    Quiero ofrecer de Anarda al rostro ingrato;
    Sombras son mis tormentos,
    Varios colores son mis pensamientos. →

Es pintor amoroso
El amor ingenioso,
Y en gloria satisfecha
Es lienzo el corazón, pincel la flecha.

DÉCIMAS

ANARDA CRUEL, E FERMOSA
Décima I

Cuando el desdén luminoso
   De Anarda bella pondero,
   Enamora con lo fiero,
   Y maltrata con lo hermoso:
   De suerte que en lo amoroso
   De mal pagada firmeza,
   Porque logre mi tristeza
   Entre gloriosa ventura,
   Hizo fiera la hermosura,
   Hizo hermosa la fiereza.

II

Blanca la frente se aviva,
   El pecho duro se estrena;
   Este motiva la pena,
   Aquella gloria motiva:
   Y en esta congoja viva,
   En esta gloria alcanzada
   Nevada sierra es llamada,
   Si lo blanco, y duro encierra,
   Siendo por lo duro fiereza,
   Y por lo blanco nevada.

III

Ya su corazón embebe,
    Ya dibujan sus verdores,
    Estos pinturas de flores,
    Aquel tibiezas de nieve:
    Cuando pues mi amor se atreve
    De su hermosura a lo tierno,
    De su rigor a lo eterno,
    Al mismo tiempo pondera
    Que es su rostro Primavera,
    Que es su corazón Invierno.

CORAIS DE ANARDA
Décima I

Ese coral venturoso,
    Que para aseos de un lazo
    Pudo llegar a tu brazo,
    Siendo por necio dichoso;
    ¡Oh cómo brilla glorioso,
    Abonando su fineza,
    Con tu divina belleza!
    Pues ya debe su valor
    A tu boca la color,
    A tu pecho la dureza.

ANEL DE OURO DE ANARDA
Décima I

Adorno de oro lozano
    Mano esquiva aprisionó, →

Y no es pozo, pues se vio
Prisionera aquella mano:
Pero en lustre soberano
El oro en la mano ingrata
Tan bellamente la trata,
Que le juzgo aquel tesoro
Breve Zodíaco de oro
En breve ciclo de plata.

SONO INVOCADO
Décima I

Vuela, sueño delicioso,
   A darme un ocio furtivo,
   Si algún descanso en lo esquivo,
   Puede admitir lo amoroso;
Prende los ojos piadoso,
   Que si los prendes, se advierte
Por justiciera tu suerte,
   Que (Amor teniendo la palma)
Traición hicieron al alma,
Causa dieron a mi muerte.

CÉU NO ROSTO DE ANARDA CONSIDERADO
Décima I

Un Cielo a su rostro veo
   Entre esplendores amados.
   Dos breves negros nublados
   Son de sus cejas aseo;
Es en parecido empleo →

Alba la cándida frente,
Ojos Astros, Sol luciente
El cabello se confía,
Es la nariz láctea vía,
La boca puertas de Oriente.

Mote

Muriendo estoy de una ausencia,
  Y si bien muriendo estoy,
  No me mata lo que paso,
  Mátame lo que pasó.

Glosa
Décima I

Cuando Anarda, en lo arrogante
  De una ausencia me apercibo,
  A un tiempo me muero, y vivo
  De lo ausente, y de lo amante.
  Vida del alma constante
  Es de un amor la vehemencia,
  Que es su propia inteligencia;
  De suerte que en mi dolor
  Viviendo estoy de un amor,
  Muriendo estoy de una ausencia.

II

En esta ausencia que veo,
  Afino mi pensamiento, →

Lo que es gloria, es mi tormento,
Lo que es pena, es mi deseo;
Vivo con penoso empleo,
Y en la gloria muerto soy,
Si algún bien al alma doy:
De suerte, que en lo que emprendo,
Si estoy mal, estoy viviendo,
Y si bien, muriendo estoy.

III

Solo mi amor ha sentido
    De esta ausencia lo tirano,
    Que se junta como hermano
    Con una ausencia un olvido;
    Y se mide mi sentido
    De mi pensamiento a mi plazo
    El olvido, al mismo paso,
    Aunque sufro un mal intenso,
    Mátame, sí, lo que pienso,
    No me mata lo que paso.

IV

Si muchas veces pondero
    Lo que en tu vista he logrado,
    Es verdugo del cuidado,
    Si antes fue blando, es ya fiero;
    De suerte que considero
    Que cuando el bien se logró,
    Vida, y muerte ocasionó, →

Pues en queja padecida
Lo que pasó me dio vida,
Mátame lo que pasó.

ROMANCES

RIGORES DE ANARDA REPREENDIDOS COM SEMELHANÇAS PRÓPRIAS
Romance I

¡Anarda en agrado esquivo!
   Anarda en bella exención
   Eres Diosa, siendo fiera,
   Eres Áspid, siendo flor.
Si eres jardín de hermosura,
   Ve del jardín la sazón,
   Que es ya florida lisonja,
   Si era desnudo rigor.
Si eres fuente en tus cristales,
   Ve la fuente, que al favor
   Es ya corriente de plata,
   Si era de nieve prisión.
Si eres rosa, ve la rosa,
   Que en liberal presunción
   Comunica rojo agrado,
   Presta oloroso vapor.
Si eres Cielo, imita al Cielo,
   Que en cuaderno brillador
   Es ya de luces papel,
   Si fue de nieblas borrón.
Si eres estrella, a lo menos
   Las brota oscura ocasión, →

Siendo al campo de Zafir
Azucenas de esplendor.
Si eres Aurora, la Aurora
Mostró siempre y siempre dio
Al Orbe purpúrea frente,
Al vergel cándido humor.
Si eres Sol, al Sol advierte,
Que no siempre lo encubrió
Rigurosa densidad,
Descortés exhalación.
Si eres Deidad, las Deidades
Ostentan piadosa acción,
No forman un Dios las aras,
Los ruegos hacen un Dios.
En fin, si eres bella, Anarda,
Ve que parece mejor
Con aura blanda un jardín,
Con sereno día el Sol.

BOCA DE ANARDA
Romance II

Abrevia, Anarda, tu boca
En el callar, y reír,
Toda Fenicia a su grana,
A su plata el Potosí.
Cuando veo en dulces voces
Tu rojo clavel abrir,
En los aires todo es ámbar,
Todo en sus labios carmín.
Prodigiosamente juntos
En ella quieren vivir, →

Mucho Enero en poca nieve,
En poca flor mucho Abril.
Las perlas cría la boca,
    Y no es mucho presumir
    Que ellos son granos de perlas,
    Que ella concha de rubí.
Cuando tus labios se abrochan,
    Atento los advertí
    Dos cortinas de escarlata
    Para un lecho de marfil.
Juzgo en fin que el Cielo mismo
    Te dio por envidias mil
    Una herida de clavel
    Con un golpe de alhelí.

ANARDA BANHANDO-SE
Romance III

Por la tarde calurosa
    Anarda vino a bañarse,
    Que esto de echarse a las aguas
    Es muy del Sol por la tarde.
Desnudóse, y vióse ornada,
    Porque es en mejor alarde
    Rico adorno una hermosura,
    Hermosa gala un donaire.
A un tiempo humilde, y soberbio,
    Queda el cristal del estanque,
    Humilde, por excederse,
    Soberbio, por ocuparse;
De suerte, que al mismo punto
    Se notaba al blanco examen →

Cristal con cristal vencerse,
Plata con plata lavarse.
Las aguas pues, y los ojos,
Parecieron al juntarse,
Las aguas blancas vidrieras,
Los ojos Soles brillantes.
Cuando las aguas se mueven,
Parece allí que se aplauden,
Formando líquidas voces,
Haciendo cándidos bailes.
Entre el agua, y entre espuma
Por competencias iguales
Ángel del agua parece,
Venus de la espuma nace.
Amor confuso se admira
De ver que no se desaten
En cenizas las espumas,
En incendios los cristales.
Cual Cintia no me dio muerte,
Porque con más pena acabe
A las manos de un deseo,
A los golpes de un ultraje.
¿Qué pecho librarse puede
De amor, si las aguas se hacen,
Siendo a las llamas opuestas,
De los incendios capaces?

ANARDA COLHENDO FLORES
Romance IV

De un jardín despoja Anarda,
Bien que robado, feliz, →

Las caricias de la Aurora,
Las alhajas del Abril.
Aunque las coge, no menguan,
Pues con donaire gentil
Cuantas coge allí la mano,
Tantas el pie cría allí.
Las que coge, y las que deja
En el florido pensil,
Unas morir de corridas,
Otras de envidiosas vi.
Mil flores rinde a sus manos,
Y entonces vieras rendir,
Más que a sus manos mil flores,
A sus ojos almas mil.
Con su roja, y blanca frente
Dichosamente advertí
Que no era la rosa rosa,
Que no era el jazmín jazmín.
Todo a su mano quisiera
Morir, si pudiese así
En ella resucitar,
Y segunda vez morir.
Yo que veía estar cogiendo
El animado marfil
Las flores ya venturosas,
Esto le pude decir:
Anarda, a tus luces
Es acción civil,
Que lo que le diste,
Quites al jardín.
Desengaños oye
A tu presumir
De olorosa nieve,
De ámbar carmesí.

ANARDA DISCRETA, E FERMOSA
Romance V

Cual es más, el Orbe duda
    (Anarda entendida, y bella),
    Si tu gallarda hermosura,
    Si tu discreción perfecta.
¡Oh cómo con dos asombros
    Animas dos gentilezas!
    Una, que a tu ingenio adorna,
    Otra, que a tu rostro asea.
En tu copia de milagros
    Se engañó naturaleza,
    Pues, cuando te hizo entendida,
    Quizá pensó que eras fea.
Pero no, porque era justo
    Que en simpatía de prendas,
    Haciendo hermosa la concha,
    Hiciese hermosa la perla.
Cuando en ti solo abrazadas
    Estas venturas se muestran,
    Es amistad lo que es odio,
    Paz se logra lo que es guerra.
Con mucha razón se casa,
    Cuando igualdades ostentan,
    Tan hidalgo entendimiento
    Con tan hidalga belleza.
Tu discreción, y hermosura,
    Si el alma advierte, pondera
    Ser la discreción hermosa,
    Ser la hermosura discreta.
En tu voz dulces panales
    Labrando estás como abeja, →

Ya con partido clavel,
Ya con menuda azucena.
Estos peligros no evita
La voluntad más exenta
Porque si de aquel escapa,
Después en este tropieza.

ANARDA PENTEANDO-SE
Romance VI

Surcando Anarda sus luces,
La mano entonces parece
En brillantes ondas de oro
Pequeño bajel de nieve.
Peine de marfil aplica,
Mas dudará quien la viere,
Si se peina los cabellos
Con la mano, o con el peine.
¿Quién puede temer borrascas?
En ondas de oro, ¿quién puede?
Pues turbias se temen nunca,
Lucidas se logran siempre.
Si entre las flores hermosas
Se hallan sierpes, bien se infiere
Que es su rostro hermosas flores
Sus cabellos rubias sierpes.
El Sol, y el Alba aquel día
Sin ser mañana aparecen,
Sol el cabello se esparce,
Alba la mano se ofrece.
Es tan luciente en sus rayos
El cabello, que bien puede, →

Si faltare el Sol al día,
Ser sustituto luciente.
Desatado por el cuello
Contrarios efectos tiene,
Pues cuando más suelto al aire,
Entonces más almas prende.
Dije en fin que Amor echaba,
Para que las almas pesque,
En dulce mar de jazmines
Dorados hilos de redes.

ANARDA FUGINDO
Romance VII

Anarda, corres en vano,
Que cuando el alma me llevas,
Aunque vueles, no te apartas,
Aunque corras no me dejas.
Mis males, y quejas oye;
Mas no, que si oyes mis penas,
Ya dejarán de ser males,
Ya dejarán de ser quejas.
Y si solo por matarme,
Dulce enemiga, te alejas,
Espera, no te apresures,
Que me matarás, si esperas.
Oye la peña mis voces,
Párase el Tigre con ellas;
Para, Anarda, si eres tigre,
Oye Anarda, si eres peña.
Mira estas blandas corrientes
De llanto, que Amor las echa →

Para aprisionar tu planta,
Para estorbar tu carrera.
Oh si la Diosa de Chipre
Dorados pomos me diera,
Para ver si pies de plata
Con pomos de oro se enfrenan.
No por mí quiero que escuches,
Sino por ver que en las hierbas
Fatigas tu cuerpo hermoso,
Ofendes tus plantas tiernas.
Si ahora te convirtieses
Sacro laurel, ya tuviera
El verdor en mi esperanza,
La corona en mi firmeza.
Lo tierno de estas razones
No escuchas, Anarda bella,
Que Áspid eres, cuando sorda,
Que Áspid eres, cuando fiera.

PENSAMENTO ALTIVO EM
O AMOR DE ANARDA
Romance VIII

Temerario pensamiento,
Vuelve acá, no vueles no,
Ve que son cera tus alas,
Mira que vuelas al Sol.
Si cual Ícaro despliegas
Tu vuelo, temiendo estoy
En el río de mi llanto
El sepulcro de tu error. →

Si al Cielo subes, el Roble
    Te desengaña el valor,
    Que si era Tifeo de ramos,
    Es ya del rayo Faetón.
Si un mar de belleza surcas,
    La nave, que el mar surcó,
    Es ya náufrago escarmiento,
    Si era leño volador.
Si al Sol te ofreces, advierte
    De un clavel la desazón,
    Que es ya despojo de llamas,
    Si era púrpura de olor.
Si un duro castillo asaltas,
    Mira que ahora se armó
    Los cañones de impiedad
    Contra las flechas de Amor.
Si buscas el Vellocino
    Del cabello brillador,
    Ve que le guardan fierezas,
    Mira que no eres Jasón.
Abate en fin la osadía,
    No quieras dos muertes hoy,
    Una muerte al desengaño,
    Otra muerte al disfavor.

ANARDA SAINDO A UM JARDIM
Romance IX

Al prado muy de mañana
    Anarda sale a un jardín,
    Que es estilo del Aurora
    Muy de mañana salir. →

Ya por Reina de las flores
    (Perdone la Rosa aquí)
    La aclama el vulgo frondoso,
    La jura el noble pensil.
Si bien cuando purpurea
    De tanta rosa el rubí,
    Más gentil color recibe
    De esta Venus más gentil.
Viéndola el rojo clavel,
    Viéndola el blanco alhelí,
    Era desmayo el candor,
    Era vergüenza el carmín.
Nacen mil flores, y cuando
    Vieron tanta nieve allí.
    Recelaron por Diciembre
    Lo que logran por Abril.
Doblan sus ramos las plantas,
    Y en lisonjero servir
    No es natural fuerza, no,
    Es cortés respeto, sí.
Cuando parlaba un arroyo,
    Eran lenguas de agua al fin,
    Que le celebran lo hermoso,
    Que le aplauden lo feliz.
Ausentóse Anarda, y como
    El Sol se ausenta, advertí
    El jardín sin florecer,
    La mañana sin lucir.

ANARDA CANTANDO À VIOLA
Romance X

Pulsa Anarda a un tiempo, y forma
    Con una, y con otra acción
    Leño armonioso su mano,
    Canoro néctar su voz.
Era la música entonces
    Dulcísima igual prisión
    De las almas, que condujo,
    De los vientos que enfrenó.
Todo el corazón se rinde
    A tan suave favor,
    Que contra su voz Sirena
    No hay Ulises corazón.
Parece allí que escondido
    Canta en ella un ruiseñor
    A la Aurora de su frente,
    De sus cabellos al Sol.
Llama al oído, y la vista
    Con dobles glorias, que unió,
    El oído a su concento,
    Y la vista a su esplendor.
Con dos agrados del alma
    Dos veces Cielo se vio,
    Cielo en plácida armonía,
    Cielo en bella ostentación.
En dos claveles parleros
    Su música pareció
    Corriente de mil dulzuras
    Por senda de flores dos.
Hiere en fin los corazones,
    Pues para la herida son →

Flechas de Amor los acentos,
La Lira aljaba de Amor.

ANARDA FERINDO LUME
Romance XI

En un pedernal Anarda
　　El fuego solicitó,
　　¿Cómo pide al pedernal
　　Lo que pudiera a mi amor?
De la piedra saca el fuego:
　　Que es costumbre del ardor
　　Sacar fuego una belleza
　　Cuando es piedra un corazón.
La piedra hiriendo, y las almas,
　　Las heridas confundió,
　　Pues ambas de Anarda viven,
　　Pues ambas de fuego son.
Cuando mueren las centellas,
　　Estrellas las juzgo yo,
　　Que allí caduca su luz,
　　Porque allí brillaba el Sol.
Si no es ya, que en tanta nieve
　　De su florido candor
　　Desmayó cada centella
　　Cuando tanta nieve vio.
Cada centella una dicha
　　De Amor juzga mi pasión,
　　Cuando hermosa se produjo
　　Cuando breve se extinguió.
Sale el fuego, y cuando sale
　　El vómito abrasador, →

No es de la piedra virtud,
Es de sus ojos acción.
Hizo en fin la lumbre, y luego
La compara el niño Dios
Con la lumbre en su lucir,
Con la piedra en su rigor.

MORRE QUEIXOSO
Romance XII

En acentos lastimosos
    Mi corazón se acredite,
    Si en dulce amor salamandra,
    En muerte quejosa Cisne.
De Anarda se queje el alma,
    Que en bello rigor admite
    Las espinas en sus rosas,
    Las sierpes en sus jazmines.
Dueño ingrato, advierte ahora
    Que cuando a mi pecho asistes,
    Que te ofendes, si le ofendes
    Que te afliges, si le afliges.
Con los ojos, con el alma
    Te transformas, te apercibes,
    Por basilisco, por áspid,
    Cuando matas, cuando finges.
Con los robles, con los olmos
    Competimos, fiera Circe,
    Tu con estos, por mudable,
    Yo con aquellos, por firme.
Ya las fuentes, ya los prados
    Sin tus plantas no se visten, →

Ni cristal en los Diciembres,
Ni esmeralda en los Abriles.
Ya los campos por venganza
De que ahora no los pises
Abren hierbas venenosas,
Brotan espinas sutiles.
Dos muertes ya tiene el pecho,
Si su muerte pretendiste;
Muere en agua, cuando llora,
Muere en fuego, cuando gime.
Muerto estoy, demos al Mundo
Cuatro prodigios, que admiren,
Tu de tirana, y de hermosa,
Yo de amante, y de infelice.

MORTE CELEBRADA EM ENDECHAS
AMOROSAS
Romance XIII

Ya que conozco ahora
Difunta el alma, sean
Mis llamas los blandones,
Mis voces las exequias.
Las fuentes, y los campos,
Mi amor digan, y vean,
Pues dan voces las aguas,
Pues dan ojos las hierbas.
Hermosíssima Anarda,
Que en rigor, y belleza,
Eres tigre de luces,
Eres Sol de fierezas. →

En esta muerte el alma
    Porque te lisonjean,
    Tus rigores estima,
    Mis tormentos festeja.
Pero mi amor se aflige,
    Si los gusta, que tenga
    Aún contento en los males,
    Aún gusto en las tristezas.
Padecer por sus ojos
    No puedo, aunque padezca,
    Pues son gustos los males,
    Pues son glorias las penas.
Ya los males no temo,
    Que es una cosa misma,
    Mi vida, y mi tormento,
    Mis días, y mis quejas.
Tanto el alma los quiere,
    Que aun escrúpulo altera
    Cuando en placeres habla,
    Cuando en contentos piensa.
En la gloria me aflijo,
    Mira pues mis finezas,
    Que porque no es congoja,
    La gloria me atormenta.

Tenga en fin, dulce Anarda, cuando muera
    Vivo el amor, y la esperanza muerta.

VERSOS VÁRIOS QUE PERTENCEM AO SEGUNDO CORO DAS RIMAS CASTELHANAS, ESCRITOS A VÁRIOS ASSUNTOS

À MORTE DA SENHORA RAINHA DONA MARIA SOFIA ISABEL COMPARADA COM ECLIPSE DO SOL
Soneto I

Opónese la Luna al Sol flamante,
    Y aunque le debe todo el lucimiento,
    No le faltó villano atrevimiento,
    Para oponerse ingrata al Sol radiante:
Siente la oposición la tierra amante,
    Porque ve del eclipse el sentimiento,
    Mas aunque el Sol parezca sin aliento,
    Para el Cielo se queda Sol brillante.
Así la Reina pues, cual Sol lustroso,
    El eclipse padece entristecido
    A la tierra, que siente el fin penoso:
Pero volviendo al Cielo es tan lucido,
    Que si a la tierra queda tenebroso,
    Para el Cielo se ofrece esclarecido.

A UM JASMIM
Soneto II

Tu lozano candor de adorno vivo
    Las estrellas del Cielo desafía,
    Y si es gloria nevada al claro día,
    Es lastimoso ardor al Sol nocivo.
¡Oh cómo en los jardines te apercibo
    Hermoso Cisne en blanca lozanía!
    Que respiras de olor dulce armonía,
    Sintiendo de la muerte el golpe esquivo.
Tu cándida hermosura ves perdida
    Entre halagos gentiles de tu suerte,
    Siendo lo mismo muerta, que nacida;
Pues cuando tu fortuna más se advierte,
    Con muerte dio principios a tu vida,
    Con vida dio principios a tu muerte.

ADÔNIS CONVERTIDO EM FLOR
Soneto III

Llorando el bello Adonis Citerea
    Entre el muerto coral, que llora tanto,
    El prado reverdece con el llanto,
    El prado con la sangre purpurea.
Admira en su dolor la luz Febea,
    Si no la encubre el tenebroso manto,
    Pues vino al día con funesto espanto
    De la muerte infeliz la noche fea.
Mas un remedio su tormento quiere,
    Que es convertirlo en flor por su fineza,
    Y para que otra vez amarlo espere: →

Que como es bella flor la gentileza,
 Cuando en el golpe su belleza muere,
 En la flor resucita su belleza.

NARCISO CONVERTIDO EM FLOR
Soneto IV

Del Silvestre ejercicio fatigado
 Buscar quiere Narciso diligente
 Los húmedos alivios de una fuente
 En los ardientes gustos de un cuidado.
Halla la fuente en fin, y retratado
 Galán de su belleza se consiente,
 Y con engaños su hermosura siente
 En el frío cristal el fuego amado.
En flor después el joven se convierte
 Por piedad de los dioses merecida,
 La piedad remediando el rigor fuerte:
Pues cuando en el jardín flor se convida,
 Si las aguas le dieron triste muerte,
 Ya las aguas le dan alegre vida.

À SEPULTURA DE UMA FERMOSÍSSIMA DAMA
Soneto V

Cortó dorado estambre Átropos dura
 Con el cuchillo, si violento, ufano,
 Al milagro divino de lo humano,
 Al compendio feliz de la hermosura.
¡Oh de la Parca mano más impura!
 ¡Oh de la Parca golpe más tirano! →

Impura, pues manchó candor lozano,
Tirano, pues truncó belleza pura.
Cuando tanta hermosura se destierra,
Si por llorar (¡oh peregrino!) el caso,
Quieres saber lo que esa losa encierra;
Advierte, mira que un mortal fracaso
Muchas flores esconde en poca tierra,
Muchos soles sepulta en breve ocaso.

CANÇÕES

DESCRIÇÃO DA MANHÃ
Canção I

I

Aurora vengativa
De nublados enojos,
Con que al día agravió noche estrellada,
Lucidamente airada,
Castigando a la noche fugitiva
Sus oscuros despojos,
El manto le rompió, cegó sus ojos.

II

De flores coronada
Derrama dulcemente
El néctar matutino al Sol infante,
Que se mece brillante,
Siendo el rocío leche destilada, →

Que en niñez de viviente
Leche el Alba le da, cuna el Oriente.

III

De suerte que luciendo
    Con aplauso canoro,
    Del Rey del Cielo es Nuncia brilladora,
    Y de la roja Aurora,
    Como de roja flor, el Sol naciendo,
    Brota en bello tesoro
    La flor de rosicler, el fruto de oro.

IV

Sale el farol radiante,
    Alma hermosa de Mayos
    Pestañeando al día luz dudosa,
    Y si es en gracia hermosa
    Del Hemisferio claro ojo flamante
    Forma en rojos ensayos
    Por frente el Cielo, por pestañas rayos.

V

Tirando al coche, luego
    Calor ardiente ahúman
    Los caballos en calles de esplendores,
    Y en lucidos ardores
    Estrellas pisan, y relinchan fuego,
    Y porque más presuman,
    Púrpura ruedan, resplandor espuman.

VI

El Cielo venerado
    Con plácida armonía,
    Que alterna al aire volador desvelo,
    Con reverente celo
    Al Cielo le festejan lo sagrado
    En cultos de alegría
    Siendo lámpara el Sol, y templo el día.

VII

El Oriente vestido
    De purpúreos candores
    Jazmines viste, rosas purpurea,
    Y si de luz se asea,
    Luminoso se ve, se ve florido
    De suerte, que en primores
    Jardín de rayos es, Cielo de flores.

Canción, si quieres ser eternizada,
    Di que en calladas tintas
    Cuando pintas el Sol, Anarda pintas.

DESCRIÇÃO DO OCASO
Canção II

I

Del camino luciente fatigados
    Corriendo el cuarto giro todo el día
    Buscan a Tetis fría
    Los cuatro brutos de Faetón alados; →

Frágiles ya con últimos alientos,
Ya con ardor sedientos
Cuando a Neptuno el hospedaje deben,
Corales pacen, y cristales beben.

II

Bella Anfitrite en cristalinos brazos
    Recibe alegremente al Sol brillante,
    Que en gala de flamante
Le da de incendio amor, y de oro abrazos;
Y cuando mar de fuego el Sol parece,
Con las llamas, que ofrece,
Anfitrite en el último sosiego
Recoge en un mar de agua un mar de fuego.

III

Brillando cual antorcha el Sol lustroso,
    (Contra las nieblas del oscuro coche,
    Que conduce la noche)
Siendo el Cielo aposento luminoso,
Siendo pálida cera el oro ardiente,
Al último occidente
(Porque nuestro Zodíaco no alumbre)
Gastóse el oro, y se extinguió la lumbre.

IV

Apolo bello bellas ansias siente
    Cuando forma crepúsculo dorado →

En el cristal salado
Ya con achaques de esplendor doliente,
Y agonizante con la hermosa vida
Frágilmente lucida
Fluctúa, cuando cierra su tesoro
En urna de cristal el cuerpo de oro.

V

Muere el Sol, y las sombras del abismo
    Empiezan a salir en vuelo oscuro,
    Si bien esplendor puro
    De estrellas sustituye al parosismo,
    Que en el mar sepultado el noble Apolo,
    Sirve de templo el polo,
    Y al túmulo mortal, porque lo aliñen,
Sombras enlutan, y blandones ciñen.

VI

En favor de la noche resplandece
    Al Héspero luciente Citerea,
    Que entre la sombra fea
    Cuando se esconde el Sol, ella amanece,
    Cuando amanece el Sol, escóndese ella,
    Siendo a su gracia bella
    El Oriente gentil Ocaso ardiente,
    El Ocaso mortal hermoso Oriente.

Canción, también me esconde
    Entre tinieblas de congoja tarda
    La noche de la ausencia el Sol de Anarda.

ROMANCES VÁRIOS

CAÇADORA ESQUIVA
Romance I

Sigue los tigres huyendo
    Del fiero vendado Dios
    Sin ver que en igual fiereza
    Lo mismo es tigre, que Amor.
Una Zagala del Duero,
    Que al mismo tiempo se vio
    Para las almas serpiente,
    Para los jardines flor;
Y para ser Cielo en todo,
    El mismo Cielo le dio
    En su pecho la mudanza,
    En sus ojos la color.
Por feroz, y hermosa siempre,
    Todo en el campo rindió,
    A las almas, por hermosa,
    A los brutos, por feroz.
Cuando fatiga las selvas,
    ¡Oh, cómo paga mejor!
    Si al campo fieras le quita,
    Al campo flores le dio.
Con razón la sigue entonces
    Un amante cazador,
    Pues cuando siguió la Ninfa
    La fiera entonces siguió.
Hermosa Muerte, le dice,
    Espera, no corras, no,
    No merezca un fiero bruto
    Más que un discreto amador. →

¡Oh, cómo por estos bosques
    Sol te advierto en doble acción!
    Eres Sol en ligereza,
    Eres Sol en esplendor.
Aunque te ausentes, te veo,
    Pues copian a mi pasión
    Estas flores tu hermosura,
    Estas fieras tu rigor.
Tu suelto cabello, a un tiempo
    Agrado, y ofensa, es hoy
    Lascivo agrado del aire,
    Dorada ofensa del Sol.
Ni quiso más escucharle,
    Y en competencias corrió
    Del amante el llanto ondoso,
    De la Ninfa el pie veloz.

AMANTE DESFAVORECIDO
Romance II

En las orillas del Tajo,
    Donde un jardín se compone,
    Siendo espejo los cristales,
    Siendo vestido las flores;
Desdenes padece Tirse
    Tirse, que es en glorias dobles,
    Bello agravio de Narciso,
    Galán desprecio de Adonis.
Siempre escollo en sus durezas
    Nise le fulmina amores;
    Áspid hermoso del prado,
    Divino Tigre del bosque. →

Nise aquella, cuyos ojos,
    Por verdes, y brilladores,
    Son dos fuegos de esmeraldas,
    Son dos Abriles de soles.
Por su Tetis, por su Aurora
    Le aclaman por mar, por montes
    Del agua escamosas turbas,
    Del aire emplumadas voces.
Ya de Tirse los cuidados,
    Y males parecen robles,
    Los cuidados por altivos,
    Los males por vividores.
De Nise ausente aun le presta
    Su pensamiento colores:
    Que cuando el Sol se retira,
    Nunca faltan arreboles.
Dos firmezas desiguales
    Igualan ambas pasiones,
    En ella de ingratas iras,
    En él de finos ardores.

MORAL QUEIXA
Romance III

Sin firmeza en los contentos,
    Sin mudanza en las congojas,
    Al son de su llanto canta,
    Al son de su canto llora;
Tirse en las playas, que el Tajo
    En presunciones ondosas
    Ciñe con brazos de plata,
    Besa con rubias lisonjas. →

Al dulce son apacible
    De una cítara, que toca,
    ¡Oh cuán mal su bien repite!
    ¡Oh cuán bien su mal pregona!
Estas que pronuncian quejas,
    Las selvas, las aves todas,
    Atienden calladas unas,
    Murmuran parleras otras.
    Los males, y los bienes me acongojan,
    Unos con penas, y otros con memorias.
Los males plantas se ofrecen,
    Que en altivezas frondosas
    Van subiendo ramo a ramo,
    Creciendo van hoja a hoja.
¡Oh cómo son desiguales
    Cuando males apasionan!
    Que al salir plomos se calzan,
    Que al entrar plumas se adornan.
Hasta los bienes afligen,
    Que en píldoras venturosas
    Por inconstantes amargan
    Cuando por lindos se doran.
Son preceptos, y anuncios
    Para las venturas cortas
    Una escuela cada instante,
    Un cometa cada rosa,
    Los males, y los bienes me acongojan,
    Unos con penas, y otros con memorias.

DESPEDIDA AMOROSA
Romance IV

En el tiempo, en que la noche
    Oscuro pavón despliega
    Para sus alas las sombras,
    Por sus ojos las estrellas;
Un Portugués Africano,
    Que en valor, y gentileza
    Asombro fuera de Marte,
    Envidia de Adonis fuera;
A un tiempo prende, y desata
    Con una Africana bella,
    Prende sus brazos dudosos,
    Desata sus voces tiernas.
En la ausencias, le dice,
    Las dichas luego se abrevian,
    Que a relámpagos de dichas
    Suceden rayos de ausencias.
El alma te dejo: pero
    Se ofende Amor; pues sin ella
    No puedo alentar cuidados,
    No puedo sentir tristezas.
Si en darte el alma se ofende,
    Mira lo que escrupulea,
    Pues siente lo que es ternura
    Pues culpa lo que es fineza.
A Dios en fin ella entonces
    Bella, y llorosa, se muestra,
    Ya como Aurora en sus luces,
    Ya como Aurora en sus perlas.
Estas palabras le dice
    Bien sentidas, mal discretas, →

Entre contentos dormidos,
Entre congojas despiertas.
No te ausentes, que en mi pecho
    Si el alma tuya me entregas,
    A pesar de tus traiciones
    Has de padecer más quejas.
Mas ¡ay! que eres tan esquivo,
    Que solo porque padezca,
    Te solicitas los males.
    Y te prohijas las penas.
Si por sus flechas, y fuego,
    Ingrato el Amor desprecias,
    Sabe que hay fuego en batallas,
    Ve que entre Moros hay flechas.
Bien conozco que las balas
    No temes, pues te confiesas
    Como acero en los rigores,
    Como bronce en las durezas.
Pero, si adviertes, te engañas,
    Que cuando el alma me llevas,
    Has de ablandarte a los golpes,
    Has de aprender las ternezas.
Si a la guerra te aventuras,
    Espera, tirano, espera,
    Ve que tus ojos son armas,
    Mira que el Amor es guerra.
Como siempre en los amores
    Ambas las almas se truecan,
    Tienes el alma Africana,
    Tengo el alma Portuguesa.
Busca, traidor, otra Dama;
    No te ausentes, y te sienta
    A mis llamas duro mármol,
    A sus soles blanda cera. →

Mira, ingrato, lo que estimo
    Tu vista, que por quererla
    Me festejo la desdicha,
    Me solicito la ofensa.
Del África en los Desiertos
    Viviré, para que vea
    Mis llamas en los ardores,
    Tus crueldades en las fieras.
Esto dijo, y con desmayos
    Se esconden, se desalientan
    Ya sus luces en ocasos,
    Ya sus rosas en violetas.
Huye el Portugués, y a un tiempo
    Le llaman, cuando se aleja,
    A sus oídos la trompa,
    A sus ojos la belleza.

A UM ROUXINOL
Romance V

Ruiseñor te considero
    Por músico, y por veloz,
    Como Anfión emplumado,
    Como Orfeo volador.
Requiebras siempre al Aurora,
    Que también en su pasión
    El ave sabe un requiebro,
    Corteja al ave un amor.
Si no es, que como el Sol nace,
    Que es Príncipe brillador,
    Canoramente festejas
    El nacimiento del Sol. →

Cuando vuelas, cuando cantas,
    No distingue mi atención
    Si eres ave en leve vuelo,
    Si eres Musa en dulce voz.
Como Abeja entre las flores
    Me pareces (Ruiseñor)
    Que haciendo miel del concento,
    La melodía formó.
Esa armonía que formas
    En fiera transformación,
    ¿Cómo es suave, si es queja?
    ¿Cómo es blanda, si es rigor?
Con ese jardín compites:
    Tú, plumas; él hojas dio.
    Tú, matices; flores, él.
    Tú, suavidad; él, olor.
En la dulce intercadencia
    De tus quiebros pienso yo
    Que te acuerdas del agravio,
    Que te suspende el dolor.
Cuando el viento no respira
    A tu canto superior,
    No es serenidad del día,
    Es de tu canto prisión.

AO AMOR
Romance VI

Quien dice que Amor es niño,
    Neciamente quiere errar,
    Que para niño es muy fuerte,
    Muy sabio para rapaz. →

Quien dice que Amor es ciego,
    No sabe lo que es cegar:
    Que Amor es lince del alma,
    Y es Argos de la amistad.
Quien dice que es flechador,
    No sabe lo que es flechar,
    Que Amor no fulmina flechas,
    Solamente incendios da.
Quien dice que es volador,
    No sabe lo que es volar:
    Que Amor es muy tardo al ruego,
    Y es muy pesado en su mal.
Quien dice que Amor es Dios,
    No lo sabe declarar:
    Que nunca un Dios es tirano,
    Ni es ingrata una Deidad.
Quien dice que Amor del agua
    Desciende, engañado está,
    Que quien tan fuego se enciende,
    No desciende de la mar.
Quien dice que es cautiverio,
    Sin razón quiere llamar
    Violencia lo que es agrado,
    Prisión lo que es voluntad.
Y quien dice que es desnudo,
    No entiende su calidad:
    Que lo bizarro es amable,
    Y es querido lo galán.

Volta

Diga el alma, diga,
    Diga el alma ya: →

Amor es tormento,
Querer es penar.
Amad, amad,
Porque amando se sabe
Lo que es amar.

AO EXCELENTÍSSIMO SENHOR MARQUÊS DE MARIALVA, DANDO-LHE OS PARABÉNS À VITÓRIA DE MONTES CLAROS
Romance VII

Venid en hora felice,
    Valiente ilustre Marqués,
    Nuevo Aquiles más invicto,
    Nuevo Curcio más fiel.
Parabién a vuestras palmas
    Era escusado, porque
    Lo que teje una costumbre
    No le adorna un parabién.
Cuando vos surcáis el Tajo,
    Vasallo feliz se cree,
    No ya de un Neptuno antiguo,
    Pero de un Marte novel.
Todo en gustos derramado
    Gloria a gloria, bien a bien,
    Si no muriera del mar,
    Muriera sí de placer.
Las Dríades en sus campos
    Empiezan luego a ofrecer
    A vuestra mano la palma,
    A vuestra frente el laurel. →

Libertada, y defendida
    Lisia, imitáis a Dios; pues
    Siempre su poder conserva
    Lo que cría su poder.
Vuestro escuadrón mal formado
    ¿Qué importa en el Marcio arder,
    Si el orgullo ve dispuesto,
    Si el pecho formado ve?
Valeroso el Caracena,
    Valido el Haro vencéis,
    En aquel de un Rey el brazo,
    En este el pecho de un Rey.
A vuestro valor extraño
    (Cuando acaba de vencer)
    Una batalla es cariño,
    Una victoria es desdén.
Portugués fuerte, aplaudido
    Sois, vestís, enriquecéis
    A Lisia, Iberia, a la fama
    De honra, de horror de interés.

A DOM JOÃO DE LANCASTRO, DANDO-LHE AS GRAÇAS A CIDADE DA BAHIA POR TRAZER A ORDEM DE SUA MAJESTADE PARA A CASA DA MOEDA, QUE DE ANTES TINHA PROMETIDO
Romance VIII

En hora felice venga
    A regir esta Ciudad
    El fuerte, el justo, el discreto,
    El siempre ilustre Don Juan. →

Parabién os dan los nobles,
    Parabién la plebe os da:
    Que como sois para todos,
    Todos os deben amar.
Las luces, y las campanas
    En tanta festividad
    Hablan con lenguas de fuego,
    Y por voces de metal.
Prometísteisle el remedio
    De su dolencia mortal,
    Que de Político Apolo
    No os falta la actividad.
Cumpliste vuestra promesa
    Con tanta facilidad,
    Que aun visto el bien a los ojos,
    Los ojos dudando están.
Lo difícil emprendisteis,
    Y lo quisisteis buscar,
    Que a un corazón generoso
    Brinda la dificultad.
Al mar entregáis la vida,
    Y para mayor piedad
    La vida ponéis a riesgo,
    Para la cura aplicar.
Llegasteis mandando luego
    El remedio ejecutar,
    Que es útil la medicina,
    Cuando se apresura al mal.
Con la moneda, que esperan,
    Ya se empiezan a alentar
    De los ricos la codicia,
    De los pobres el afán. →

Si el dinero de los hombres
    Sangre se suele llamar,
    También les dais nueva vida
    Cuando la sangre les dais.
Al Mercader que en su trato
    Peligra más su caudal,
    Le dais cambios más seguros
    Contra los riesgos del mar.
Los Molinos del azúcar
    Con tanta ventaja, ya
    No serán vasos de miel,
    Que vasos de oro serán.
Portugal, y nuestro Estado
    No sé cuál os debe más,
    Aquel os debe la gloria,
    Este, la felicidad.
Nuestras memorias ofrecen,
    Con que os quieren venerar,
    Holocausto a vuestra imagen,
    Y templo a la eternidad.
Sois Príncipe de la sangre,
    De cuya estirpe real
    Se esmalta vuestra nobleza
    Con lumbres de Majestad.
Vivid, Señor, como Fénix,
    Porque en la posteridad
    Vida de Fénix merece
    Quien Fénix es singular.

AO SENHOR DOM RODRIGO DA COSTA, VINDO A GOVERNAR O ESTADO DO BRASIL*
Romance IX

Quisisteis surcar los mares
    Sin temer las ondas bravas
    Porque el fuego de la gloria
    Quita el horror de las aguas.
En vuestro leño imperioso
    Sin peligro en las borrascas
    Neptuno os obedecía,
    Y Tetis os respetaba.
Quejosa de vuestra ausencia,
    Dejáis a Lisia enojada,
    Pero si Lisia se enoja,
    Nuestra América se exalta.
Esta Ciudad os recibe
    (Si sois Costa) con jactancia
    Que tiene en vos mejor Costa,
    Cuando su puerto os prepara.
Dejasteis para regirla
    El descanso de la patria:
    Que un corazón valeroso
    Solo en fatigas descansa.
De vuestra feliz venida
    Nuestros deseos dudaban:
    Que cuando el bien se desea,
    Titubea la esperanza.
Los Isleños gobernasteis
    Con tanto amor, y alabanza, →

---

* Trigésimo terceiro Governador-geral do Brasil (1702-1705), recebeu o governo de Goa ao término do seu mandato.

Que la población Isleña
Por Chipre de amor se alaba.
Hoy tomando otro gobierno,
Del Sol imitáis la causa,
Que cuando gira en un polo,
Después al otro se pasa.
Sois descendiente del Conde,
A quien el León de España
Daba infelices bramidos,
Porque le quebró sus garras.
Consiguió tantas victorias,
Que al mismo tiempo juntaba
En la frente los laureles,
Cuando en la mano las palmas.
Cuyo valor heredado
(Que llamas de honor levanta)
Renace en vuestras acciones
Como Fénix de las llamas.
Sois valiente, y justiciero;
Y aunque Marte en vos se aclama,
Desprecia la Diosa Venus,
Y la Diosa Astrea abraza.
Si vuestro pecho es fiel
A la Justicia, que os ama,
Lo fiel de vuestro pecho
Da fiel a sus balanzas.
Unís en vuestro gobierno
Por idea más preciada
El rigor con el cariño,
La austeridad con la gracia.
Obráis justicia sin ojos,
Que de vos siendo observada,
No miráis de las personas
El poder, o la privanza. →

Al soborno estáis sin manos,
    Que vuestra entereza ufana
    Lo vence tan fácilmente,
    Que sin ellas lo despedaza.
Mas las manos a los pobres
    Prestáis, que enjugan, y sanan
    El llanto de su miseria,
    De su penuria las llagas.
Suene, y vuele en todo el Mundo
    Vuestro nombre, a quien la fama
    Para el brado da sus bocas,
    Y para el vuelo sus alas.
Vivid pues eterna vida,
    Si bien en virtudes tantas
    Con muchos siglos de aciertos
    Eterna vida os aclama.

TERCEIRO CORO
DAS RIMAS ITALIANAS

ANARDA QUERIDA NA OCASIÃO
DE SUAS LÁGRIMAS
Soneto I

La conca, che nel mar nasce, cocente,
    E del suo bel tesoro s'innamora,
    Se'l lucente cristal del mar'onora,
    È più superba, perch'è più lucente.
Quando la bianca Aurora umor cadente
    Della mattina sparge, appare fuora,
    E con quella rugiada dell'Aurora
    Nutre la chiara perla in seno algente.
L'istesso effetto dell'istesso vanto
    Quando mia Aurora piange, gode il Core,
    E tanto l'ama, quando piange tanto.
Tu poi, Conca più facile all'umore,
    Rugiada essendo il tuo vezzoso pianto,
    Essendo perla il mio pregiato amore.

ATREVIMENTO, E LÁGRIMAS
Soneto II

Vola il vapor, che dalla terra nacque
    Umilmente, in virtù del Sole, al Sole;
    E opponendo alla sfera oscura mole,
    Quel che nacque vapor, nube rinacque.
Me quanto l'alta densità le piacque
    Precipitato dalla luce suole
    (Come chi colle lagrime si duole)
    Tutto piovoso distillarsi in acque.
Al Sol d'Anarda da umile sentiero
    Il pensier ha volato col desio
    Per virtù de'suoi raggi al Emisfero.
Dipoi si muta in pianto, onde vegg'io
    Qual audace vapor il mio pensiero,
    Qual abbondante pioggia il pianto mio.

LEANDRO MORTO NAS ÁGUAS
Soneto III

Leandro amante con notturno giorno
    Del Sole, che le appare per costume,
    Prega nel mare di Cupido il Nume,
    Per che il mar di Cupido è bel soggiorno.
Al Nocchiere d'Amor colle acque intorno,
    Il fanale fù spento di alta lume,
    Co'i fischi 'l vento, il mare colle spume,
    Forman preda di lui, d'amor fan scorno.
Non fu il vento la causa a suoi lamenti,
    Non il Dio Tridentato delle sponde;
    Egli solo è cagione a suoi lamenti: →

Perchè fra l'aure lieve, acque profonde,
    Co'i sospiri, che sparge, doppia i venti,
    Co'i pianti, che distilla accresce l'onde.

ENDIMIÃO AMADO DA LUA
Soneto IV

Il bello Endimion del bello maggio
    Cultore fortunato in rozza cura,
    Però di fiamma dolcemente pura,
    (Dicalo il sacro Ciel) cultore saggio:
Senza la pena d'amoroso oltraggio
    La Luna adora con felice arsura;
    Ella in candida fede più se apura
    Che nel candore di notturno raggio.
La Luna col Pastor ha grato ardore,
    La Luna col Pastor ferma s'infiamma,
    Tramandando dal Cielo 'l suo splendore.
Raro amore più nutre, quando l'ama,
    Benchè ruote incostante ha fisso il core,
    Benchè s'imbianchi fredda, ha dolce fiamma.

A DOM FRANCISCO DE SOUSA, CAPITÃO DA GUARDA DE SUA MAJESTADE NO TEMPO, EM QUE O CHAMOU PARA A CORTE*
Soneto V

Già ti veggio, Francesco, un gran Mavorte!
    (L'altre doti d'ingegno adesso io taccio) →

---

* Terceiro conde do Prado e primeiro marquês das Minas (ca. 1610-1674). Era neto de D. Francisco de Sousa, capitão e governador do Brasil e das capitanias do Sul.

Sei in fatale sforzo, in dolce laccio,
Amor per bello, per invitto Morte.
I Re chiamòti alla fedele Corte
Per la cruda virtù del forte braccio,
Per che non entra di timore il ghiaccio,
Quando ha foco di gloria, al petto forte.
Difendendo al Re nostro, che ti crede
Colla tua fedeltà, col tuo valore,
La difesa fedel, al zelo cede.
Fia poi al nostro Re guardia migliore,
Via più, che il Reggio onor, la viva fede,
Via più che il duro ferro, il duro Core.

A DOM LUÍS DE SOUSA, DOUTOR EM
TEOLOGIA, ALUDINDO ÀS LUAS
DE SUAS ARMAS
Soneto VI

Illustre Lodovico, coronato
Nel glorioso saper di bianco fregio,
Col giudizio, di scienza eterna, fregio,
Col ingegno, del Sol Divino, amato.
Serve ancora al tuo petto, essendo armato,
Per Insegna miglior, lo scudo Regio,
E di Lune doppiate il chiaro pregio
Per doppiarsi l'Onor, ti ha ricercato.
Lo scudo t'arma allo nemico crudo,
Il freggio ti dimostra saggio amore
Di vanità superba, sempre ignudo.
Convenne poi con questo, e quell'onore,
A chiara Nobiltà, di Lune scudo,
A Celeste saper, d'Alba splendore.

MADRIGAIS

IMPOSSIBILITA-SE A VISTA DE ANARDA
Madrigal I

Se il core n'ti vede
    In giusta gloria di tua vista chiede,
    Poi si egli è condannato
    Allo infernale stato
    Delle ardore che celo,
    Come (Anarda) potrà veder tuo Cielo?

JASMIM MORTO, E RESSUSCITADO
NA MÃO DE ANARDA
Madrigal II

Un giglio la mia Dea
    In bella mano avea,
    Che vinto del candor di quella mano
    Perdea il candor vano,
    Ma in virtù del bel viso
    (Che è qual Alva) con fiso
    Con dolcezza fiorita
    Il candor ricovrò, risorse in vita.

COMPARA-SE ANARDA COM A PEDRA
Madrigal III

I Pianti che il mio cor ha distillato
    Non mitiga d'Anarda il volto irato,
    I lamenti, che il cor ardente guarda, →

Non odi la mia Anarda,
E pietra poi, quando da me discorda,
Dura a miei pianti, a miei lamenti sorda.

SOL COM ANARDA
Madrigal IV

Del tuo viso lucente
    Beve il raggio cocente
    Il Sole, che esser vole,
Del Sol Aquila il sole.

PONDERAÇÃO DO ÍCARO, MORTO
COM SEU AMOR
Madrigal V

Volando Icaro alato
    Del Sol precipitato
    Muore; del Sol che adoro
    Precipitato muoro:
    Ma con maggior rigor il dolor mio.
    Egli nell'acqua è morto, nel fuoco io.

ANARDA FUGINDO
Madrigal VI

Ferma Anarda il tuo passo alla mia sorte,
    Se pur vuoi la mia morte,
    Col rigor che t'incita
    L'occhi tuoi versa a me, togli la vita: →

Ma (ai lasso) che si fuggi,
Tutto il mio core struggi,
Che si altri uccidon quando van seguendo
Tu sola uccidi, quando vai fuggendo.

ANARDA REPREENDIDA POR QUERER
MERECIMENTOS NO AMANTE
Madrigal VII

Se per meriti solo del' amanti
　　Anarda vuoi udir dolori tanti,
　　Come niùno ha merito d'amarti,
　　Niùno laccio d'amor potrà ligarti;
　　Se poi solo da te merito fai,
　　Te sola amar potrai.

QUARTO CORO
DAS RIMAS LATINAS

DESCREVE-SE O LEÃO
Heróicos

Cernis ut in campis hirsutos arcuat ungues
Impavidus sine lege fremens, sine lege vagantes
Concutiens per terga jubas, per inania pandens
Ora (Leo) sonitu; sonitu cadit undique sylva,
Undique terra tremit, late stat montibus horror.
Explicat inflexa cauda ludibria, ventos
Spernit, nec ventis ignoscit torva Leonis
Ira, sed innocuas cauda diverberat auras;
Se Rex esse videns, optat quod turba ferarum
Obsequiosa colat, regale insigne, coronam,
Amphitryonidem (vastum qui morte Leonem
Perdidit, ostentans induta pelle triumphum)
Provocat, ac mortem qua mortem vindicet, ipse
Praevenit, et secum ad pugnam praeludere gestit.
Non venit Alcides, iratos ebibit ignes,
Offensus rabie, frondosa per aequora gliscit,
Et Robur quatiens acuit sub Robore robur.
Horrendas horrenda vocans ad praelia tigres.
Jam pugnas miscet, jam votis praecipit hostem, →

Infremit, insultat, laetatur, devorat, urget.
Caerulea mi catarce Lèo, flagrat iste per agros
Impiger, ille Poli sidus, Sol iste Ferarum
Dicitur; in faustos Leo sydus devomit aestus
Ignifer, igniferas Leo Terreus aestuat iras.
Emicat intrepidus, turget splendore comarum,
Dum credit jubar esse jubas. Non Phaebus arenas
Exurit Libyae, Libyam Leo fervidus urit.
Cum fera procumbit pedibus prostrata, libenter
Imperium recolens, ungues obfraenat acutos
Regali pietate gravis, Leo nescius hosti
Subjecto maculare manus; sat vincere credit
Qui parcit, cum fulmen ovat non ima repellit.

EPIGRAMAS

ADÔNIS MORTO EM OS BRAÇOS DE VÊNUS
Epigrama I

Infelix Cytherea necem dum plorat Adonis,
    Flent oculi moesti, prataque laeta virent.
Jungitur os ori, languescit corpore corpus:
    Dum vulnus cernit, pectore vulnus alit.
Parca videns mortis spectacula tristia, nescit
    Cui tribuit vitam, cui dedit illa necem.

DAFNE CONVERTIDA EM ÁRVORE
Epigrama II

Insequitur Daphnem Phaebus stimulatus amore,
    Hunc sua vota cient, illa timore volat. →

Mox celeres cursus imitatur virgo paternos,
    Sed Phaebo plumas aemulus addit Amor.
Illa vocat superos, viridis mox redditur arbor;
    Arbore conspecta, talia Phaebus ait;
Non equidem miror; velut arbos pulchra virebas;
    Ac tua durities truncus, amore fuit.

ARGOS EM GUARDA DE IO
Epigrama III

Cum Jovis insano vaccae flagraret amore,
    Sidereus custos virginis Argus erat.
Crediderat Juno quod centum Pastor ocellis
    Clauderet ardentis turpia vota Jovis.
Non vidit Jovis ille dolos; nam solus amoris,
    Qui plus est caecus, plus videt ille dolos.

ACTÉON VENDO A DIANA
Epigrama IV

Cum nuda Actaeon spectaret membra Dianae,
    Haec se mergit aquis, ebibit ille faces.
Supplicium dedit ipsa oculis, Actaeona plexit,
    Perditus ut forma, perderet ipse focum.
Occidit Actaeon, canibus non mortuus; olli
    Eripuit vitam virginis ante rigor.

LEANDRO MORTO NAS ÁGUAS
Epigrama V

Aequora Leander sulcat sub lumine fixus,
    Brachia dant remos, est Palinurus Amor.
Tempestas horrenda furit, furit Aeolus undis,
    Ipse vocat Venerem, mergitur ipse mari.
Morte perit duplici Leander, captus amore,
    Mortuus est lympha, mortuus igne fuit.

À MORTE DA SENHORA RAINHA DONA MARIA SOFIA ISABEL
Epigrama

Quid facis atro luctu Lusitania? Ploro;
    Quid ploras? Gemitus ultima fata mei,
Tantane te planctus tenuit tristitia? Tanta;
    Perdita sunt Luso gaudia cuncta loco;
Quid perdis? Regnum: Quare? Jam credo
                   [cadentem?*
    Lusiadum statum, Sole cadente suo.
Tu ne gravem poteris cordis relevare dolorem!
    Oh utinam possem capta dolore mori!
Solve corde metum; mortem ratione reposco;
    Nam Regina mihi provida vita fuit.
Religio, Pietas ubi sunt? Ad sidera tendunt;
    Quaeque Dei fuerant, sustulit ipse sibi.

---

* A resposta, em primeira pessoa, exigiria uma pontuação não interrogativa; mantivemos, porém, o ponto de interrogação conforme o original.

TAGI, ET MONDAE
PRO OBITU DD. ANTONI TELLES DE SYLVA*
Colloquium elegiacum

TAGUS

Heu mihi! Jam morior tanto conjunctus amore;
Vivere me solum non sinit altus amor.

MONDA

Me miserum planctus crudeliter occupat horror!
Sum Monda, et Mundo nuntia moesta dabo.

TAGUS

Aurifer, antiquitus jactabar: sed mihi luctus
Ferreus in paenis aurea dona vetat.

MONDA

Urbs haec dicta fuit multis Colimbria ridens;
Sed jam non ridens, sed lacrymosa manet.

TAGUS

Plorat Ulyssipo saevo concussa dolore;
Oceanus lacrymis, non Tagus ipse vocor.

---

* Décimo nono Governador-geral do Brasil (1642-1647), foi acusado de, contra o voto do Conselho de Guerra, ter tentado desalojar os holandeses da ilha de Itaparica, causando a morte de seiscentos homens. Ao término do seu mandato, naufragou no retorno para Lisboa.

MONDA

Laetabundus aqua, placidis spatiabar arenis;
    Sed celerem cursum paena timore gelat.

TAGUS

Oh lux Lusiadum, spes oh fidissima Regni!
    Quam cito tam viridem pallida Parca tulit!

MONDA

Semper Athenaeum tanto pollebat Alumno,
    Sed, pereunte viro, tota Minerva perit.

TAGUS

Te vivente, tuo laetabar nomine, Telles,
    Nomen erat sacrum, nam mihi numen erat.

MONDA

Mens tua praecurrit paucis velocior annis,
    Illico, quae veniunt, illico fata ferunt.

TAGUS

Me clypeo aurato tua Regia vita tegebat;
    Sed tua mors, Telles, impia tela vibrat.

MONDA

Eloquii flores credo marcescere; namque
    Irruit in flores horrida mortis hyems.

TAGUS

Silva, meus fueras regali sanguine cretus;
　　Sed mortali ictu caedua Silva fuit.

MONDA

Maximus Ingenio Logicae argumenta probabas;
　　Sed mors concludens arguit atra dies.

TAGUS

Ad superos remeas, cum sis peregrinus in Orbe;
　　Stare humili nescit gloria tanta solo.

MONDA

In te Caesarei Juris decus omne vigebat,
　　Teque vocant Leges, sed sine lege vacant.

TAGUS

Nobilitas, comitas, gravitas, sapientia, virtus
　　Deliquio lugubri, te moriente, cadunt.

MONDA

Pontificale gravi cunctos Jus mente docebas;
　　Quanto, te perdens, Roma dolore gemit!

TAGUS

Tagides eximio indulgentes corde dolori,
　　Nolunt plorantes pignora chara, chorus.

MONDA

Mondaides lymphis nequeunt agitare choreas,
    Immotos animos magna ruina facit.

TAGUS

Cinxit Apollineo cantu tua tempora Laurus,
    Sed nunc pro lauro nigra cupressus adest.

MONDA

Carmina facundo metro tua Musa solebat
    Pangere, nunc optat plangere Musa mea.

TAGUS

Te pater illustris perdit, sed pectore servat,
    Mors, quae sunt animae, tollere saeva nequit.

MONDA

Caelesti Ingenio fulgens ut stella micabas,
    Nunc tibi dant proprium sidera clara locum.

TAGUS

Mortuus es? Minime, credo plus vivere, quippe
    Dilectus lucis plurima corda tenes.

MONDA

Solis lumen alit Phaenicem, ut vivat in aevum,
    Vitam alit aeternam lucida fama tuam.

APÊNDICE

Tradução do quarto coro das rimas latinas

DESCREVE-SE O LEÃO
Heróicos

Percebes como nos campos hirtas garras arqueia
O impávido, sem lei fremente, sem lei vagantes
A agitar pelo dorso as jubas, pelo vazio a abrir
A boca (o Leão) com rugido; com rugido cai em torno a
 [selva,
Em torno a terra treme, firma-se amplo nos [montes o terror.
Desenreda, com torcida cauda, os dolos, ventos
Desdenha, nem aos ventos perdoa do Leão a torva
Ira, mas, inofensivos, com a cauda açoita os ares;
Vendo-se Rei, deseja que a turba de feras
Obsequiosa honre, insígnia real, a coroa.
Ao Anfitriônio (que com morte o imenso Leão
Arruinou, ostentando, vestida a pele, o triunfo)
Provoca, e a morte com que morte vingue, ele mesmo
Antecipa, e exulta em preparar-se para a luta.
Não vem Alcides, irados bebe os fogos,
Picado de raiva, pelo frondoso plaino irrompe
E o Roble acometendo, sob Roble robusteza aguça.
Horrendos a horrendos prélios chamando os tigres.
Já lutas trama, já surpreende em votos o inimigo, →

Freme, salta, alegra-se, devora, acossa.
No cerúleo cimo brilha o Leão, arde este pelos campos
Incansável; àquele, astro do Céu, Sol das Feras a este
Chamam; em faustos estos o sidéreo Leão vomita
Ignífero, igníferas iras estua o Térreo Leão.
Fulge intrépido, infla-se do esplendor das comas,
Ao crer que júbar* são jubas. Febo não incende as areias
da Líbia, a Líbia o Leão, férvido, acende.
Quando a fera abatida prostra-se a seus pés, o Leão,
De bom grado o mando reavendo, refreia, grave,
Acerbas garras com real piedade: não sabe macular as mãos
com subjugado inimigo. Crê bastar a vitória
quem se contém: o raio, ao triunfar, baixos não abala.

EPIGRAMAS

ADÔNIS MORTO EM OS BRAÇOS DE VÊNUS
Epigrama I

Enquanto infeliz Citeréia lamenta a morte de Adônis,
 Choram mestos olhos, e ledos prados verdejam.
Une-se a face à face, enlanguesce no corpo o corpo:
 Enquanto a chaga vê, no peito a chaga nutre.
A Parca, vendo da morte os tristes espetáculos, ignora
 A quem coube a vida, a quem ela deu morte.

---

* Preferiu-se manter a palavra na tradução, embora não se tenha encontrado dela nenhuma ocorrência, uma vez que não há outra palavra que recupere o sentido usado, condizente com o de Festo gramático: "júbar: estrela que os gregos chamam φωσφ⟩ρον, ou σπερον, isto é, a que traz a luz, pelo fato de seu brilho se difundir ao modo da juba de um leão."

DAFNE CONVERTIDA EM ÁRVORE
Epigrama II

Febo persegue Dafne pungido de amor,
    Seus votos o movem, ela de temor voa.
Logo velozes a virgem imita as corridas paternas,
    Mas, a Febo, êmulo Amor confere plumas.
Ela invoca os deuses, árvore frondosa logo se torna
    Vista a árvore, Febo assim diz:
Não decerto me admiro; como árvore, bela verdejavas;
    E por amor foi um tronco tua dureza.

ARGOS EM GUARDA DE IO
Epigrama III

Como Jove* ardesse de amor insano pela vaca
    Sidério guardião da virgem era Argos.
Acreditava Juno que o Pastor de cem olhos
    Impediria os torpes desejos do ardente Jove.
Não viu ele os dolos de Jove, pois só de amor
    Mais vê os dolos quem mais cego está.

ACTÉON VENDO A DIANA
Epigrama IV

Como Actéon olhasse os membros nus de Diana,
    Ela esconde-se nas águas, ele o facho bebe.
O suplício deu ela mesma aos olhos, a Actéon puniu
    Por que, perdida a forma, o lar ele perdesse.
Feneceu Actéon, não o mataram os cães; antes,
    Arrebatou-lhe a vida o rigor da virgem.

---

* *Jovis* é usado aqui como nominativo arcaico, e não apenas como genitivo de *Juppiter*, pelo que traduzimos por Jove.

LEANDRO MORTO NAS ÁGUAS
Epigrama V

Leandro sulca a planície do mar, fixo na luz,
  Os braços são remos, Amor é Palinuro.
Tempestade horrenda esbraveja, esbraveja Éolo nas ondas,
  Ele invoca Vênus, ele afunda no mar.
De dupla morte pereceu Leandro, cativo de amor,
  Morreu na água, foi morto pelo fogo.

À MORTE DA SENHORA RAINHA
DONA MARIA SOFIA ISABEL
Epigrama

O que fazes de atro luto, Lusitânia? Lamento;
  O que lamentas? Os últimos fados de meu gemido.
Tamanha tristeza em prantos te mantém? Tamanha;
  Perderam-se todas as alegrias em lusa terra;
O que perdes? O reino. Por quê? Já creio em declínio
  A estabilidade lusíada, declinado seu Sol.
Tu não poderias do coração mitigar a grave dor!
  Oh, quiçá eu pudesse, sofrida a dor, morrer!
Dissipa do coração o medo; a morte com razão reclamo;
  Pois foi-me vida próvida a Rainha.
Religião, Piedade, onde estão? Tendem aos astros.
  Cada um fora de Deus, ele para si os elevou.

TEJO, E MONDA
PELO ÓBITO DE D. ANTÔNIO TELES DA SILVA
Colóquio elegíaco

TEJO

Ai de mim! Já morro, unido por tão grande amor:
  Viver sozinho não me permite alto amor.

MONDA

Pobre de mim, o horror ocupa cruelmente os lamentos!
  Sou Monda, e ao Mundo darei notícias tristes.

TEJO

De aurífero, antigamente, gabava-me: mas o luto,
    Férreo, nas penas áureos presentes me proíbe.

MONDA

Esta cidade foi chamada por muitos Coimbra sorridente;
    Mas já não sorri, e permanece lacrimosa.

TEJO

Chora Lisboa, abalada por desumana dor;
    Oceano de lágrimas, Tejo eu não me chamo.

MONDA

Alegre com a água, passeava por plácidas areias;
    Mas a pena gela de temor o célere curso.

TEJO

Ó luz lusíada, ó mais fiel esperança do Reino!
    Quão fácil, tão tenro pálida Parca o levou!

MONDA

Sempre o Ateneu sobressaía-se com tão grande Aluno,
    Mas, ao perecer o varão, perece toda Minerva.

TEJO

Tu, vivo, alegrava-me com teu nome, Teles,
    Nome sagrado, pois para mim era um nume.

MUNDA

Tua mente ultrapassa, mais veloz, os poucos anos,
    No lugar, os fados que vêm, nesse lugar levam.

TEJO

Com dourado escudo, tua Régia vida protegia-me;
    Mas tua morte, Teles, ímpias lanças vibra.

MONDA

Creio murcharem as flores da eloqüência; pois
    Da morte hórrido inverno acomete as flores.

TEJO

Silva, para mim foras de real estirpe;
    Mas com mortal golpe foste Selva de corte.

MONDA

Magnífico engenho, provavas os argumentos da Lógica;
    Mas funesta morte argüiu concluindo os dias.

TEJO

Retornas aos súperos, pois que no Orbe és peregrino;
    Manter-se em solo baixo glória tamanha não sabe.

MONDA

Em ti vigia todo o decoro da justiça cesárea,
    E invocam-te as Leis, mas sem lei ficam vacantes.

TEJO

Nobreza, bondade, gravidade, sapiência, virtude
    Ao morreres, lúgubre ausência, acabam.

MONDA

A Pontifical Justiça a todos ensinavas com seriedade;
    Roma, perdendo-te, de quanta dor geme!

TEJO

As tágides, entregues à dor por exímio coração,
    Não querem, chorando os penhores caros, os coros.

MONDA

As mondaides não conseguem agitar as águas corais,
    Paralisa os ânimos a grande ruína.

TEJO

O Louro cingiu tua fronte de Apolíneo canto,
    Mas agora, em vez de louro, ali está negro cipreste.

MONDA

Tua Musa costumava compor, em facundo metro,
    Cantos; agora, prefere prantos minha Musa.

TEJO

Perde-te o pai ilustre, mas no peito te conserva,
    Cruel, não pode a morte destruir o que é da alma.

MONDA

Como estrela fulgente de celeste engenho brilhavas,
    Agora os claros astros dão-te um lugar apropriado.

TEJO

Morreste? De modo algum, creio antes que vives, pois,
    Dileto da Luz, numerosos corações ocupas.

MONDA

A luz do sol nutre Fênix, por que viva para sempre,
    A fama luminosa nutre tua vida eterna.

LIRA SACRA

EM VÁRIOS ASSUNTOS

DEDICADA

AO ILUSTRÍSSIMO SENHOR MARQUÊS DE
ALEGRETE, DO CONSELHO DE ESTADO
DE SUA MAJESTADE E SEU VEADOR
DA FAZENDA ETC.

ESCRITA

POR MANUEL BOTELHO DE OLIVEIRA
BAHIA, 12 DE SETEMBRO DE 1703.

Lyra Sacra

Varios assumptos

Dedicada

Ao Illustriss.º Senhor Marques de Allegrete do Conselho de Estado de Sua Mag.de e seu Veador da Fazenda

Escrit.

Por Manoel Botelho de Oliv.ra

Bahia 12 de Setembro de 1703

Excelentíssimo senhor

Bem quisera eu dedicar a V. Exa. em idioma latino estas rimas sacras, porém como a língua portuguesa se tem levantado com a poesia, podemos dizer que as Musas são da nação portuguesa: e ainda em tempo de menos elegância Poética, chegou o nosso Camões a tanto aplauso com suas *Lusíadas*, que se traduziu em várias línguas o seu Poema, querendo todas as nações criar aquele parto português, quiçá como enjeitado de sua fortuna. Depois foram crescendo em nosso Portugal poetas insignes assim no estilo heróico como no Lírico, que deram novo crédito à nossa língua, que se acomoda muito com pouca corrupção com a Latina, donde se deduzem as frases mais elegantes, e os conceitos mais profundos. Pelo que imitando a tão grandes engenhos, escrevi estas rimas em língua portuguesa, enquanto não saem à luz outras que tenho feito em quatro línguas, Portuguesa, Castelhana, Latina, Italiana, como quatro ramalhetes compostos das flores do Parnasso. Por onde abstraindo-se V. Exa. de algumas breves horas de suas ocupações, ponha os olhos neste Livrinho, ou pelo agradável das Musas que na discrição de V. Exa. não é pequeno suborno; ou pelo pio dos assuntos que no seu coração católico não é prato fastidioso. Neste lugar não faço os elogios que merece V. Exa. porque os prometo fazer em outro lugar com pena mais dilatada, e somente direi: se o Reino de Portugal teve muitos Heróis, que defenderam com a espada, tem hoje em V. Exa. um Herói que o sustenta com o entendimento. Deus guarde a V. Excelência como desejo.

Bahia, em setembro, 12 de 1703.

Humilde súdito
de Vossa Excelência
MANOEL BOTELHO DE OLIVEIRA

PRÓLOGO AO LEITOR

Este parto poético, que nas horas de minha ociosidade, ou para melhor dizer, da mais útil ocupação, produziu meu discurso, sai à luz do berço do Brasil, para os olhos de Europa. Com o nome de Lira Sacra se quer assentar no Livro da Memória, para crescer na estimação do mundo. Creio que será bem recebido assim dos corações devotos, como dos entendimentos doutos, porque com a doçura do metro se fica suavizando o mantimento espiritual; que está tão depravada a natureza humana, que para lhe tirar o fastio das viandas celestiais, lhe é necessário o tempero da elegância poética. Se bem tem a poesia muita conexão com as influências do Céu, assim porque os antigos a chamaram Divina, como também porque nas escrituras sagradas se valeram os Profetas, e principalmente o Rei Davi, de vários cânticos para celebrar os Divinos encômios; e imitando a Igreja católica o mesmo exemplo, se compuseram devotos Hinos para as mais solenes festividades.

Porém para te parecerem bem estas rimas, deves ter conhecimento da escritura sagrada, e da história da vida dos Santos, porque sem estas notícias não poderás entender o conceito, porque os mais deles são deduzidos da escritura sagrada: e para não parecer impertinente não pus à margem os lugares dela*, donde levanto o pensamento, para cair o conceito. Fiz o livro, para que fosse menos fastidiosa a leitura, e mais suave o entretenimento. Também misturei entre os versos sérios alguns jocosos, porque assim como a variedade das viandas esperta melhor o apetite, assim também a diversidade do estilo te provocasse melhor o gosto: porém fiz esta mistura com tal temperamento que não estraga o sério das rimas. Finalmente se te parecerem bem, venho a lograr o desempenho de meu trabalho, e se parecerem mal, venho a conseguir o fruto de meu sofrimento. Vale. Bahia, 12 de setembro de 1703.

---

* Como a "notícia das Escrituras" pode não ser tão conhecida dos leitores, apus em nota as referências bíblicas encontradas.

PROÊMIO

A NOSSA SENHORA ALUDINDO AO CÂNTICO DA *MAGNIFICAT*
Soneto 1º

Celeste Musa, virgem sublimada
    ensinai melhor metro à minha veia;
    e se Febo entre as Nove se nomeia,
    Vós sois de nove coros venerada.
A Deus magnificais toda enlevada
    no Mistério do Céu que em vós se estreia;
    e se humildes louvais de graça cheia,
    meu verso por humilde vos agrada.
Se em rimas sacras meu discurso afino,
    concedei vosso auspício sacrossanto,
    para que seja o plectro doce e fino:
Com vosso exemplo, com desejo tanto,
    se entoastes o Cântico Divino,
    inspirai que ao Divino entoe o canto.

À CONCEIÇÃO DA SENHORA
Soneto 2º

Tendo a Virgem da Graça a preminência
    foi no primeiro instante preservada;
    que duvidar ser nele imaculada
    é limitar de Deus a onipotência.
De nada criou Deus toda a existência
    da máquina do mundo dilatada,
    e se Deus tudo faz quanto lhe agrada,
    quis a Maria dar esta excelência.
Maria mereceu por graciosa
    ser mãe do Verbo eterno esclarecida
    sendo do Amor Divino ilustre esposa:
Esta pureza, pois, deve ser crida:
    que mais é ser de Deus mãe generosa,
    que sem mácula algũa, concebida.

AO NASCIMENTO DA SENHORA
Soneto III

Mais que Sara, feliz nasce Maria,
    e que Rebeca, nasce mais prudente:
    mais bela que Raquel a chama a gente,
    e por virgem, fecunda mais que Lia.
Mais que Débora sábia se avalia,
    e que Judite se ostenta mais valente,
    mais que Ester satisfaz graciosamente,
    mais que Suzana casta se confia.
Esta flor, esta planta, nunca seca
    no Jardim das virtudes sobre-humana,
    que nem nascida, ou concebida peca. →

N ũa e outra vantagem Soberana
  nascem nela, Raquel, Sara, Rebeca,
  Débora, Lia, Ester, Judite, Suzana.

AO MESMO
ALUDINDO ÀS ÚLTIMAS PALAVRAS DO
EVANGELHO DE SEU DIA: *"VIRUM MARIAE,
EXQUA NATUS EST JESUS"* ETC.*
Soneto IV

Nasceis bela Maria imaculada
  mas de quem filha sois, cala a Escritura
  que como vosso ser e fermosura
  todo é do céu, não tem co'a terra nada.
Nasceis e logo mãe sois publicada
  do Salvador do mundo, que o procura,
  com tal pasmo, que a um tempo em vós
                                  [se apura
  Virgem menina, e Mãe antecipada.
Agradecido o Povo Sitibundo
  já vos venera o fruito inexistente
  do Divino Paraclito fecundo.
Porém sois aplaudida justamente,
  que quando nasce Aurora para o mundo
  logo o raio se vê do Sol Luzente.

---

* *Mateus*, 1, 16.

AO MESMO NASCIMENTO
Soneto V

Eva primeira mãe da gente humana
    Adão primeiro pai da humana gente,
    pecaram contra Deus onipotente,
    e perderam a graça soberana.
Entrou logo no mundo a desumana
    perdição do pecado, erradamente;
    entrou também da morte o dano urgente
    por castigo infeliz da culpa insana.
Hoje vemos o mal em bem trocado
    por Maria, e Jesus melhor consorte
    que em ambos Deus renova o antigo agrado:
Por outra Eva, outro Adão da mesma sorte
    entrou a Redenção contra o pecado,
    entrou a vida eterna contra a morte.

À PRESENTAÇÃO
Soneto VI

Maria com afeto de amor fino
    a Deus se ofereceu com tal vontade,
    que sendo em anos três na tenra idade
    quis mostrar que era esposa de Deus trino.
Castigado em Lusbel o desatino
    se presenta com plácida humildade
    com tanto amor, com tanta atividade
    que era incêndio o fervor, milagre o tino.
Sem tropeços nenhuns, sem desarranjos
    logo a escada subiu, que o templo tinha
    com que admirou a Serafins e Arcanjos: →

A escada de Jacó mais lhe convinha,
    porém na de Jacó sobem os Anjos,
    nesta sobe dos Anjos a Rainha.

AOS DESPOSÓRIOS DA SENHORA
COM SÃO JOSÉ
Soneto VII

Tendo Maria idade competente
    manda que se despose o Sacerdote:
    e bem que a Deus o celibato vote
    estimou mais a Lei por obediente.
Com José se desposa finalmente
    pobre e casto varão, por que se note,
    que para o desposório o melhor dote
    é da virtude o dote preminente.
Saem do Templo com bela compostura
    e se entrega ao varão com doce encanto
    para guardar-lhe a casta fermosura:
Porque tem com Divino e novo espanto
    na guarda de José, melhor clausura,
    no peito de José, Templo mais Santo.

À ANUNCIAÇÃO, ALUDINDO AO *"FIAT"*
DO EVANGELHO
Soneto VIII

Em Nazaré a virgem recolhida
    no Mistério Hipostático enlevada
    lhe manda Deus do empíreo ũa embaixada
    porque quer ter co'o mundo a paz querida. →

Declara Gabriel a esclarecida
    Encarnação do verbo desejada
    que com divino ardor sendo aceitada
    o Verbo se fez carne enobrecida.
Magnificado pois da terra o lodo
    com celeste favor, saber profundo
    é Maria de Deus igual apodo:
Porque então poderoso, hoje jucundo,
    de Deus um *Fiat* cria o mundo todo,
    um *Fiat* de Maria salva o mundo.

À VISITAÇÃO
Soneto IX

Vencendo da Judéia as terras frias
    vai visitar Maria a casa pobre
    da ditosa Isabel, na qual descobre
    as enchentes da graça em muitos dias.
Fez Profeta a Isabel, entre alegrias
    santifica a João com graça nobre,
    e para que o favor em tudo sobre,
    a Língua muda solta a Zacarias.
Isabel, e João ambos publicam
    os benefícios grandes que não calam
    porque da graça agradecidos ficam.
Todos pois com Maria se regalam,
    pecadores também se santificam,
    mulheres profetizam, mudos falam.

À EXPECTAÇÃO
Soneto X

Quer Maria que o Verbo venerado
    saia já de seu Ventre esclarecido
    com clamores do peito enternecido
    com repetidos "oh!" de seu cuidado.
Aquele Bem das gentes desejado
    por remédio do mundo destruído,
    não quer que se dilate pretendido,
    que Amor não sofre o tempo dilatado.
Qual Arca no seu Ventre mais seguro
    guarda o Maná do Céu que o mundo
                       [encanta
    e guarda a Lei contra o Demônio impuro.
Deseja pois Maria em graça tanta
    que chova aos homens o Maná mais puro,
    que aos homens se publique a Lei mais
                       [Santa.

À PURIFICAÇÃO E PRESENTAÇÃO
Soneto XI

Sendo da Escrita Lei Maria isenta
    obedeceu à Lei que a desobriga,
    e levando seu filho sem fadiga
    a Simeão nos braços o presenta.
Com dom pequeno, liberal ostenta
    as grandezas do obséquio a que se obriga;
    e Deus (como de Abel na oferta antiga)
    do magnânimo afeto se contenta. →

Na Purificação pode entender-se
　　e com grande Juízo reparar-se,
　　vendo em si mesmo o bem contradizer-se.
Pois neste dia vê para admirar-se
　　o mesmo claro Sol, esclarecer-se,
　　o mesmo puro Ser, purificar-se.

AO MESMO
Soneto XII

Vê Simeão ao Salvador, contente,
　　porque era prometido em profecias
　　e vendo com seus olhos o Messias
　　morre do próprio gosto alegremente.
Oferece Maria reverente
　　para remir do mundo as tiranias,
　　com melhor sacrifício, ações mais pias,
　　melhor cordeiro ao Padre Onipotente.
Cinco Siclos de Cristo foram pagas
　　com que rime a si mesmo, parecido
　　ao pecador, que tu Demônio estragas:
Neste Mistério pois desconhecido,
　　com cinco siclos, como cinco chagas
　　o próprio Redentor se vê remido.

À SENHORA ESTANDO AO PÉ DA CRUZ
Soneto XIII

Ao pé da Cruz estava dolorosa
　　a Mãe com sentimento duplicado
　　vendo a seu filho nela atormentado
　　vendo-se a si sem filho lastimosa. →

A dor foi tão cabal, tão lagrimosa
    que tem de espada o nome derivado,
    e seu peito não só tem traspassado
    que até n'alma se imprime rigorosa.
Quis ter da dor a espada em seu tormento
    porque na pena em ambos igualada
    crucificada está no mesmo intento:
Que se a espada tem cruz representada
    para ter cruz também no sentimento
    uniu à cruz de Cristo, a cruz da espada.

À SOLEDADE, ALUDINDO ÀQUELAS PALAVRAS: *"ANIMAM PERTRANSIVIT GLADIUS"* ETC.*
Soneto XIV

Padece a mãe com tanta atrocidade,
    que perdendo do filho a companhia,
    perdeu todo o seu bem, toda alegria,
    e lhe ficou somente a soledade.
E só da dolorosa atividade
    acompanhada está por todo o dia:
    que se da pena é grande a tirania,
    tem por fineza a falta da piedade.
Não se pode dizer que neste estado
    vive Maria, estando a vida em calma,
    inda que pelo amor logre o cuidado:
E se ganhando a morte a triste palma
    n'alma a espada da dor há penetrado,
    ficou sem vida, pois ficou sem alma.

---

* *Lucas*, 2, 35.

ASSUNÇÃO
Soneto XV

Do deserto do mundo vil e avaro
    sobe ao Céu recostada em seu querido
    tendo os dotes seu corpo esclarecido
    de impassível, sutil, ágil, e claro.
Inda que fique a terra ao desamparo
    sobe (à sua Alma o corpo reunido)
    não só para gozar do Céu luzido
    senão para outorgar preciso amparo.
Bem é de crer que o verbo glorioso,
    se a carne de Maria o Verbo encerra,
    que a corrupção lhe evita poderoso:
E quando deste mundo se desterra
    sendo a carne, do Verbo Céu ditoso,
    não podia ficar o Céu na terra.

À COROAÇÃO
Soneto XVI

Coroada Maria qual portento
    do Sacro Empíreo, todos se suspendem:
    os Santos como súditos se rendem
    que é Maria da Glória o complemento.
A seu amor, a seu devoto alento
    os Serafins atônitos atendem,
    os Querubins de seu saber aprendem,
    os Tronos lhe ministram sacro assento.
Tem nas Dominações do Império o culto
    mais que as Virtudes milagrosa alteza,
    nas Potestades, poderoso indulto. →

Os Principados dizem que é Princesa
    mais que os Arcanjos sabe o mais oculto
    mais que os Anjos contém maior pureza.

AO MESMO
Soneto XVII

Com júbilo geral todos alerta
    vêem no Empíreo a Maria coroada,
    que sendo do pecado preservada,
    da serpente venceu a morte certa.
Do Céu a casa nobre se concerta,
    para os homens, que estava então fechada,
    e Maria que a vê já preparada
    como é porta do Céu, é porta aberta.
Longa dor padeceu em tempo breve
    junto à Cruz; e Deus julga por memória
    que assentar-se a seu lado se lhe deve:
Porque era justo em ùa, e outra história,
    se na cruz a seu lado em pena esteve,
    no Céu, junto a seu lado, esteja em Glória.

À NOSSA SENHORA DA GRAÇA, REPETINDO EM TODOS OS VERSOS "MARIA", E "GRAÇA"
Soneto XVIII

Na Graça é grande nome o de Maria,
    melhor Eva Maria, Ave de Graça
    Maria alumiou co'a luz da Graça,
    é Senhora da Graça por Maria. →

Pela Graça exaltada foi Maria
   Maria como mar, é mar de Graça
   Maria deu ao Mundo toda a Graça
   nem se amaria a Graça sem Maria.
Concebida se vê Maria em Graça
   na Graça é Nume, o nome de Maria
   Maria sempre está cheia de Graça:
Todos a Graça alcançam por Maria,
   que a Graça por Maria está de graça,
   e não tem graça a Graça sem Maria.

A NOSSA SENHORA DAS NEVES
Soneto XIX

Entre sonhos, Maria imaculada
   revelou a Patrício duvidoso
   o Mistério do templo suntuoso,
   porque espera ser nele venerada.
Mostra o lugar do templo que lhe agrada
   entre a insólita Neve, milagroso,
   com que merece o monte venturoso
   do Carmelo a grandeza celebrada.
Deve-se ponderar nesta estranheza
   se a Maria por sol todos repetem
   e o Sol derrete a neve com presteza:
Também quando a seus raios se submetem
   os corações mais frios na pureza,
   em lagrimoso obséquio se derretem.

A NOSSA SENHORA DO ROSÁRIO, ALUDINDO
ÀQUELAS PALAVRAS: *"TERRIBILIS VOLA [...]
TURRIS DAVIDICA"*
Soneto XX

Vencido o turco foi, só por auspício
    da Virgem Soberana aquele dia
    quando a Deus humanado oferecia
    do Rosário o suave sacrifício.
Este triunfo tendo a Deus propício
    não se deve ao poder, nem valentia:
    ao Rosário se deve de Maria
    que tais extremos faz no benefício.
Mas não é muito (ó Virgem), quando encerra
    vosso valor a força mais notória,
    para os turcos vencer por mar e terra:
Que para conseguir tão justa glória
    sois esquadrão terrível para a guerra
    sois Torre de Davi para a vitória.

SONETOS DA VIDA DE CRISTO
ATÉ SUA DIVINA ASCENSÃO

AO NASCIMENTO DE CRISTO
Soneto XXI

Nasce o Verbo em Belém, pobre, humilhado,
    sendo Supremo Rei de toda a terra,
    e no corpo pequeno e breve encerra
    do seu Divino Ser, o imenso estado.
Naquela idade se prepara armado
    contra o inferno imortal que almas enterra; →

e ao soberbo Lusbel movendo guerra
por humilde se vê mais alentado.
Os Demônios cruéis todos se espantam,
chora, treme de frio o Verbo eterno,
os Anjos com voz doce nos encantam:
De sorte que o menino e Deus superno
chora, porém de gosto os Anjos cantam,
treme, porém de medo treme o inferno.

À CIRCUNCISÃO
Soneto XXII

Passados oito dias permitistes,
que fôsseis circunciso sem pecado,
se bem que para ser circuncidado
de pecador a forma consentistes.
Na tenra idade logo conseguistes
de Redentor o nome desejado:
bem que do ferro duro estais cortado,
só por golpe de amor, o sangue abristes.
Então pequenos anos dais oculto
da Redenção com forte atividade
sem esperar as mãos do cego insulto:
Mas como o vosso amor na eternidade
sempre se conheceu, sem tempo, adulto
já varonil se vê na tenra idade.

AO NOME DE JESUS REPETIDO
EM TODOS OS VERSOS
Soneto XXIII

Doce nome de Jesus, doce esperança
Jesus está dizendo que é doçura →

em Jesus todo o acerto se assegura
    logra-se, com Jesus, toda a bonança.
Quem em Jesus seu coração descansa
    ricos afetos em Jesus apura,
    e fora de Jesus nada procura
    que em Jesus tudo espera, e tudo alcança.
Jesus por Redentor se vos convida,
    Jesus é Salvador na sacra história,
    e nossa culpa tem Jesus remida:
E tendo de Jesus sempre a memória
    Jesus é tábua, em que se salva a vida,
    Jesus é porto, em que se chega à Glória.

À EPIFANIA
Soneto XXIV

Guiados de ũa Estrela refulgente
    vão os Magos buscar ao Rei nascido,
    e chegando ao Presépio pretendido
    adoram os três Reis, a um Rei potente.
Um lhe oferece incenso reverente,
    como a Deus; outro ouro esclarecido
    como a Rei. Outro a mirra enternecido,
    pelo ser que tomou da humana gente.
Nestes três dons pondero com verdade
    das três potências d'alma o sábio intento
    buscando a Deus, fugindo de maldade.
N'ouro a Memória logra o luzimento
    na Mirra mortifica-se a vontade
    no incenso sobe a Deus o entendimento.

À MORTE DOS INOCENTES, ALUDINDO ÀS PALAVRAS: "*REGNUM MEUM NON EST EX HOC MUNDO*"*
Soneto XXV

Por que persegues pérfido homicida
    tanto sangue de tantos inocentes?
    porém fazes com cravos excelentes
    a Terra de Belém ser mais florida.
Que pretendes de Cristo em tanta lida,
    Herodes com rigores indecentes?
    pois traz a paz aos homens reverentes,
    e por manso Cordeiro se convida.
Se teu receio a tirania emprende
    porque temes, do Império sitibundo,
    que dele te despoje; adverte, aprende.
Que o Deus menino com amor jucundo
    o Reino deste mundo não pretende
    porque não é seu Reino deste mundo.

ÀS TENTAÇÕES DO DESERTO
Soneto XXVI

Entra em campanha Cristo valoroso
    contra o Demônio astuto e vigilante
    que propondo-lhe a gula, Cristo amante
    contra a gula faz gala de animoso.
Excitando a vanglória de famoso
    propõe-lhe o precipício de arrogante:
    mas Cristo humilde com valor constante
    faz da humildade a glória de brioso. →

---

* *João*, 18, 36.

Tenta terceira vez com modo ficto
    pela ambição do mundo transitória
    mas Cristo sempre se coroa invicto:
Sendo só de um contrário esta vitória,
    três triunfos ganhou neste conflito
    da gula, da ambição, e da vanglória.

À TRANSFIGURAÇÃO
Soneto XXVII

Cristo neste portento esclarecido
    quis unir Sol, e Neve juntamente,
    seu rosto ficou feito Sol Luzente
    e qual cândida Neve seu vestido.
E quando sobe no Tabor Luzido
    a glória oculta, mostra ali patente;
    qual caudaloso Rio que a corrente
    das águas solta estando reprimido.
Na transfiguração o portentoso
    assombro, por milagre não se expressa,
    que é mui próprio de Deus ser glorioso.
Antes mostrando o mesmo que professa
    bem que nisto pareça milagroso,
    nestes milagres, o milagre cessa.

DOMINGO DE RAMOS
Soneto XXVIII

Entra Cristo com palmas festejado
    e com ramos de oliva juntamente
    toda Jerusalém por reverente
    nos Júbilos esmera o seu cuidado. →

Qual lhe estende o vestido mais prezado
    qual a roupa lhe dá mais excelente
    mas ai; que o vejo morto desta gente!
    mas ai; que o vejo em ũa cruz cravado!
Porém podemos crer com fé notória
    que vencido o demônio furibundo
    nos deu a paz segura para a glória:
De sorte que ensaiou no amor profundo,
    entre os ramos das palmas, a vitória
    entre os ramos da oliva, a paz do mundo.

À CEIA DE CRISTO
Soneto XXIX

Quer Cristo por exemplo, ou por ofício
    a ceia do Cordeiro desejada
    por que, à sombra da lei solenizada,
    se acabasse em si mesmo o sacrifício.
Apesar do futuro malefício
    solicita ver já sacrificada,
    a sacra humanidade figurada,
    que é maior, quando é pronto o benefício.
Prevendo o fim da vida derradeiro
    no Cordeiro que vê, grande conforto
    recebe em seu desejo verdadeiro:
Hoje vê, ver-se-á (no amor absorto)
    assado e morto em brasas o cordeiro,
    Cristo em brasas de amor assado e morto.

À INSTITUIÇÃO DO SANTÍSSIMO SACRAMENTO, ALUDINDO ÀQUELAS PALAVRAS: *"FUTURAE GLORIAE NOBIS, PIGNUS DATUR"* ETC.
Soneto XXX

À vista do tormento imaginado
    que o mundo lhe prepara enfurecido
    faz Cristo tanto empenho de ofendido,
    que ofendido se vê mais obrigado.
O convite institui regalado
    no mistério Eucarístico escondido
    e se um bocado, ao mundo fez perdido
    quer o mundo ganhar por um bocado.
Como no amor dos homens mais se excita
    lhe segura a certíssima bonança
    da glória eterna, como Lei que imita:
Ficando devedor desta esperança
    faz a convença com seu sangue escrita
    e lhes deixa o penhor por segurança.

AO LAVATÓRIO DOS PÉS, ALUDINDO ÀQUELAS PALAVRAS: *"OMNIA DEDIT IN MANUS EIUS"* ETC.*
Soneto XXXI

Cristo neste Mistério portentoso
    depôs a Majestade preminente:
    o Rei, feito vassalo reverente
    feito Senhor, o servo venturoso. →

---

* *João*, 13, 3.

Lava os imundos pés obsequioso
    aos Discípulos seus humildemente,
    e n'água se traslada o fogo ardente
    que do peito lhe sai por amoroso.
Se o pai tudo lhe deu na eternidade
    em suas mãos; e agora pobre e mudo
    fez de humilde a estupenda novidade:
Posso dizer com advertido estudo
    que tendo em suas mãos tanta humildade
    mostrou que na humildade tinha tudo.

AO LAVATÓRIO DE JUDAS
Soneto XXXII

Entre as três tentações, com que atrevido
    o Demônio se opôs a Cristo amante,
    foi pretender com glória de arrogante
    que a seus infames pés fosse caído.
Não conseguiu o intento pretendido
    porém tornando agora mais constante
    pretende ser de Cristo triunfante
    e ganhar o Triunfo já perdido.
Entra o Demônio em Judas nesta guerra
    e nele astutamente colocado
    ganha a vitória que em seu peito encerra:
Pois lavando ao discípulo malvado
    se de Judas aos pés está por terra
    Cristo aos pés do Demônio está prostrado.

ÀS AGONIAS DO HORTO, ALUDINDO ÀQUELAS PALAVRAS: "*MALEDICTA TERRA*" ETC.*
Soneto XXXIII

Orando Cristo ao pai que dilatava
    o despacho amoroso que pedia
    entra Cristo com férvida agonia
    e verte o sangue já que desejava.
Pela terra feliz se derramava
    regando a terra estéril, à porfia,
    e porque dela o fruto pretendia
    de tão Divino orvalho a fecundava.
Se já não é que a terra desditosa
    a maldição de Deus na culpa encerra
    com que perdeu de Deus a paz ditosa:
Mas hoje por tirar em tanta guerra
    a maldição da terra lastimosa,
    quis com seu sangue consagrar a terra.

À PRISÃO, E TRAIÇÃO DE JUDAS
Soneto XXXIV

Com simulada paz, porfia certa
    vem Judas com soldados insolente
    a prender a seu Mestre astutamente,
    que ùa traição, outra traição desperta.
A Cristo prendem pois, todos alerta,
    como se fora algum Ladrão patente →

---

* *Gênesis*, 3, 17.

porém das almas é ladrão somente
que neste roubo todo amor acerta.
Preso e rendido o levam com cuidado
entre o estrondo das armas repetido
a quem só da inocência estava armado:
Neste assombro igualmente é parecido,
como cordeiro ao Sacrifício atado,
como José pela traição vendido.

À PRESENTAÇÃO DE CRISTO AO PONTÍFICE ANÁS
Soneto XXXV

Os passos apressando sem preguiça
a Cristo leva preso a cega gente
e usando do rigor por inclemente
faz do mau trato zelo da justiça.
Com vingança cruel que o peito atiça
presenta ao Salvador tiranamente
ao Pontífice Anás que irreverente
encobre com pretextos a injustiça.
Propõe de culpas ũa ação famosa,
como se fosse Réu mais infamado,
contra o Sol da justiça poderosa.
De maneira que bem considerado
fica a mesma justiça criminosa,
o mesmo Sol das trevas acusado.

À BOFETADA, ALUDINDO ÀQUELAS PALAVRAS: "*IN QUAE DESIDERANT ANGELI PROSPICERE*" ETC.*
Soneto XXXVI

Contra Cristo se atreve enfurecida
    ũa mão dos cruéis acusadores,
    que imprimindo na face os desprimores
    bem se pode dizer, foi mão perdida.
Esta afronta tão pouco merecida
    não teve no juízo defensores
    porque intenta o Senhor que nos rigores
    se mostre a mansidão mais conhecida.
Seus Anjos (apesar da humana fúria)
    desejam ver-se nesta face imensa
    por ser espelho seu na excelsa cúria:
Venho a entender que nesta dor intensa
    chegou ao Céu o golpe desta injúria,
    em os Anjos se fez a mesma ofensa.

À IDA PARA CASA DE CAIFÁS
Soneto XXXVII

É levado depois com mão ligeira
    Cristo a Caifás Pontífice subido,
    sendo que era o Pontífice pedido
    o mesmo Cristo pela Lei primeira.
O qual com voz humilde e verdadeira
    diz que é de Deus o filho prometido
    e o Pontífice então na Luz perdido
    teve com tanta Luz maior cegueira. →

---

* *I Pedro*, 1, 12.

Rompendo as vestiduras indignado
    no seu concelho infausto se publica
    que Cristo blasfemou de Deus sagrado:
Porém se Cristo é Deus, bem significa,
    que se ele diz que Cristo há blasfemado
    o Pontífice então blasfemo fica.

À IDA PARA PILATOS
Soneto XXXVIII

Leva a Cristo outra vez aquela gente
    como se fosse Réu facinoroso
    e o relaxa o Pontífice ardiloso
    ao braço secular do Presidente.
A Pilatos está Cristo presente
    e querendo julgá-lo poderoso
    não lhe acha indício algum de criminoso
    mas não absolve ao Réu, sendo inocente.
Perseguem os Hebreus com ódio forte
    a Cristo que a tais penas se convida:
    os Gentios também da mesma sorte.
Oh cega ingratidão desconhecida,
    que todos concorressem para a morte
    de quem morre por dar a todos vida!

À REMESSA QUE FEZ PILATOS A HERODES
Soneto XXXIX

Pilatos neste tempo tendo aviso
    que Cristo é Galileu o manda preso →

a Herodes, por saber que lhe é defeso
a nula incompetência do juízo.
Herodes o admitiu com gosto e riso
    mas nas perguntas em desgosto aceso
    por louco o tem, e acha com desprezo
    na mesma inteligência pouco siso.
A Pilatos o torna, e não lhe implica
    que em seu juízo a causa se conteste,
    e a vestidura branca a Cristo aplica:
Nela se mostra que no amor celeste
    quando veio a nascer, a paz publica,
    quando vai a morrer, da paz se veste.

AOS AÇOITES DA COLUNA
Soneto XL

Sendo Cristo a Pilatos remetido
    teve sentença injusta de açoitado;
    e para ser da afronta mais ornado,
    das sacras vestiduras foi despido.
À coluna do Pátio foi trazido
    para ser nela gravemente atado,
    e tem, com tanto sangue derramado
    cinco mil sacrilégios padecido.
Destes, Senhor, a vosso Povo caro
    a coluna por pio ministério
    da noite tenebrosa, e dia claro:
Mas trocado em afronta vosso Império
    se a coluna lhe destes para amparo,
    a coluna vos dão por vitupério.

À COROAÇÃO
Soneto XLI

De uma púrpura rota está vestido
    pela malícia vil da turba insana
    e sendo Rei da Glória Soberana,
    declaram que é da terra Rei fingido.
E lhe põem com rigor mais desabrido
    a Coroa de espinhos desumana:
    e na mão Sacra ùa silvestre cana
    como rústico cetro escarnecido.
Nestes atos a pérfida fereza
    bem que tanto disfarce em Cristo ponha,
    melhor descobre a bárbara estranheza:
O ódio nos espinhos se suponha,
    na cana brava mostra-se a braveza,
    na rota grã se vê, rota a vergonha.

AO *ECCE HOMO*
Soneto XLII

Eis aqui (diz Pilatos compassivo)
    o Homem que persegues, Povo errado!
    eis aqui como está desfigurado!
    que parece de horror cadáver vivo.
Eis aqui tanto escândalo excessivo!
    eis aqui tanto espinho preparado!
    eis aqui tanto golpe duplicado!
    eis aqui tanto sangue sucessivo!
Que rigor! que loucura! que porfia!
    excitas contra um homem desta sorte
    em quem já se conhece a morte impia! →

Porém direi que tens ódio tão forte
    que do seu sangue tens hidropisia,
    que ũa morte pretendes n'outra morte.

À CRUZ ÀS COSTAS
Soneto XLIII

Pilatos ajudando ao malefício
    julgou que morra Cristo em Cruz cravado,
    e quando lava as mãos deste pecado,
    peito limpo não tem, naquele ofício.
Sai Cristo como Isac por benefício
    que tinha Deus aos homens decretado,
    e para ser na Cruz sacrificado
    leva a Cruz como lenha, ao sacrifício.
Com esta ação, àquela comparada
    para o calvário vai com desafogo
    rogando ao pai que cumpra o que lhe
                      [agrada.
E por que nada falte a tanto rogo,
    na justiça Divina, leva a espada;
    e no amor infinito, leva o fogo.

SENDO CRUCIFICADO
Soneto XLIV

Com tanta mansidão, com paciência
    foi Cristo despojado do vestido:
    e quando nu se vê todo despido,
    nessa mesma nudez, mostra a inocência.
Padece tanta dor por excelência
    afeado seu rosto, e desluzido, →

e tendo tantas dores padecido
que ao mesmo Inferno fazem competência.
Se no monte Tabor foi glorioso
de dois Profetas foi acompanhado
hoje com dois ladrões se vê penoso:
Em um e outro Monte ponderado
no Tabor se mostrou Sol Luminoso,
no Calvário se vê Sol eclipsado.

À PRIMEIRA PALAVRA NA CRUZ:
"*PATER DIMITTE ILLIS*" ETC.*
Soneto XLV

Cristo na cruz com dores se afligia
mas do pecado a dor muito mais sente,
e se o feria atroz aquela gente
pede ao pai pela gente que o feria.
Sabendo muito bem a culpa impia
faz tanta estimação de ser clemente
que lhe desculpa os erros docemente
como quem por seu gosto padecia.
Elias não perdoa aos inimigos,
pelo zelo da lei pede os rigores:
e Cristo tem a todos por amigos:
Ambos pedem a Deus, nos ofensores
ele, o fogo do Céu para os castigos,
Cristo, as auras do Céu para os favores.

---

* *Lucas*, 23, 34.

À SEGUNDA PALAVRA:
"AMEN DICO TIBI" ETC.*
Soneto XLVI

Da culpa venturosa triunfante
    o ladrão que com Cristo padecia
    tanto primor, e tanta fé sentia
    que foi ladrão feliz do Céu brilhante.
Pecou na vida, agora mais amante
    publicamente a Cristo repetia,
    e do Povo os rigores não temia
    que tira todo o medo a fé constante.
Pede a Cristo somente ũa esperança
    quando for ao seu Reino preminente
    por um *Memento mei*, mas logo alcança.
De sorte que pedindo reverente
    um alvará somente de lembrança,
    a mercê do alvará lhe dá presente.

À TERCEIRA PALAVRA: *"MULIER, ECCE FILIUS*
TUUS [...] ECCE MATER TUA" ETC.**
Soneto XLVII

Quer Cristo que João seja adotado
    de sua mãe a quem por filho dava,
    mas ah! que justamente a magoava
    a troca desigual do filho amado.
Deu Cristo ao mundo o corpo venerado,
    o sangue também deu que derramava →

---

* *Lucas*, 23, 43.
** *João*, 19, 26.

deu finalmente a vida que expirava
e nada tem que não tivesse dado.
Porém por ser maior o sacrifício
representa em João absorto e mudo
todo o mundo a quem faz o benefício:
Nesta dádiva fez tão alto estudo,
que para ser ao mundo mais propício,
a própria mãe lhe deu para dar tudo.

À QUARTA PALAVRA: *"DEUS MEUS, DEUS MEUS UT QUID DERELIQUISTI ME?"**
Soneto XLVIII

Vendo-se Cristo tanto perseguido
não acha alívio algum naquele estado;
na cabeça de espinhos coroado,
juntamente nas mãos, e pés ferido.
Exclama a Deus eterno por que há sido
a causa de o deixar desamparado
como se fosse réprobo malvado,
sendo filho de Deus esclarecido.
Com desejo imortal e forte alento
padecendo o tormento pretendia
padecer por amor sem outro intento:
De maneira que a causa conhecia,
e faz que ignora a causa do tormento,
como quem das ofensas se esquecia.

---

* *Mateus*, 27, 46.

À QUINTA PALAVRA: "*SITIO*"*
Soneto XLIX

Vendo Cristo que a morte lhe tirava
    o martírio cruel em que se via
    com seu próprio desejo se afligia
    com seu próprio tormento porfiava.
Declara que tem sede: e bem mostrava
    que quando atrozes penas padecia
    não era refrigério que pedia
    era sede das penas que estimava.
Do muito amor dos homens obrigado
    a sede que declara no seu rogo
    é que lhe aumentem seu penoso estado:
Tem no peito de amor tão grande fogo
    que para padecer todo abrasado,
    deseja o padecer por desafogo.

À SEXTA PALAVRA: "*CONSUMMATUM EST*" ETC.**
Soneto L

Quis o Supremo Rei por benefício
    do mundo pela culpa cativado
    que fosse redentor seu filho amado
    e na cruz exercesse aquele ofício.
Já fica livre o mundo do suplício
    que no Inferno lhe estava decretado
    e pela eterna pena do pecado
    se deu o Verbo Eterno em Sacrifício. →

---

* *João*, 19, 28.
** *João*, 19, 30.

Na Sacra Redenção qualquer que suma
   da Criação do mundo a Simpatia
   quando a consuma Deus em breve suma,
De sorte que por esta, e aquela via,
   se ao Sexto dia a criação consuma,
   consuma a Redenção ao Sexto dia.

À SÉTIMA PALAVRA: *"IN MANUS TUAS, DOMINE, COMMENDO SPIRITUM MEUM"**
Soneto LI

Ao rigor do tormento sucessivo
   nos parocismos do vital alento
   fez brevemente Cristo um testamento
   com sonorosa voz nuncupativo.
Não deixou nada, bem que Rei altivo
   porque fez da pobreza valimento
   nasce pobre em Belém sem luzimento
   e na Cruz se viu nu do povo esquivo.
Duas verbas deixou com voz sagrada
   para que seu amor melhor se entenda
   que duas coisas são de que se agrada:
Enfim dispondo de ũa e outra prenda
   a João sua mãe encomendada
   a seu Pai seu espírito encomenda.

AO DESCIMENTO DA CRUZ
Soneto LII

José e Nicodemo neste dia
   tiram da Cruz a Cristo atormentado →

---

* *Lucas*, 23, 46.

e no colo da mãe todo abraçado
se imprimiram as chagas em Maria.
No Sangue Sacrossanto que corria
    o pranto de Maria misturado,
    parece Sacramento renovado
    n'água e sangue que de ambos se vertia.
Da paixão soberana tais rigores
    na mãe se trasladaram, que com isto
    igualmente parecem redentores.
Visto o tormento de um, e de outra, visto,
    crucificada a mãe nas próprias dores
    outro Cristo se vê junto de Cristo.

AO MESMO
Soneto LIII

Acaba Cristo a vida dolorosa
    e dois varões o descem com ventura
    para dar ũa honrada sepultura
    a quem teve ũa morte escandalosa.
Põem nos braços da Virgem lagrimosa
    o filho que em seus braços ter procura
    e quando a mãe suspira com ternura
    cuidam todos que expira lastimosa.
Tão afeado está que a mãe não crera
    que era seu filho o próprio, que pedia,
    se o amor no coração lho não dissera:
Tão morta está da dor: que se não via
    se era Cristo Maria que morrera,
    se era Maria Cristo que morria.

À SEPULTURA DE CRISTO
Soneto LIV

Vendo José que a mãe se traspassava
    do cutelo da dor, roga prudente
    que deixe dar sepulcro reverente
    a quem no peito seu eternizava.
A sepultura idônea preparava
    a pia devoção daquela gente:
    pòem a Cristo em um Horto, que
                    [excelente
    da melhor flor do campo se jactava.
Em um Horto buscaram prevenidos
    os Pérfidos Hebreus com seu cuidado
    onde o prenderam cegos e atrevidos;
Ultimamente, neste sepultado,
    sendo o fim e princípio parecidos,
    naquele preso foi; neste enterrado.

AO DESCIMENTO DO LIMBO
Soneto LV

Baixa Cristo aos Infernos poderoso
    para dar cumprimento às esperanças,
    que nunca falta Deus às seguranças
    quando um peito confia obsequioso.
Os Santos Padres vendo o sol lustroso
    têm de seu prêmio certas confianças
    e logrando dos gostos as bonanças
    já não sentem da pena o proceloso.
Já não há queixa, não, já tudo é riso
    já do passado mal não há memória,
    ver a Divina essência é já preciso: →

E vencido Lusbel nesta vitória
    muda-se o mesmo inferno em paraíso,
    está no mesmo inferno a eterna glória.

À RESSURREIÇÃO, ALUDINDO ÀQUELAS PALAVRAS: "*DICEBANT EXCESSUM EIUS*" ETC.*
Soneto LVI

Ressurge Cristo todo acompanhado
    de um exército Angélico luzido,
    que se Anjos teve, quando foi nascido,
    também os deve ter ressuscitado.
Neste monte se vê glorificado,
    onde havia as afrontas padecido:
    e pois nele se viu escarnecido,
    é bem que seja nele sublimado.
Se Cristo no Tabor transfigurava
    seu corpo glorioso, neste dia
    em outro Monte glorioso estava:
Mas nos dois Montes diferença havia,
    nele, o excesso das penas esperava,
    neste, o excesso das glórias conseguia.

À APARIÇÃO DE CRISTO RESSUSCITADO A SUA MÃE SANTÍSSIMA
Soneto LVII

Cristo aparece belo e glorioso
    à mãe que este Mistério não ignora, →

---

* *Lucas*, 9, 31.

e se vestia o pranto como Aurora
qual Sol lhe enxuga o pranto lastimoso.
Antes viu a seu filho poderoso
entre ladrões metido, mas agora
vê que o acompanha, vê também que o
[adora
o concurso dos Anjos numeroso.
A mãe como Oriente figurado
recebe em braços a seu Sol querido
entre ósculos de amor multiplicado.
De sorte que este sol esclarecido
no Ocidente da Cruz foi sepultado,
no Oriente da mãe foi renascido.

À APARIÇÃO DA MADALENA
Soneto LVIII

O Corpo vai buscar de seu querido
Madalena nas ânsias de amorosa,
porém quando o não acha lagrimosa
estila o coração no seu sentido.
Cristo lhe apareceu desconhecido,
e quando o não conhece cuidadosa,
tendo o bem, que procura venturosa,
imagina que o bem tem já perdido.
Cristo vendo de amor excesso tanto
em virtude do pranto que sentia
se descobria ao golpe deste encanto.
Que como Cristo é pedra, bem se via
que sendo pedra em que batia o pranto,
Madalena no pranto o descobria.

À APARIÇÃO DOS APÓSTOLOS
Soneto LIX

No Sacro consistório congregado
    os Apóstolos temem os rigores
    porém Cristo aparece a seus temores
    e com ardente Sol rompe o nublado.
A paz do Céu propõe a seu cuidado
    que não teme da terra os vãos furores:
    se nascendo da paz traz os favores,
    a mesma paz lhes dá ressuscitado.
E quando Cristo ali lhes aparece
    as mãos e lado mostra: e lhes publica
    a mesma Lei, que neles permanece:
Com ũa e outra dádiva se explica,
    que nas mãos, o poder lhes oferece,
    e que no Lado, o amor lhes significa.

À ASCENSÃO DO SENHOR
Soneto LX

Sobe Cristo com júbilo aplaudido
    formando os Anjos métricos concertos
    não ao monte calvário dos tormentos
    mas ao monte Sião do Céu subido.
Em Sacro amor das almas suspendido
    (bem que deixa da ausência os sentimentos)
    vai preparar magníficos assentos
    que os Demônios cruéis tinham perdido.
Por elas interpõem ardente rogo
    por lograr o triunfo avantajado
    ou para conseguir seu desafogo. →

Cristo pois com Elias comparado,
   Elias sobe arrebatado em fogo,
   Cristo em fogo de amor arrebatado.

À VINDA DO ESPÍRITO SANTO
Soneto LXI

Vem dos Céus o Paraclito Divino
   onde estão os Apóstolos sentados,
   que para ser da graça iluminados
   deve de assento estar o amor mais fino.
Receberam de Deus sagrado ensino
   ficando tão absortos, e enlevados,
   que no melhor saber mais atinados,
   o tino parecia desatino.
Em tanta maravilha, em tanta festa
   divulga Deus o bem que comunica
   em várias línguas de pureza honesta;
Que para mostrar mais o amor que explica
   não só por ũa língua o manifesta,
   porém por muitas línguas o publica.

À SANTÍSSIMA TRINDADE
Soneto LXII

Venera-se Deus Trino na unidade
   e na Trindade um Deus é venerado,
   e na mesma Substância inseparado
   são distintas pessoas na verdade.
Igual a glória, igual a imensidade,
   sábio igualmente, igual o potentado, →

o pai, o filho, o Espírito, incriado,
em todos três igual a eternidade.
Não são três Deuses, não: que o Sol Luzente
tem luz, raio, e calor, que nele insiste
e n'alma três potências juntamente:
Porém quando esta informa, e aquele assiste
não são três Sóis, que um Sol brilha
[somente;
não são três almas, que ũa só subsiste.

À FESTA DO CORPO DE DEUS
Soneto LXIII

Celebra-se o Mistério com grandeza
da Católica fé para os louvores
se é no Céu pão dos Anjos superiores,
na terra é pão da humana natureza.
É Sacramento da maior Alteza
é Maná de riquíssimos sabores,
memorial seguro de favores,
de graças Eucarística fineza.
Este mistério, nesta oculta forma
é mais que a encarnação, se bem se adverte,
quando um se come, e outra a Deus
[informa.
Porque (para que o amor mais nos desperte)
naquela, um Deus em homem se
[transforma,
e neste, em Deus um homem se converte.

SONETOS A VÁRIOS SANTOS

A SÃO JOAQUIM
Soneto LXIV

Por ter a esposa estéril, magoado
    vos via o mundo em tanta desventura,
    que sentindo das mágoas a ternura,
    era estéril de gosto vosso estado.
Porém Deus para ver-vos estimado
    trocando vossas penas em ventura,
    vos deu por fruto vosso a Virgem pura
    para mãe de outro fruto desejado.
De Joaquim o nome generoso
    significa (apesar do triste Inferno)
    preparação de Deus por timbre honroso:
Se Maria é de Deus Templo Superno,
    na filha que gerastes venturoso,
    fostes preparação de Deus eterno.

A SANTA ANA
Soneto LXV

Quem com silêncio ou com louvor discreto
    pode louvar-vos Ana generosa
    que se a Virgem de Deus é mãe ditosa
    vindes a ter ao mesmo Deus por neto.
Por virtude do Espírito secreto
    ela é fonte de graças amorosa
    e unida nesta fonte graciosa
    toda a graça bebeis do Paracleto.
Do Sol vestida para aplauso nosso
    sois a mulher no Céu aparecida
    porque com ela comparar-vos posso. →

Igualmente vos vejo parecida
   que se Maria é Sol, e ventre vosso,
   podeis dizer que estais do Sol vestida.

A SÃO JOSÉ
Soneto LXVI

Insigne Patriarca que alcançastes
   ser de Maria Virgem, casto esposo,
   guardando em vosso peito generoso
   o tesouro de Deus, que venerastes.
Prenhe vistes a esposa que adorastes
   e sendo humilde a tanto excesso honroso
   vendo que é mãe de Deus, todo medroso
   de tanta glória indigno vos achastes.
Inda que em vossos olhos vos assista
   o ventre de Maria; na inteireza
   de casta esposa vossa fé se alista.
Tendo neste prodígio tal pureza
   que crestes mais à fé que à própria vista,
   crestes à graça mais, que à natureza.

A SÃO JOÃO BATISTA ALUDINDO ÀQUELAS PALAVRAS: *"ILLUM OPORTET CRESCERE ME AUTEM MINUI"* ETC.*
Soneto LXVII

Divino precursor que penitente
   a Lei pregaste no deserto inculto, →

---
* *João*, 3, 30.

porém tendo de Cristo o mesmo vulto,
por Messias do céu vos cria a gente.
Se do potente Rei fostes prudente
 embaixador para o piedoso indulto,
 todos vos tratam com Divino culto,
 não por embaixador, por Rei potente.
Pelo que para ser acrescentado
 o Verbo no respeito de aplaudido,
 diminuir quisestes vosso estado.
Oh prodígio do Mundo esclarecido
 que para o mesmo Deus ser venerado
 foi necessário serdes abatido!

SONETOS AOS DOZE APÓSTOLOS

A SÃO PEDRO
Soneto LXVIII

Confessastes a Cristo poderoso
 por verdadeiro Deus, com fé constante:
 e por isso da Igreja militante
 funda em vós o edifício glorioso.
Barjona vos chamou quando animoso
 credes na fé sem peito vacilante;
 e Barjona se entende o filho amante
 de Pomba que imitastes amoroso.
Bem se pode dizer sem desacerto
 que se o Divino Espírito é chamado
 pomba; tendes com Cristo igual acerto:
Porque vós escolhido, ele gerado
 Ele do Eterno Pai é filho certo,
 vós do Espírito eterno, filho amado.

A SANTO ANDRÉ APÓSTOLO
Soneto LXIX

Sendo núncio feliz na bruta Acaia
    da católica Lei e zelo pio
    iluminastes um e outro gentio
    caminhando por ũa e outra praia.
O Demônio cruel que já desmaia
    faz ao Procônsul contra vós impio
    porque lhe despojais o Senhorio,
    por que seu trono pérfido não caia.
Morte de Cruz vos julga, e neste intento
    a Cruz vida vos dá, mas por vitória
    da luz do Céu se cobre o vosso alento:
Fostes pois singular nesta memória
    que outros morrem na Cruz pelo tormento,
    mas a morte vos deu da Cruz a glória.

A SÃO TIAGO MAIOR, APÓSTOLO
Soneto LXX

Quando em Jerusalém todo animoso
    pregais a Lei de Cristo a toda a gente
    sois filho do trovão, e tão veemente
    que dais no mundo um brado sonoroso.
Contra vós foi Josias orgulhoso
    e vos prendeu na praça astutamente,
    mas por vós convertido de repente,
    preso ficou de vós, mais venturoso.
Derramastes o sangue nos encantos
    de amor; entre os Apóstolos mais finos
    primeiro mártir para assombros tantos. →

E se foi por católicos ensinos
   Estêvão Protomártir, dos mais santos,
   vós o sois dos Apóstolos Divinos.

A SÃO JOÃO APÓSTOLO
Soneto LXXI

Anjo sois em puríssimo portento
   que sois da virgem guarda generosa,
   sois mártir que na tina milagrosa
   padeceis o martírio sem tormento.
Sois Apóstolo tal que o valimento
   de Cristo mereceis por graça honrosa,
   sois Profeta, que à Igreja gloriosa
   revelais os mistérios mais atento.
Sois Patriarca em Prole mais completa,
   Evangelista que Águia o Sol conquista,
   Doutor da Teologia mais secreta:
Sois enfim porque tudo em vós se alista
   Anjo, Mártir, Apóstolo, Profeta,
   Patriarca, Doutor, Evangelista.

A SÃO FELIPE APÓSTOLO
Soneto LXXII

Contra os Impérios da Serpente impia
   que em Frígia se adorava cegamente,
   saís Felipe, pela fé, valente,
   que não falta no amor forte ousadia.
Aquele Ídolo cai na terra fria,
   por mistério de Deus morre a Serpente; →

    e logo todo o povo reverente,
    segue o Evangelho, e deixa a Idolatria.
Porém pede Lusbel ao Magistrado
    que morrêsseis na Cruz, seu mal previsto,
    e logo treme a terra nesse estado:
De sorte que na Cruz o assombro visto,
    como a Cristo imitais crucificado,
    honrar-vos quis a terra como a Cristo.

A SÃO BARTOLOMEU APÓSTOLO
Soneto LXXIII

Apesar de Astaroth que astutamente
    na Capadócia fabricava os danos
    apesar de Berit, que os desenganos
    explicou de vós mesmo à bruta gente.
Entrastes com virtude preminente
    contra o bárbaro error de muitos anos
    e Astaroth soltou logo seus enganos
    porque preso se viu do fogo ardente.
Alcançastes no Inferno a palma bela
    sem armas, e sem outra companhia
    mas que de Cristo a fé que vos desvela.
Porém posso dizer nesta porfia
    que como é pedra Cristo só com ela
    toda a estátua prostrais da Idolatria.

A SÃO MATEUS APÓSTOLO
Soneto LXXIV

Evangelista Apóstolo afamado,
    que escrevendo a Evangélica verdade →

  destes com felicíssima piedade
  da Sagrada lição primeiro brado.
Na feliz Etiópia venerado
  louvastes de Ifigênia a castidade;
  porém ao Rei lascivo na maldade
fogo de ira lhe acende o fogo amado.
Celebrando o eucarístico portento
  a vida vos tirou por malefício,
  ficando o mesmo altar sanguinolento:
Por imitar de Cristo o mesmo ofício
  sacrificando a Deus no sacramento,
  fizestes de vós mesmo o sacrifício.

A SÃO TOMÉ APÓSTOLO
Soneto LXXV

Duvidastes Tomé porém ditoso
  lograstes os seguros do receio,
  que à trévoa vil de um enganoso enleio
não falta a luz de um desengano honroso.
Vistes a Cristo ressurgir glorioso
  e a mão metendo no divino seio
  foi o toque das chagas justo meio
para o toque da graça venturoso.
Vossa incredulidade não fez dano
  à vossa fé, que nela estais mais fino
  quando a Cristo chamais Deus soberano:
Fazeis um Sacramento peregrino
  pois só tocais em Cristo o corpo humano,
  e confessais em Cristo o Ser Divino.

A SÃO TIAGO MENOR, APÓSTOLO
Soneto LXXVI

Por vosso nome Santo esclarecido
    justo sois, e nas obras excelente
    tanto que parecestes entre a gente
    ser por irmão de Cristo conhecido.
De vossa mãe, no ventre enobrecido
    santificado sois Divinamente,
    e sendo santo, antes de ser vivente
    sentis o amor, antes de ter sentido.
Na vida, nem na morte vos excede
    o mesmo Cristo, que antes repetistes
    igual ação, que em ambos vos sucede:
Pois quando os inimigos conseguistes,
    Cristo na Cruz, perdão por eles pede,
    vós por eles perdão, na Cruz pedistes.

A SÃO SIMÃO E JUDAS TADEU
Soneto LXXVII

Contra os Magos que os Ídolos quiseram
    vos opusestes ambos tão constantes
    que nos incêndios férvidos de amantes
    vossos peitos valentes se acenderam.
Os Idólatras cegos compuseram
    da lua e sol os Ídolos brilhantes,
    mas se eles se perderam de arrogantes
    os Ídolos desfeitos se perderam.
A lua e sol estão com desalentos
    em um, e outro Ídolo fingido
    tudo foi confusão, fogo violento: →

O Juízo final foi parecido
    pois a lua ficou sem luzimento,
    pois o sol ficou todo escurecido.

A SÃO MATIAS APÓSTOLO
Soneto LXXVIII

Fostes eleito ao Sacro Apostolado
    (pela pérfida ação Judas perdido)
    e a José que por justo era aplaudido
    vós por mais justo fostes aprovado.
Nas doze estrelas antes figurado
    de Apostolado o número sabido,
    sois estrela do mundo convertido
    fixa no amor, errante no cuidado.
A vossa Santidade sobre-humana
    com todos os Apóstolos se afina
    quando Deus nesta escolha a desengana.
Nela maior vantagem vos ensina
    porque aos mais escolheu com voz humana
    mas a vós escolheu com Luz Divina.

A SÃO PAULO APÓSTOLO
Soneto LXXIX

Apóstolo das gentes celebrado
    sois vaso de eleição, por Cristo eleito,
    que destes ao Gentio satisfeito
    da lei da Graça, o óleo consagrado.
Padecestes por Cristo degolado
    e quando tendes o martírio aceito, →

derramastes o leite, que no peito
tinha vossa pureza congelado.
Cortam-vos a cabeça esclarecida
e saltais de prazer ao golpe forte
como João na graça conseguida:
Mas nesta ação mostrais mais alta sorte
que ele de prazer salta, tendo a vida
vós saltais de prazer, logrando a morte.

A SANTO ESTÊVÃO
Soneto LXXX

Insigne Protomártir que mostrastes
na defensa da fé valor inteiro,
e sendo Alferes-mor por ser primeiro
a bandeira de Cristo sublimastes:
No triunfo ditoso que alcançastes
(feito da fé constante pregoeiro)
não só do vosso nome verdadeiro
mas do martírio atroz vos coroastes.
Verteis na terra o Sangue derramado,
e Cristo vos conforta nos Céus visto,
entre agonias do tormento amado:
Maior vantagem vos concede nisto
que Cristo foi de um Anjo confortado,
vós confortado sois do mesmo Cristo.

A SÃO LOURENÇO
Soneto LXXXI

Valoroso Espanhol, Sacro Levita
se ao Pontífice sumo obedecestes, ➔

os Tesouros da Igreja despendestes
que o tesouro do Céu mais vos incita.
Pronto ao Martírio, que o Tirano excita,
    tão pouco medo, e pouco horror tivestes,
    que se no duro ferro padecestes,
    ao duro ferro vosso peito imita.
Não recebeis do fogo sentimento
    (em cravo transformando o branco Lírio)
    porque Amor vos abrasa em mais aumento:
E fazendo da dor sábio delírio
    abrasado de amor, e do tormento
    padeceis de dois fogos o martírio.

A SÃO SEBASTIÃO
Soneto LXXXII

Valoroso ao martírio se mostrava
    vosso peito que as setas não temia:
    se vosso peito cândido vivia
    alvo das setas vosso peito estava.
Por muda vossa língua se admirava
    na dor com que o tormento padecia
    porém não era muda na alegria
    com que discretamente a fé pregava.
A Tirania do gentio ufano
    que não quer admitir o sacro ensino
    vos frechava no tronco desumano.
Porém vós no patíbulo mais fino,
    se o peito vos fechava, ódio tirano,
    o peito vos frechava, Amor Divino.

A SÃO JERÔNIMO
Soneto LXXXIII

Com grande estudo e penitência dura
    ao mesmo tempo sábio e virtuoso
    fostes esmalte da virtude honroso,
    fostes Luzeiro da ciência pura.
Reformastes enfim com fé segura
    a divina escritura obsequioso;
    intentando o demônio poderoso
    que a lição se perdesse da escritura.
Por ela se conhece a fé sincera
    que Cristo a todo o mundo publicara
    e sem ela a virtude se não crera.
Mas, se não fora vossa indústria rara
    no mundo a fé de Cristo se perdera,
    do mundo a redenção se não lograra.

A SANTO AMBRÓSIO, ALUDINDO ÀQUELAS PALAVRAS: "*EX ORE INFANTIUM ET LACTANTIUM PERFECISTI LAUDEM*" ETC.*
Soneto LXXXIV

Prelado de Milão que vos mostrastes
    em ambos os governos tão prudente
    que pela via da virtude urgente
    do temporal ao eterno caminhastes.
Se as fúrias Arrianas aplacastes
    sobre a eleição de um Bispo preminente →

---

* *Mateus*, 21, 16.

por Bispo vos aclama toda a gente,
    bem que por toda a gente o reclamastes.
Deus revela ao Menino o Sacro ensino
    (porque neles tem Deus louvor perfeito)
    que Bispo vos chamou como Divino.
Enfim deste prodígio satisfeito,
    se a boca vos nomeia de um menino,
    pela boca de Deus fostes eleito.

A SANTO AGOSTINHO
Soneto LXXXV

Bispo de Bona, de África portento,
    que nos erros do mundo pervertido,
    se tivestes a Igreja perseguido
    destes depois à Igreja valimento.
Paulo teve também o mesmo intento,
    e perseguiu a Igreja enfurecido,
    mas caindo no chão por convertido,
    se levantou na fé com mais alento.
A vossa conversão com reverentes
    obséquios louva a Igreja por que veja
    com Paulo os mesmos ritos preminentes:
Em ambos pois o assombro igual se veja,
    que se Paulo ficou Doutor das gentes,
    vós ficastes também Doutor da Igreja.

A SÃO GREGÓRIO MAGNO
Soneto LXXXVI

Obsequioso o povo em vosso abrigo
   vos elege Pontífice eminente
   pois tirais do contágio pestilento
   das Angélicas mãos todo o castigo.
Fugistes destas honras inimigo
   mas o Céu na coluna refulgente
   ao Povo vos descobre, e faz patente
   que sois forte coluna no perigo.
Buscam a Cristo os Magos com primores
   mas o Céu por dar fim a seus intentos
   ùa estrela criou a seus fervores.
De sorte que descobre em dois portentos
   a Cristo de ùa estrela os resplandores,
   a vós, de ùa coluna os luzimentos.

A SÃO BENTO
Soneto LXXXVII

De um pensamento torpe arrebatado
   contra vós o Inferno se conjura
   e pretende no horror da forma escura
   escurecer-vos o candor do estado.
Mas logo revolveis santificado
   entre os espinhos vossa carne pura
   com que o lascivo ardor da fermosura
   apagastes com sangue derramado.
Do mesmo Cristo em vós, vejo a pessoa
   quando seguis devoto seus caminhos
   e da vitória vossa a fama voa: →

Porque vencendo os torpes descaminhos
  Cristo teve de Espinhos a coroa
  vós fizestes Coroa dos espinhos.

A SÃO BERNARDO
Soneto LXXXVIII

Ilustre Borgonhês, que desprezastes
  as honras vãs do mundo fementido
  que o melhor grau, e posto mais subido
  no trono das virtudes colocastes.
Recolhido em Cister mortificastes
  de tal maneira o corpo reduzido
  que o manjar para o gosto era perdido
  que os objetos que vistes, ignorastes:
Altamente vossa alma em Deus se unia,
  e neste sumo bem se transportava
  e mais que em si, somente em Deus se via.
De sorte que milagre se mostrava
  vossa alma estar no corpo em que vivia
  e viver sem o corpo, que informava.

A SÃO DOMINGOS
Soneto LXXXIX

Divino Patriarca, que os primores
  de vossa luz mostrastes tão fecundo
  que tendo sempre em Deus o amor
                              [jucundo,
  sois sacrossanto pai dos Pregadores.
Nascestes (contra Heréticos furores
  que forjou o Demônio furibundo) →

como discreta luz de todo o mundo,
como perro leal em seus clamores:
Quando ũa e outra ação prognosticada,
em vossas excelências mais se afina,
fica a casa da Igreja preparada;
Pois qual perro leal, e luz mais fina
contra o Demônio lhe guardais a entrada,
e nela a luz lhe dais pela doutrina.

A SÃO FRANCISCO
Soneto XC

Excelso Patriarca que ordenastes
melhor Arca no mundo em graças certas
se esta foi ordenada em três cobertas
a vossa com três ordens fabricastes.
Como a paixão de Cristo tanto amastes
vos deu no Corpo as chagas descobertas,
e estando vivas nele, estando abertas
no mesmo Cristo em Cruz vos
[transformastes:
Tivestes melhor Cruz, que Cristo amado
nesta impressão das chagas, porque nisto
a Cristo pareceis avantajado:
Visto pois o favor, o empenho visto,
Cristo em um lenho foi crucificado,
Francisco foi crucificado em Cristo.

A SÃO ROMUALDO
Soneto XCI

Ilustre Romualdo perseguido,
    de Bento a Santa Regra reformastes
    e depois a Camândula criastes
    para ser Patriarca conhecido.
Apesar da fraqueza do sentido
    a maior penitência procurastes
    e no trabalho duro vos mostrastes
    como se fôsseis bronze endurecido.
Desprezando da vida transitória
    todo o gosto ou favor que o mundo encerra
    tivestes do Demônio igual vitória:
E tal amor, do mundo vos desterra,
    que vivendo na terra, e não na glória,
    vivestes mais na glória, que na terra.

A SANTO INÁCIO DE LOYOLA, ALUDINDO ÀQUELAS PALAVRAS: *"AD MAIOREM DEI GLORIAM"*
Soneto XCII

Deixando as armas de ũa guerra impia
    outra guerra buscastes mais constante
    e fazeis para a Igreja militante
    com vossos filhos nova companhia.
Soa o tambor, na bélica alegria,
    o nome de Jesus por triunfante
    leva à bandeira Xavier amante,
    cabo de esquadra o Borja se avalia: →

Vós capitão famoso com notória
 virtude, dais batalha ao mesmo Inferno
 e ganhais com os filhos a vitória:
Pondes em vosso escudo o timbre externo
 (como quem faz Brasão da maior glória)
 para glória maior de Deus eterno.

A SANTO ANTÔNIO
Soneto XCIII

Insigne pregador, que em doce encanto
 dos Homens cativais a liberdade,
 e mostrando no mundo a Santidade
 sois por Antonomásia, Antônio Santo.
Na vossa língua se transforma tanto
 do Espírito Divino a potestade,
 que para horror da Herética maldade
 a Brutos, Peixes, Aves, dais espanto.
Se o Espírito Divino em Soberana
 forma de línguas arde no amor fino
 da vossa língua o mesmo afeto mana:
Incorrupta, em assombro peregrino
 não era língua, não, de carne humana,
 era língua do Espírito Divino.

A SÃO PEDRO MÁRTIR
Soneto XCIV

Supremo Inquisidor, Pedro excelente
 do Sacro Pedro imitador famoso, →

ele primeiro Apóstolo amoroso,
e vós primeiro Inquisidor prudente.
Com forte coração, com zelo ardente
de todo Herege sois vitorioso
e se sente o milagre portentoso
maior milagre em vossa vida sente:
Morrendo aos golpes da traição malvada
molhais no sangue o dedo, e vos convida
deixar escrita a fé que vos agrada.
Se é vida o sangue, e nele é conhecida,
quando escreveis com sangue a fé sagrada,
mostrais, que vossa fé, foi vossa vida.

A SÃO TOMÁS DE AQUINO
Soneto XCV

Angélico Doutor que esclarecido
fostes do mundo pasmo milagroso,
e tendo do saber o grau famoso
fostes no sacro amor mais entendido.
As questões que escrevestes aplaudido
o mesmo Cristo aprova portentoso,
e se louva ao Batista, generoso
também vos louva a vós aparecido.
De boca de Anjo tendes a excelência,
Quinto Doutor vos louva a Igreja amada,
Deus vos aprova a singular ciência.
E foi de Deus ação justificada,
se boca de Anjo sois na inteligência,
que por boca de Deus seja aprovada.

A SÃO BOAVENTURA
Soneto XCVI

Boa Ventura sois, que acreditado
    unistes a bondade co'a ventura,
    e na vossa ciência mais se apura
    o saber na virtude vinculado.
Com seráfico ardor, com doce agrado
    quando vosso fervor mais se assegura,
    de Francisco imitastes a luz pura,
    como se fora em vós ressuscitado.
Junta geral fizestes de tal sorte
    que a regra de Francisco mais se alenta
    contra o Demônio, contra as Leis da morte:
Em ambos o fervor, igual se atenta
    que um a regra criou com zelo forte,
    outro com forte espírito a sustenta.

A SANTA MARIA MADALENA
AOS PÉS DE CRISTO
Soneto XCVII

Solicita, procura, reconhece,
    com desvelo, com ânsia, com ventura,
    sem temor, sem soberba, sem loucura,
    a quem ama, a quem crê, por quem padece.
Ajoelha-se, chora, se enternece,
    com pranto, com afeto, com ternura,
    e se foi indiscreta, falsa, impura,
    despe o mal, veste a graça, o bem conhece.
A seu Mestre, a seu Deus, a seu querido,
    rega os pés, ais derrama, geme logo,
    sem melindre, sem medo, sem sentido. →

Por assombro, por fé, por desafogo,
   nos seus olhos, na boca, no gemido,
   água brota, ar respira, exala fogo.

A SANTA CATARINA DO MONTE SINAI
Soneto XCVIII

Catarina animosa na disputa
   com cinqüenta Filósofos vencidos
   triunfando dos Ídolos fingidos
   cinqüenta palmas teve nesta luta.
Padeceu o martírio resoluta
   menosprezando ardores dos sentidos,
   com que a fé se esclarece nos rendidos
   com que o templo dos Ídolos se enluta.
Em Sinai foi seu corpo colocado
   onde Deus ostentou na Sacra História,
   da Glória sua o portentoso estado.
Com ela renovou tanta memória
   por que a glória do corpo venerado
   substitua de Deus a mesma glória.

A SANTA LUZIA
Soneto XCIX

Vossa casta pureza resplandece
   e sois da sacra fé muralha dura,
   esta contra o Tirano mais se apura,
   aquela contra o amante permanece. →

Vossos olhos gentis, que ele apetece
    tirais de vosso rosto tão segura*
    que quando cega estais na fermosura
melhor vista de Deus vos engrandece.
Se o Amor Divino nas esposas suas
    olhos de pomba tem: a Deus mostrastes
    melhor oferta com verdades nuas:
Porque na oferta antiga que imitastes
    se a Deus não ofertastes pombas duas
    dois olhos de ũa pomba lhe ofertastes.

A SANTA ÚRSULA, E ONZE MIL VIRGENS
Soneto C

Obedecendo ao Máximo orgulhoso
    que afetava a Romana Monarquia,
    levastes por ilustre companhia
das virgens belas o esquadrão famoso.
Mas encontrando a Melga poderoso
    e resistindo à bárbara porfia
    ganhastes dois troféus naquele dia
da castidade, e fé do sacro esposo.
Foi José de onze estrelas adorado
    mas quando as castas virgens se namoram
    de Cristo, fica o culto avantajado:
Porque no eterno bem, que a Deus imploram
    onze estrelas não são de Cristo amado
    que estrelas onze mil a Cristo adoram.

---

* À margem deste verso, sublinhado no original, consta uma anotação que Heitor Martins leu como: [is]to he fal-[so]. No estado em que se encontra o manuscrito cujo microfilme obtivemos, não é possível confirmar a leitura.

A SANTA CLARA
Soneto CI

Clara virgem, que claro amor mostrava
    a Francisco, a quem tanto obedecia,
    e do mundo as mais santas excedia
    que de tal pai, tal filha se esperava:
No Sacramento tanto se alentava,
    que do exército atroz a fúria impia,
    pela Custódia Sacra não temia
    que era também Custódia, que guardava.
Nas filhas castas, belas, e medrosas
    dos peitos lhes tirou o medo triste
    e ficam do inimigo vitoriosas.
Que se no Sacramento Deus subsiste,
    vestido de armas brancas poderosas
    o Senhor dos exércitos lhes assiste.

A SANTA CATARINA DE SENA
Soneto CII

Sois esposa de Deus crucificado,
    e na fineza ilustre, que vos doa,
    elegeis dos espinhos a coroa,
    e lhe bebeis o sangue de seu lado.
O Coração de Cristo está trocado
    em vosso coração, que a Cristo voa,
    e fica na entidade da pessoa
    o coração que tendes, endeusado.
Entendendo o favor, o pasmo visto
    Cristo de vós está tão satisfeito,
    que mistério da fé consagra nisto. →

Se o Coração da vida é logro aceito
    unindo a Cristo em vós, e a vós em Cristo
Sacramentou-se Cristo em vosso peito.

A SANTA TERESA
Soneto CIII

Com generoso amor, com fé notória
    Teresa em Cristo amante transportada,
    vivia já na sétima Morada,
    que já do mundo vil, tinha a vitória.
Contra os gostos da vida transitória
    foi da Lança, do fogo traspassada,
    que em Seráfico amor toda abrasada
    seu coração se viu posto na glória.
Em Cristo dos tormentos satisfeito
    ũa lança de ferro se imprimia
    mas Teresa não teve o ferro aceito.
Antes maior fineza se avalia
    porque o ferro, de Cristo abria o peito
    mas o Amor, de Teresa o peito abria.

A SANTA ROSA
Soneto CIV

Ilustre Rosa, quem vos presta alentos?
    que penitência rara vos convida?
    como em tanto Mistério atura a vida?
    e não fenece já com desalentos?
Não vos dão essas penas sentimentos?
    tendes de bronze a carne perseguida? →

ou é que a morte, já, tendes bebida,
ou que estais endeusada nos tormentos.
Obstinado Lusbel foi no pecado,
e vós também com soberana traça
sois obstinada no penoso estado.
Mas vós por dita, e ele por desgraça
ele perde a Graça de obstinado,
vós de obstinada conservais a graça.

A SANTA MARIA MADALENA DE PAZZI
Soneto CV

Nos divinos tormentos enlevada
se as chagas recebeis feliz esposa,
toda unida com Deus por amorosa
a Cristo adoro em vós por transformada.
É bem que as chagas da paixão sagrada
vos imprimisse na alma venturosa,
que se ela é centro da afeição piedosa,
seja arquivo também da dor amada.
Se as chagas que vos dota foram pagas
com que o mundo remiu; hoje dissera
(tanto impossível sacro amor estragas)
Que se o remis mais almas não tivera
só por vossa alma pretendera as chagas
só por remir vossa alma padecera.

À MESMA SANTA ESTANDO EM SUA MÃO SEMPRE VERDES AS FLORES QUE SE LHE PÕEM EM DIA DE SUA FESTA
Soneto CVI

Feito dossel de plantas superiores
    reinava com Favônio mais sereno
    tendo por corte o campo Damasceno
    tendo por cetro os cravos brilhadores.
A primavera isenta dos rigores
    com que o tempo dos maios é pequeno,
    sendo imortal o paraíso ameno,
    sendo Perpétuas as perpétuas flores.
Em vós as flores por divina traça
    conservam sempre seu fermoso riso
    nem receiam do inverno a vil desgraça:
Publique o mundo pois com douto aviso
    que Santa sois na primitiva Graça,
    que em vós renova Deus o Paraíso.

À CAPELA DA TRANSFIGURAÇÃO QUE FEZ O AUTOR NO SEU ENGENHO DE TARARIPE
Soneto CVII

Dediquei-vos Senhor esta capela
    da Transfiguração que se apelida
    em oitavada forma tão luzida,
    que parece do campo breve Estrela.
Pedro que nos afetos se desvela
    com três moradas fácil vos convida
    pelo engano da glória apetecida
    porque sem padecer a glória anela. →

Porém se nas ações transfiguradas
    vejo a Trindade, em vosso ser Divino
    à voz do Céu, e à nuvem comparadas:
Direis na devoção com que me afino
    se não fiz como Pedro três moradas
    ũa morada fiz para Deus Trino.

À CAPELA QUE FEZ O AUTOR DA INVOCAÇÃO NOSSA SENHORA DAS BROTAS NO SEU ENGENHO DE JACUMIRIM
Soneto CVIII

Esta Igreja Senhora obsequioso
    da invocação das Brotas vos dedico,
    e se da graça sois Tesouro rico
    vos servirá de cofre venturoso.
O favor que fizestes milagroso
    ao lavrador humilde significo,
    que sentindo da vaca o dano inico
    pela desdita veio a ser ditoso.
Mostrais neste prodígio celebrado
    que qual bruto animal com vil caída
    o pecador se vê morto, e prostrado;
Mas quando a vosso amparo se convida
    o livrais das barrocas do pecado,
    e lhe dais pela graça nova vida.

À EXALTAÇÃO DA CRUZ
Soneto CIX

Tomando o Persa o sacrossanto lenho,
    da Cidade infeliz vitorioso →

o colocou no Trono majestoso
   fazendo do poder soberbo empenho.
Recorre Heraclio com devoto engenho
   vendo seu Povo aflito e lastimoso
   ao Senhor das vitórias poderoso
   para ter da vitória o desempenho.
Dá-se a batalha, e quando o dano aplico
   fica a gente do Persa destroçada,
   por roubarem cruéis o lenho rico:
Fica pois (sendo a cruz recuperada)
   qual cego Filisteu o Persa inico,
   qual Arca esclarecida, a Cruz sagrada.

À QUARTA-FEIRA DE CINZA
Soneto CX

Lembra-te homem que és pó, e em pó tornado
   serás, que o mesmo ser já tens perdido
   porque na brevidade de haver sido,
   somente o nada tens, de que és formado.
Considera-te morto e sepultado
   antes que em pó te vejas destruído,
   veste a mortalha a teu mortal sentido,
   abre a cova a teu ser mortificado.
Olha a terra, olha a cinza, por que imites
   as memórias dos santos penitentes
   e o mesmo exemplo da virtude excites:
Se em ti sentes a terra, e a cinza sentes,
   põe por terra teus cegos apetites
   faze em cinza teus brios insolentes.

À SEXTA-FEIRA DE PASSOS
Soneto CXI

Olha os passos, que dás Homem perdido
    que corre os passos, Deus, por teu pecado,
    esses passos que dás todo enganado
    são passos da vaidade, que hás seguido:
Toma a Cruz, e nos passos advertido
    não dês os passos no caminho errado,
    que para dar os passos acertado,
    não desmaies nos passos de sofrido.
Nos passos desta vida transitória
    segue os passos de Cristo, se te agrada,
    alcançar pelos passos a vitória:
Seja nos passos da virtude amada
    dos passos a baliza, a eterna glória,
    dos passos do bordão, a Cruz sagrada.

EXORTAÇÕES VIRTUOSAS
Soneto CXII

Veste o escudo da fé na humana sorte,
    vence, lida, padece, chora, e sente
    que o triunfo será mais excelente,
    quando a batalha for, mais dura, e forte.
Olha que está sujeita ao breve corte
    inda que a flor da vida mais se alente
    e merecendo o Inferno torpemente,
    outra morte terás, depois da morte.
Vive só confiado em Deus eterno
    inda que Inferno seja a transitória
    tribulação que tens no peito interno: →

Adverte pois, na troca tão notória
    que na glória do mundo tens o Inferno,
    que no Inferno do mundo tens a glória.

A ŨA CAVEIRA
Soneto CXIII

Esta, que vês Caveira pavorosa!
    este, que vês assombro denegrido!
    este que vês retrato carcomido!
    esta que vês pintura dolorosa!
Esta que vês batalha temerosa!
    este que vês triunfo repetido!
    este que vês Castelo destruído!
    esta que vês Tragédia lastimosa!
Esta enfim te apregoa a desventura
    com o mudo pregão de teus enganos
    para buscar a vida mais segura:
Se olhos não tem, nem língua em breves anos,
    nesta cegueira vês tanta loucura,
    ouves neste silêncio os desenganos.

ÀS LÁGRIMAS DEVOTAS
Soneto CXIV

Lágrimas se derramem, que o pecado
    sabem lavar com sentimento puro
    que não há nódoa negra, ou rasto impuro
    que não seja das lágrimas lavado.
Chorou Davi, e foi santificado
    chorou Pedro, e ficou no amor, seguro, →

Madalena chorou, e o fogo impuro
em puríssimo fogo foi mudado.
Ficam no amor as almas mais absortas
 quando as lágrimas correm sucessivas
 sendo portas do Céu, do pranto as portas.
Cresce a graça nas lágrimas ativas
 que se as culpas mortais, são águas mortas,
 as lágrimas da dor, são águas vivas.

PONDERAÇÃO DA VIDA HUMANA
Soneto CXV

Homem que queres?   vida regalada:
 vida que solicitas?   larga idade:
 idade que procuras?   liberdade:
 liberdade que logras?   prenda amada:
 prenda que conta fazes?   conta errada:
 conta que somas já?   pouca verdade:
 verdade que descobres?   a vaidade:
 vaidade que pretendes?   tudo e nada:
 tudo que ganhos dá?   perda notória:
 perda que vem a ser?   de Deus eterno:
 Deus que vida nos presta?   transitória:
 transitória que aspira?   ao Céu superno:
 Céu que nos oferece?   a eterna glória:
 glória que nos evita?   o triste inferno

AO CONTÁGIO DAS DOENÇAS
Soneto CXVI

Senhor, se nos castigos fulminados
    intentais a vingança merecida
    terá seu fim Senhor a humana vida
    mas não terão seu fim nossos pecados.
Bem conheceis os ânimos errados,
    a inclinação dos homens distraída
    onde mora da carne a torpe lida,
    onde nascem do mundo os vãos cuidados.
Bem que seja Senhor a culpa nossa
    nem por isso negueis vossos favores
    e mais que vós, a culpa vil não possa.
Não derrubeis aos homens com furores
    que derrubais Senhor a imagem vossa
    e contra vós mostrais esses rigores.

AFETOS JACULATÓRIOS
Soneto CXVII

Quem pudera Senhor sempre atender-vos!
    quem pudera Senhor sempre agradar-vos!
    quem pudera Senhor sempre buscar-vos!
    quem pudera Senhor sempre querer-vos!
Quem me dera meu Deus nunca ofender-vos!
    quem me dera meu Deus nunca agravar-vos!
    quem me dera meu Deus nunca deixar-vos!
    quem me dera meu Deus nunca perder-vos!
Oh quem pudera nunca resistir-vos
    da terra desprezando a doce guerra
    para em meu peito sempre possuir-vos: →

Mas ai! que tal miséria em mim se encerra
que se largá-la quero por seguir-vos,
a terra pega em mim, por ser da terra.

RESPOSTAS
Soneto CXVIII

De terra sou, porém no entendimento
tenho de Anjo a Celeste Jerarquia
e se da carne o ardor me desafia,
da Caridade o ardor me causa alento.
Se além da carne o mundo por violento
seus favores políticos me envia,
proponho da esperança a eterna via
que é dos caducos bens esquecimento
Se me atiça o Demônio furibundo,
da fé me valho; e o venço com pujança
e desta sorte busco a Deus jucundo.
Pelo que com segura confiança
me livro do Demônio, carne e mundo,
na Fé, na Caridade, na Esperança.

CONTRA OS PECADOS DE TODO O MUNDO
Soneto CXIX

Meu Jesus, meu Jesus, meu Deus querido!
contra vós todo o mundo levantado;
o Gentio, o Hebreu, o Mouro errado,
falso o Herege, o Católico perdido.
Não podeis evitar sendo ofendido
tanto vício mortal! tanto pecado! →

ou é, que na piedade estais atado,
    ou é, que vos prezais de ser sofrido.
Mas se no sofrimento, ou na piedade,
    detendes o castigo da injustiça,
    não vos pode culpar nossa impiedade.
Antes se por sofrer-nos, mais se atiça,
    condenando no fim nossa maldade
    glorificais melhor vossa justiça.

DEPRECAÇÃO ALEGÓRICA, OU ANAGÓGICA
Soneto CXX

Se morto estou no estado de Babel
    ressuscitai-me já como em Naim,
    já não quero adorar a Baalim
    que em vosso culto sou Zorobabel;
Dai-me Senhor a casa de Betel
    sobre o monte celeste de Abarim,
    não me deis os castigos de Eufraim,
    que a glória espero ver de Ezequiel.
Pretende despojar-me Leviatã
    da vinha mais feliz que a de Naboth,
    e que tenha o suplício de Datã.
Pequei pequei (Senhor de Sabaoth),
    mas obedeço às vozes de Natã,
    e já deixo os enganos de Astaroth.

CONTRA O PECADO DA SOBERBA
Soneto Esdrúxulo CXXI

Despreza o temporal, busca o Monástico
    seja honra tua, objeto Teológico,
    que se argumentas nelas como lógico
    fazes do lodo vil, primor fantástico.
Ou Leigo sejas, ou Eclesiástico
    com todos és igual, és Analógico,
    busca pois o sentido Tropológico,
    se queres ser do Céu Douto Escolástico
Teu corpo pode ser um Paralítico,
    bem que na Presunção queiras ser Célico,
    e do mundo enganoso atroz político.
Antes sendo pacífico e não bélico,
    na soberba te vês Demônio crítico,
    e na humildade tens estado Angélico.

CONTRA OS HEBREUS
Soneto CXXIV*

Povo ingrato, infeliz por que abraçaste
    de tantos anos mil, ũa esperança?
    sendo que, de Moisés pela tardança
    de breve tempo, ao mesmo Deus deixaste.
Do cetro de Judá nota o contraste
    sendo que por divina confiança
    não podia acabar tanta pujança,
    até unir o Messias que esperaste: →

---

* No manuscrito, a numeração passa de CXXI para CXXIV.

Deixa pois da perfídia o desacerto
   crê logo no Messias encarnado:
   que Cristo o seja, é da verdade acerto:
Que um homem pobre, humilde, em cruz cravado,
   a não ser de Deus vivo, filho certo,
   não podia por Deus ser adorado.

CONTRA OS HEREGES
Soneto CXXV

Que Lei segues soberbo Calvinista?
   que Igreja formas cego Luterano?
   que Deus adoras pérfido Arriano?
   que fé procuras vário Donatista?
Não sabes tu que na imortal conquista
   quem é Cristão submete o ser humano:
   e se um Deus reconhece soberano,
   na unidade da fé também se alista.
Não queiras obstinado que se veja
   tua fé, tua lei, sem forma algũa
   com que o Juízo teu em vão peleja.
Olha que a fé, e a Igreja há de ser ũa
   mas se tens outra Lei, tens outra Igreja,
   e se tens vária fé, não tens nenhũa.

MANIFESTA-SE A VINDA DE CRISTO PELA
MESMA INSENSIBILIDADE DAS CRIATURAS
Soneto CXXVI

Todo o mundo insensível reconhece
   que é já vindo o Messias prometido →

o Céu, tendo ũa estrela produzido
    entre os Magos Gentios o conhece.
O Mar bravo tranqüilo se oferece
    quando Pedro se viu no mar metido:
    o vento sibilante, emudecido,
    a seus sacros preceitos obedece.
Morrendo: fica a terra estremecida,
    o sol eclipsa os raios tenebroso,
    toda a pedra de dor fica partida:
E finalmente o Inferno temeroso
    os mortos restitui à melhor vida
    e teme ao Autor da vida poderoso.

OITAVAS

À CONCEIÇÃO DA SENHORA

1

Soberana Senhora imaculada
    do tributo de Adão fostes isenta,
    pois por boca do Céu sois nomeada,
    cheia de graça, entre as mulheres benta:
    se outra coisa não pode ter entrada
    no lugar que por cheio se contenta
    sendo cheia de graça em vosso Estado,
    não cabia lugar para o pecado.

2

Nasce a lua no Pólo refulgente,
    porém descobre manchas na beleza; →

nasce a rosa no campo gentilmente
porém produz de espinhas a vileza:
mas vós nasceis mais bela, e mais luzente
no céu, ou campo de maior grandeza,
que fostes preservada em Mãe fermosa
sem manchas Lua, sem espinhas Rosa.

3

Qual Aurora que em tenra fermosura
    pintando as Nuvens de purpúreas cores
desterra o descortês da sombra escura
aos golpes de recentes resplandores:
vós também concebida em graça pura
como Aurora em puríssimos candores
desterrastes co'a luz, que vos assiste,
da culpa original a sombra triste.

4

No zenith celestial da Quarta esfera
    brilhando o sol com brio reluzente
não há sombra, vapor, nuvem severa,
que ofusque os raios do Planeta ardente:
sendo vós sol também em quem se esmera
alto Zenith da graça preminente,
não se podia opor a tanta altura
vapor vil, nuvem torpe, sombra impura.

5

Qual a sarça que obrou seus luzimentos
    no monte Horeb em fúlgidos ardores, →

onde o fogo cresceu sem nutrimentos,
e respeitou devoto seus verdores:
tal vós (quando do Inferno os ardimentos
quiseram desluzir vossos primores)
brilhastes pura, tendo na inteireza
ela, intacto o verdor; vós, a pureza.

6

Em carroça de fogo rutilante
   sobe Elias aos céus arrebatado,
e quebrando da morte a Lei constante
ficou da Lei da morte preservado:
da mesma sorte, vós, ficais triunfante
da culpa original (em fogo amado
da Graça celestial que vos desculpa)
livre Elias da morte, vós, da culpa.

7

Tomando corpo humano Deus eterno
   de vossa carne se vestiu piedoso;
e com dobrado horror do mesmo inferno
fostes Virgem no parto milagroso:
não é muito também que o céu superno
vos livrasse do feudo lastimoso
que não é menos na igualdade bela
imaculada mãe, que mãe donzela.

8

Sois da Trindade templo generoso
   em que não pode haver mancha mais leve, →

sois mãe santa de Cristo poderoso
a quem candor puríssimo se deve:
sois esposa do Espírito amoroso
a quem profana trévoa não se atreve
com que vindes a ter pureza honrosa
ou por templo, ou por mãe, ou por esposa.

9

Sacramentado Cristo em corpo humano
    que de vós recebeu Virgem sagrada,
    naquele sacrifício soberano
    fica hóstia pura, e hóstia imaculada:
    logo não pode haver vício profano
    que a mesma carne sois sacramentada
    assim que celebramos com ventura
    que é pura a conceição, e a hóstia pura.

A SÃO FRANCISCO
Oitavas

1

Quem tivera ũa Musa sublimada
    quem levantara os versos mais sonoros
    para louvar-vos a virtude amada
    com doce canto dos celestes coros:
    mas se ser pobre, e humilde vos agrada,
    terá meu verso de aplaudido os foros
    porque haveis de estimar Francisco santo
    se a veia, pobre for; se humilde, o canto.

2

Buscastes o presépio desabrido
　　porque só nele achais o nascimento,
　　que antes de ter os logros do sentido
　　fizestes para Deus merecimento:
　　neste assombro de pobre esclarecido
　　imitastes de Cristo o mesmo intento
　　e nesta ação fizestes amorosa
　　da Cidade de Assis, Belém ditosa.

3

A primeira virtude que estimastes
　　da Caridade foi, o afeto vivo,
　　dos vestidos mais rotos vos ornastes
　　e vestistes os pobres compassivo:
　　dos galhardos adornos desprezastes
　　a gala que deseja o mundo esquivo
　　porque se torna por mortal tributo
　　gala de vício, da virtude luto.

4

Vosso pai combatido da avareza
　　não quer que useis da franca atividade,
　　que o vento popular da vã riqueza
　　apaga a nobre Luz da Caridade:
　　até que lhe largastes com grandeza
　　da herança natural a faculdade,
　　e tomando outro pai com melhor sorte
　　rompeis da natureza o laço forte.

5

Na visão dos armígeros soldados
    vos excita o valor para outra guerra
    porque com vossos filhos alistados
    sois terror do Demônio em toda a terra:
    e para ter os vícios superados,
    que o peito humano como fraco encerra
    nas três ordens devotas que formastes
    três esquadrões armados ordenastes.

6

Quando se via a Igreja generosa
    nos contrastes de Hereges perseguida
    e sendo por si mesmo poderosa
    estava em seu temor quase caída:
    vós alentais com força milagrosa
    a pôr os ombros nela em toda a vida
    e sendo céu a Igreja militante,
    fizestes deste céu, melhor Atlante.

7

Desprezando os encantos da riqueza
    seguistes do Evangelho a lei Divina
    fazendo tal estado da pobreza
    que parece difícil a doutrina:
    e vendo que o Evangelho na pureza
    ou se esquece no mundo, ou não se afina
    instituindo novo Apostolado,
    renovais o Evangelho sepultado.

8

Do lascivo apetite combatido
    vos propõe o Demônio essa maldade,
e vai buscar no Inferno escurecido
    o fogo, para arder a castidade:
porém contra o Demônio enfurecido
    vos armastes da mesma santidade
e lhe opusestes quando mais se atreve
contra os tiros de ardor, balas de neve.

9

Saístes a campanha no deserto
    com rico adorno de uma capa pobre,
e levantando a voz com douto acerto
    clamava vossa voz ao Rei mais nobre:
os rústicos cruéis com desacerto
    golpes vos dão que vosso peito encobre,
e se o Deserto vossa voz conquista
fostes da lei da graça outro Batista.

10

Compassivo da pena lastimada
    que o Pobre de Espoleto padecia
lhe beijastes a boca encancerada,
    como se fosse flor de Alexandria.
Se com ósculo vosso foi livrado
    daquela chaga atroz que apodrecia
um ósculo que destes amoroso,
ósculo pareceu do sacro Esposo.

11

Qual Elias em carro luminoso
    aparecestes sol resplandecente
    e inflamastes o espírito amoroso
    de vossos filhos com fervor ardente:
    se Elias se mostrou da lei zeloso
    vós zeloso da lei sois igualmente
    se bem zelo melhor em vós se excita
    da lei da graça, em vós; nele, da escrita.

12

Tomando a penitência por empresa
    o povo à vossa voz se convertia,
    entre todos seguiu esta aspereza
    de clara santa a nobre companhia:
    aquela que do nome, e da pureza
    fez no mundo fermosa simpatia
    que foi por graça e profecia rara
    no ventre Luz, no nascimento Clara.

13

Pregando doutamente a lei sagrada
    com tanta perfeição, com tanto exemplo,
    deixa o Poeta a Musa celebrada
    e busca o canto do celeste templo:
    se ele vos vê com uma e outra espada
    Apóstolo de Cristo vos contemplo,
    pois mostrastes seguindo as vozes suas
    no vosso Apostolado, espadas duas.

14

Do Soberano Espírito movido
    para escrever a regra mais amada
    subistes fervoroso ao monte erguido
    como Moisés na lei por Deus ditada:
    porém depois havendo-se perdido
    outra vez a escreveis avantajada
    e neste exemplo igual, Deus nos ensina
    que vossa regra santa, é Lei Divina.

15

A vosso aceno peixes se comovem,
    ao vosso obséquio Brutos se oferecem,
    às vossas vozes pássaros se movem,
    os ardores do fogo em vós se esquecem:
    os homens de seus erros se removem,
    a vosso império todos obedecem;
    Deus enfim no sensível e insensível
    pôs em vós todo o império do possível.

16

De vossos filhos junta a turba ingente
    não havia sustento para tantos
    mas para dar sustento a tanta gente
    bastavam para vós desejos santos:
    com Cristo parecestes igualmente
    (tendo de graças mil, doces encantos)
    pois ministrando o pão, que se acrescenta,
    a multidão dos filhos, se sustenta.

17

Em lugar ermo sendo convocados,
    o vinho vos faltou para o convite,
    mas demitistes logo esses cuidados
    que a vós o mais difícil se permite;
    e por que nada falte aos convidados
    d'água o vinho fazeis, por que se imite
    o milagre de Cristo; e nesta empresa
    mudastes do elemento a natureza.

18

Aquela escada de Jacó famosa
    em que subiam Anjos, e baixavam
    mostrando nesta lida generosa
    que diligentes no serviço estavam:
    em Francisco se iguala misteriosa
    que na escada do amor passos formavam
    pois qual Anjo, no amor a Deus subia,
    e neste amor, ao Próximo descia.

19

Chama os filhos assim com forte alento
    que são de seu amor mais alta prenda,
    e fazendo solene testamento
    a Regra que lhes deu, lhes encomenda:
    no chão se prostra na pobreza atento
    fazendo da nudez rica fazenda
    e deixou a seus filhos vinculada,
    por Morgado, a pobreza mais prezada.

20

Foi Patriarca os filhos procriando,
   foi Divino Profeta do futuro,
   foi do Evangelho Apóstolo admirando
   foi forte Mártir no desejo puro:
   foi Doutor preclaríssimo ensinando
   o caminho da glória mais seguro,
   foi confessor insigne na aspereza
   e foi perpétuo Virgem na pureza.

21

Porém já me confundo suspendido
   levanta, Sacra Musa, o pensamento
   para louvar o pasmo nunca ouvido
   em que Cristo ostentou maior portento:
   que Criatura? que Anjo esclarecido?
   tivera tão feliz merecimento,
   que recebendo as chagas neste mundo
   ficasse no favor, Cristo segundo?

22

No monte Alverne todo transportado,
   na sagrada paixão todo embebido,
   Francisco a Cristo viu crucificado
   em Seráfica forma aparecido:
   as chagas lhe imprimiu com tanto agrado
   que naquela impressão ficou ferido,
   e padecendo a dor no sofrimento
   foi verdadeiro mártir no tormento.

23

Porém neste Mistério soberano
    a Cristo se avantaja milagroso
    que inda que tem Francisco o ser humano
    neste martírio o excede venturoso:
    em Cristo se sentiu o desumano
    instrumento do ferro, e lenho honroso,
    porém o mesmo Cristo mais atento
    de seu martírio, foi, vivo instrumento.

24

Na cruz recebe Cristo as chagas puras
    e nelas padeceu rigor inteiro,
    que foram para o pai pagas seguras
    com que remiu do mundo o cativeiro:
    estas Francisco as toma com doçura,
    e nelas verte sangue verdadeiro,
    e se pode dizer com fé sincera,
    que redentor do mundo se venera.

25

Luta Jacó com Deus, e valeroso
    e não quis demitir do braço forte,
    até que o não fizesse generoso
    da divina benção feliz consorte:
    mas com Deus tem Francisco poderoso
    de outra luta melhor mais alta sorte
    que ele só de Israel teve os louvores
    mas Francisco das chagas os primores.

26

Fez o Divino pai ũa escritura
    na Cruz de Cristo com piedoso intento,
    sendo do sangue seu, a tinta pura,
    escrito o amor, com pena do tormento:
    mas como para a pátria mais segura
    o Verbo se partiu sanguinolento
    quis deixar em Francisco Autenticado
    em falta de escritura, seu traslado.

27

Representa Francisco glorioso
    a Cristo, tendo as chagas recebido,
    e neste desempenho portentoso
    fica do eterno pai filho querido:
    se a Cristo representa, o misterioso
    sacramento do Altar, sempre aplaudido;
    e se em Francisco está representado
    em Francisco se vê sacramentado.

28

Das chagas de seu Mestre duvidoso
    se mostrava Tomé, mas sendo visto
    da maior fé mostrou o timbre honroso
    pois confessou por Deus ao mesmo Cristo:
    mas se em Francisco vira venturoso
    de Cristo as chagas com favor revisto
    a Francisco dissera, equivocado,
    Meu Deus, e meu Senhor ressuscitado.

29

Paulo que foi da fé vaso escolhido
    todo enlevado em Cristo, parecia,
    que o tinha no seu peito renascido
    e sem o ver, no mesmo peito o via:
    teve as chagas também favorecido
    porém foi com diversa simpatia
    que Paulo as teve só na sacra mente
    mas Francisco as logrou corporalmente.

30

Mas que digo, Francisco, se no intento
    de louvar-vos me vejo decaído;
    amaino as velas já do entendimento
    que temo em vosso mar ser submergido
    se merecestes o Celeste assento
    de Serafim, por outro o ter perdido,
    cantem somente para encômios tantos
    do Santo Serafim, Serafins Santos.

À ANUNCIAÇÃO DA SENHORA
Canção

1

Neste amoroso extremo,
    que soube unir em vós um Deus Supremo
    Gabriel verdadeiro
    é forte mensageiro ➔

se é Gabriel de Deus a fortaleza
mostra que é de um Deus forte, esta fineza.

2

E tendo-vos roubado
    de Deus o coração de namorado
    era justo que amante
    se unisse em vós constante
    e viesse buscar quando o roubastes
    o mesmo coração que lhe tomastes.

3

Nesta embaixada agora
    escrava quereis ser sendo Senhora,
    e para gosto nosso
    deste um *fiat* vosso,
    e com esta palavra sobre-humana
    concebeis a Palavra soberana.

4

Oh que estranha verdade!
    Se fazeis a grandeza da humildade:
    sois bem-aventurada
    pela humildade amada;
    cheia de graça sois sem culpa feia
    se lua pareceis, sois lua cheia.

5

Sendo mãe e donzela
    fostes intacta sempre, e sempre bela →

na vossa fermosura
vos inteirastes pura
que o Sol divino entrando com presteza
fez Cristal transparente da pureza.

6

Singular sem exemplo
    Propiciatório sois do eterno templo
    e para ilustre abono
    servis a Deus de trono
    e sois neste Mistério venerado
    Arca do testamento, Horto cerrado.

7

Aquele anunciado
    aquele dos profetas desejado,
    veio dos céus à terra
    e em vós virgem se encerra,
    de maneira que os céus que já se movem,
    estilam o rocio, ao justo chovem.

8

Do sacrossanto Esposo
    tálamo casto sois bem que oloroso,
    sois terra enobrecida
    que aos homens produziu fruto de vida,
    sois incorrupto cedro em corpo e alma,
    oliva verde sois, fecunda palma.

9

Sois Núncia brilhadora
   sois do Sol da justiça tenra Aurora:
   sois da pérola fina
   ũa concha divina:
   e na carne de Cristo concebida
   Nuvem cândida sois, vara florida.

10

Que língua copiosa
   explicar poderá Virgem ditosa
   aquele doce efeito
   que entrou em vosso peito
   que inflamação vossa alma sentiria!
   que resplandor! que pasmo! que alegria!

À QUINTA-FEIRA MAIOR
Canção

1

Meu Senhor soberano
   humano em vosso ser, conosco humano,
   antes de vossa morte
   nos dais ditosa sorte
   pois nos logros da Ceia prevenida
   buscais a morte, e nos deixais a vida.

2

Qual Pelicano amante
    no amor valente, no valor, constante,
    verte o sangue copioso
    por dar pasto amoroso
    a seus filhos: tal vós no sacramento
    o sangue derramais, dais o sustento.

3

Em tão feliz ventura
    mais que Maná do Céu, mana a doçura;
    e no pão venerado
    pão dos Anjos Sagrado
    unistes três contrários verdadeiro
    pois sois Pastor, sois Pão, e sois Cordeiro.

4

Sabendo neste extremo
    o trânsito preciso ao Céu supremo
    dais da glória futura
    a prenda mais segura
    e quereis quando ausente, que se entenda
    que como amante nos deixais a prenda.

5

Querendo humildemente
    lavar os pés de Pedro reverente
    em favor tão notório
    recusa o lavatório:
    porém depois em vossas mãos aceito
    teve o poder dos Céus, aos pés sujeito.

6

E com afeto grato
   ao discípulo, falso, cego, ingrato,
   os pés lhe estais lavando
   e nesta ação mostrando
   (que é coisa que no mundo não se admira)
   a verdade prostrada da mentira.

7

Nos retiros do Horto
   pronto o espírito, a carne sem conforto
   gota a gota estilando
   o sangue estais suando,
   e fica nestas ânsias amorosas
   o Monte de Olivete, horto de rosas.

8

O Peito atraiçoado
   disfarçando o discípulo malvado,
   vos beija falsamente
   mas vós como inocente
   correspondeis, e a um tempo unido vejo
   ao beijo da traição, da paz o beijo.

9

Quando Judas empreende
   a vil infâmia, aos Fariseus vos vende
   mas considero agora
   que nesta ação traidora,
   por ver escravo ao mundo distraído,
   quisestes como escravo ser vendido.

10

Em tanto malefício
    preso quisestes ser para o suplício,
    mas vendo o mundo errado
    solto em tanto pecado
    quisestes por nos dar melhor ventura
    aceitar a prisão, pela soltura.

11

Com vosso amor Divino
    até morrer por nós vos vejo fino:
    vossa afeição antiga
    a tal fim vos obriga
    que por teres amado, nos amastes
    e em vosso amor, o amor multiplicastes.

À ASSUNÇÃO DA SENHORA
Silva

Subindo Cristo aos céus deixou na terra
    a Virgem soberana em que se encerra
    que na ausência do Sol, que o mundo enluta
    ficou como Planeta, substituta:
    Se já não é que na pequena Igreja
    a seus peitos deseja
    dando-lhe o leite da virtude pura
    a seus peitos criá-la com doçura.
Vendo-se pois Maria em longa idade
    sentindo a saudade
    de seu filho, em que está mais satisfeita
    ânsias sente, ais respira, a vida enjeita. →

Recosta-se na cama alegremente
    por conhecer da morte o fim presente,
    onde logra com fácil aspereza
    o rico travesseiro da pobreza:
    o cobertor de seda da humildade,
    o cândido lençol da castidade.
No monte de Sião por vários modos
    acodem logo todos
    na casa em que fez Deus para portento
    aquele incompreensível Sacramento,
    que para ser três vezes nosso amigo
    fez em si, fez por si, e fez consigo.
Esperando a seu filho no aposento
    põem logo o luzimento
    de limpíssimas velas
    que ensaiar-se podiam para estrelas;
    porém junto do Sol que respeitavam
    como estrelas as Luzes ocultavam.
Trazem logo os fiéis mais verdadeiros
    aromáticos cheiros,
    compõem Hinos devotos
    para cumprir o afeto de seus votos
    e quando pela Virgem choram tanto
    festa o nojo se vê, música o pranto.
Deseja que os Apóstolos sagrados
    que estavam pelo mundo derramados
    assistissem com ela; e de repente
    apareceram todos juntamente,
    sendo só por si mesmos convocados,
    que o amor sabe chamar com mudos
                                 [brados:
    ali lhes agradece o doce afeto
    olhando a todos com divino aspecto; →

e lhes brota a bênção tão regalada
e tão santificada
que somente por ela em logros tantos
puderam (se o não foram) ficar santos.
Neste tempo aparece o filho amado
oh que amor! oh que empenho! oh que
[cuidado!
e transportada em plácidos desvelos
desata de seu corpo os laços belos,
e sustentando o amor em que se esmera
entrega a alma, a quem a carne dera.
Morre Maria, e foi, morte ajustada,
que se da morte fora preservada
segundo nas virtudes se pondera
fora tida por Deus, se não morrera.
Os Anjos na alegria
levantam logo música harmonia,
dizendo em voz canora
quem é esta que sobe como Aurora?
fermosa como a Lua?
eleita como Sol, que a luz é sua?
terrível ao Demônio sempre armado,
como esquadrão nas praças ordenado?
Todos ali presentes
beijam os pés à Virgem reverentes
e naquele jardim de mais primores
lhe restituem flores;
com cheirosos ungüentos
ungindo de seu corpo os desalentos,
mas do corpo a fragrância parecia
que em cheiro todo o céu se derretia.
Sepultam logo o corpo com ternura
que inda que lhes pareça a sepultura →

daquele Sol tristíssimo ocidente
é de um Sol que se põe novo oriente.
Três dias os Apóstolos sagrados
junto ao Sepulcro estavam transportados,
e embebidos em tantas alegrias
lhes parecem três horas, os três dias.
Chegou depois Tomé que estava ausente
e aos Apóstolos pede instantemente
que o sepulcro se abrisse que queria
ver o sagrado corpo de Maria,
que também de seus olhos foram pagas
para a fé de Tomé de Cristo as chagas.
Aberta a sepultura com cuidado
nela se não achou o corpo amado
e somente se acharam lenços finos
que cobriram os membros cristalinos
e finalmente com dobrada palma
a Virgem ressurgiu em corpo e alma;
e sendo aquele corpo a nosso alento
Arca do testamento
não era justo fosse corrompida
e da grosseira terra carcomida.
Assim como os Leões não maltrataram
o corpo do profeta que admiraram,
assim também os bichos nesta empresa
no corpo sacro não fizeram presa;
e se a carne de Cristo ressurgida
é de Maria carne produzida,
desigualdade tal se não encerra
ũa nos céus estar, outra na terra.
Entra pois de seu filho acompanhada
na Celeste morada
onde se adora com fiéis agrados →

pelos Anjos, Arcanjos, Principados,
    onde a louvam com fáceis humildades
    Dominações, Virtudes, Potestades
Onde a respeitam para mais abonos
    os Serafins, os Querubins, os Tronos.

AO NASCIMENTO DE CRISTO
Redondilhas

Meu Jesus, meu Pequenino
    quero-vos falar de chança,
    como brinco de criança,
    como jogo de menino.
Este favor conhecendo
    estou vossa carne olhando,
    tão própria que está gritando,
    tão bela que está nascendo.
Com vossa mãe Virgem bela
    igualmente estais ornado,
    vós vos vestis de encarnado,
    ela carne de donzela.
Sempre teve o mundo falhas
    e por esse desprimor
    como é tão mau pagador
    vos pagou o mundo em palha.
Sois cordeiro e por melhores
    companheiros não se estranhem
    que os brutos vos acompanhem
    e que vos busquem pastores.
Vosso amor verdades lavra
    no que foi profetizado, →

porque sois verbo humanado
e sois homem de palavra.
Teme nosso desvario,
    que estais conosco enfadado,
    porque estais mui retirado,
    porque vos vejo mui frio.
Com felicíssimo agouro
    (Bem que Dezembro o não sente)
    entre o boi que está presente
    vejo ao Sol estar no Touro.
Entre o Sidéreo farol
    os Anjos com muita fé
    entoam do Rei o Ré,
    e cantam do Sol, o Sol.
Quando como aos mais humanos,
    estais de panos coberto,
    vos pôs o mundo em aperto
    e vos deu o mundo uns panos.
Neste retiro previsto
    de Belém considerei,
    que sendo filho de um Rei,
    vos vejo um pobre de Cristo.

À RESSURREIÇÃO DE CRISTO
Redondilhas

Sai do sepulcro vil
    tendo o corpo imperceptível,
    por claro, por impassível
    por ágil, e por sutil.
Do cárcere do profundo
    sai José singular →

não para o Egito salvar,
mas para salvar o mundo.
Sai Mardoqueu sagrado
    que o cruel Amã vencestes,
    e no madeiro o pusestes
    que vos teve aparelhado.
Sai Jonas venturoso
    do longo mar de agonias:
    ele glorioso aos três dias,
    vós aos três dias, glorioso.
Tivestes nesse conflito
    de Daniel as ações,
    ele invicto dos Leões,
    vós dos Demônios invicto.
Sai Moisés porque só
    com vida podeis sair
    para depois destruir
    o poder de Faraó.
Visitais a mãe sagrada
    que em volta com triste véu
    parece nublado Céu,
    parece Lua eclipsada.
Sinais das chagas deixais
    como Capitão valente,
    porque as chagas igualmente
    são da peleja sinais.
Muito se alegra minha alma
    pois vos vejo meu Jesus,
    não entre os ladrões em cruz,
    mas entre os Anjos com Palma.
Se ela assim vos vê, se excita,
    que aprendendo esse favor,
    se crucifica na dor,
    e na graça ressuscita. →

Tendes do prêmio os alentos
   que é coisa justa e notória,
   que mereça tanta glória
   quem sofreu tantos tormentos.
Desceis ao limbo: a meu ver
   nos quisestes ensinar
   que para vos exaltar,
   quereis primeiro descer.
Se na terra entrais, se encerra
   que vosso trabalho é muito,
   pois para colher o fruito,
   quisestes entrar na terra.

À ASCENSÃO
Outras

Meu Deus, desejara ter-vos,
   e tanta ausência estorvar-vos,
   vede, que morro de amar-vos,
   olhai, que vivo de ver-vos.
Vós ausentai-vos? mas não:
   que era para mim desdouro:
   porque se sois meu tesouro
   em vós tenho o coração.
Mas se vosso amor me deixa
   ouvi-me, Senhor, atento,
   que as vozes do sentimento
   são desafogos da queixa.
Se vos quereis apartar
   meu coração saudoso
   bate as asas de amoroso,
   e quer convosco voar. →

Se em ũa pedra deixais,
    vossos sinais por fineza
    sou também pedra em dureza
    ponde em mim vossos sinais.
Ide-vos, meu doce empenho!
    fico pobre, cego e mudo,
    se vos logro, tenho tudo,
    se me faltais, nada tenho.
Essa nuvem que a meus tiros
    se opõe rigorosamente,
    abrasem-na o fogo ardente,
    que vos lançam meus suspiros.
O coração me feris
    com esse nublado véu,
    e se partis para o Céu
    o coração me partis.
E partido significa
    que comigo sempre estais,
    que ũa parte me levais
    comigo outra parte fica.
Mas parece cruel erro
    e não piedade amorosa,
    ir para a pátria ditosa,
    e deixar-me no desterro!
Porém acertado é,
    que vos ausenteis, Senhor,
    por que afine meu amor,
    e só vos ame por fé.
E se somos verdadeiros
    herdeiros dessa esperança,
    tomais posse dessa herança
    em nome dos mais herdeiros.
Cesse a penosa memória
    subi já, nesse horizonte, →

                    não para o Calvário Monte
                    mas para o Monte da Glória.
                Suba, Senhor compassivo,
                    que do Inferno tendo as palmas
                    levais entre tantas almas
                    o Cativeiro cativo.
                E pois vencestes a guerra
                    entrai no Reino brilhante,
                    como Capitão triunfante
                    do Demônio, Carne, e terra.
                Na porta dos céus entrai
                    sem dificuldade algũa;
                    para vos abrirem ũa
                    cinco portas lhes mostrai.

            PECADOR ARREPENDIDO A CRISTO
                        CRUCIFICADO
                          Outras

            Meu Deus, meu Rei, meu Senhor,
                quando estais crucificado,
                docemente estais cravado,
                mais que de cravos, de amor.
            Esses cravos que instrumentos
                são da vossa paixão pia,
                fazem suave harmonia
                na música dos tormentos.
            Com beleza e sem alinhos
                coroastes, sempre belas
                à Igreja, de doze estrelas
                a vós, de muitos espinhos.
            Na Cruz liberal estais
                porque quando me quereis, →

vossos braços estendeis
rotas vossas mãos mostrais.
Se vejo o sangue preciso
das mãos, e pés venerados
são quatro rios sagrados
desse melhor Paraíso.
Quando os pecados altero
a mim mesmo me persigo
pois temo agora o castigo
de quem o remédio espero.
Se a morte temo por forte
mais me deve dar cuidado
a morte atroz do pecado
qual da frágil vida a morte.
Eu vivia, e recebia
do pecado a vil oferta?
se o pecado é morte certa
como pecando vivia?
Se de padecer me esqueço
para meus vícios vencer,
quem me dera padecer
tudo quando não padeço.
Ah Senhor para gozar-vos
quem de tudo se esquecera?
oh quem de amar-vos vivera!
oh quem morrera de amar-vos!
Quando trato de ofender-vos
com agravo repetido
sinto ver-vos ofendido,
e mais sentirei não ver-vos.
Se sois luz esclarecida
se sois vida, meu Jesus,
como cego, busco a luz
como morto, busco a vida. →

Meu Deus, nada dar-vos posso
    e se vos venho a faltar
    sinto não ter que vos dar,
    porque quanto tenho, é vosso.
Porém para meu intento
    por querer lisonjear-vos,
    para algũa coisa dar-vos
    vos dou este sentimento.
Quando a minha alma, Senhor,
    hoje em querer-vos se ordena
    não é por amor da Pena
    é somente por amor.
Tanto na minha memória
    vos amo, que antes me alento
    convosco estar em tormento
    que sem vós estar na glória.
Oh se vos amara tanto
    que vertera equivalentes
    se vós do sangue as correntes
    eu as correntes do pranto.
E quando as vejo vertidas
    lavais, para amparo nosso
    nos rios do sangue vosso,
    as manchas de nossas vidas.
E nesse ocidente estais
    qual sol posto entre fulgores
    ele de purpúreas cores
    vós de purpúreos sinais.
Cinco portas excelentes
    abris nas chagas ditosas
    para as almas gloriosas
    das cinco virgens prudentes.
Se estais nessa cruz cravado,
    exaltado; eu me convido, →

que hei de ser a vós trazido,
pois já vos vejo exaltado.
Em levantado horizonte
como cidade eminente
vos puseram justamente
patente a todos, no Monte.
Sois jardim de adorações
pois tendes obsequiosos
entre cravos amorosos
Angélicas submissões.
Todo nu, todo querido
quereis ter com todos trato;
mais que despido de ornato,
de todo o rigor, despido.
Essa árvore, que no amparo
de nossas almas se afina,
se outra foi nossa ruína
esta foi nosso reparo.
Oh que diferente há sido
de ambos o fruto gerado,
que naquela foi vedado
mas nesta foi concedido.
O Peito tendes aberto
porque em vosso amor constante,
quereis mostrar como amante
o coração descoberto.*
Já meu receio sofrega
já dos céus pretendo a luz,
se Amor vos prega na Cruz
dos céus a porta desprega.

---

* No original, após esta quadra, seguem-se dois versos riscados: "Que sois com maior fineza / sacerdote e sacrifício".

A SÃO JOÃO EVANGELISTA
Outras

João buscastes um meio
   para ser de Cristo amado,
   pois no peito reclinado
   fostes homem de seu seio.
Sois um Divino ladrão
   meu santo, pois satisfeito
   pela janela do peito,
   lhe roubaste o coração.
Mas se este roubo se afina
   com vossa fé sublimada,
   como sois Águia sagrada
   fostes Ave de Rapina.
Fostes da verdade espelho
   para nos dar claridade,
   e sempre falais verdade
   pelo sagrado Evangelho.
Um inimigo de Cristo
   virá contra vós, que o temo
   tão infame, como o Demo,
   tão mau, como um Anti-Cristo.
Por vós a coisa prevista
   por força há de suceder,
   que além de Profeta ser,
   dais em ser Evangelista.
A vós com vôos divinos
   sinal grande apareceu,
   como Astrólogo do Céu
   também entendeis de signos.
Ceia Cristo, e quando estréia
   com vós o amor singular, →

não sei quem vos quis culpar
lá pela bula da Ceia.
Porém sem embargo disto
com que ali vos invejaram,
inda que vos não mataram
fostes a cear com Cristo.

A SANTO ANTÔNIO
Outras

Com desvelo sobre-humano
dobrais dos céus o caminho,
que além de ser Agostinho,
quisestes ser Franciscano.
Com mais altas esperanças
o contraponto mais fino,
na solfa do amor Divino
quisestes fazer mudanças.
Entoastes as verdades
por compassos da afeição
com Máxima discrição
e com Mínima humildade.
Pretendeu o mundo em vão
vencer-vos, e na porfia
pondo-vos em cerco um dia
vos botou logo um cordão.
Quando o burel estimastes
na carreira do cuidado
com Francisco emparelhado
dizem lá, que encordoastes.
Todos veneram absortos
vossos milagres, porém
sem dizer mal de ninguém
desenterráveis os mortos. →

Até convosco não falha
   ũa Besta em seu abrigo
   porque vendo o melhor trigo
   desprezou a Besta a palha.
Contra Hereges inflamado
   vosso amoroso desvelo,
   se sois de Hereges Martelo
   sois de Amor amartelado.
Inda que ao Demo lhe pese
   aos treze dias vos dão
   obséquios; por ser varão
   que sempre está nos seus treze.
Qual ouro fino sem fez
   sendo de todos tratado
   nunca fostes enjeitado,
   que sois alfim Português.
Tendes a língua incorrupta
   e com graça celestial,
   língua, que tem tanto sal
   não podia ser corrupta.
Se me vejo em meus sentidos
   perdido, quero buscar-vos
   e não podeis admirar-vos
   que sois santo dos perdidos.

A SÃO JOÃO DA CRUZ, CARMELITA DESCALÇO
Outras

Meu João, sois muito amado,
   sois afável com o extremo,
   porém, quando orais, vos temo
   que sois muito arrebatado. →

E para mais estranhar
    os vôos, que pretendeis,
    dizem todos, que fazeis
    as vossas coisas no ar.
E dirão, que estando assim
    vosso espírito enlevado,
    que não é mui reportado
    e que está fora de si.
Com partes da perfeição
    estudando com fervor
    dava as partes vosso amor,
    por fazer certa a oração.
Não sei que briga ou desvelo
    com vós teve o mundo errado,
    pois creio que de enfadado
    vos deu o mundo um Capelo.
Na Religião sagrada
    fazendo da Cruz bordão,
    fostes por caminho chão,
    e deixastes a calçada.
Mas se vossa ação realço
    e nela bem considero
    temo, que o Demônio fero,
    vos há de apanhar descalço.
Qual Filósofo extremado
    buscais na Religião
    o estado da solidão
    por ser o primeiro estado.
Nos conventos nunca vário
    o Calvário vos conduz;
    como sois João da Cruz,
    amastes muito o Calvário.

DÉCIMAS

Mote

Hallo tanto, que querer
y estoy tan tierno por vos,
que si pudiera ser Dios
os diera todo mi Ser.

Glosa

Quien pudiera convertir
    el pecho en tanta afición
    que fuera en mi corazón
    lo mismo amar, que vivir:
    mas si quisiste sufrir
    siendo Dios en el poder
    tan amargo padecer
    digo, que en vuestro penar,
    cuanto veo que admirar,
    hallo tanto, que querer.

2

Mi cautiverio ganado
    hijo soy de Dios eterno,
    si antes era del Infierno
    por el feudo del pecado:
    pero ahora siendo amado
    somos como amigos dos
    y quisiera más veloz
    morir por vos desde aquí
    pues tan fino estáis por mí,
    y estoy tan tierno por vos.

3

Señor no tengo que daros
    que todo, Señor, es vuestro,
    pero mi amor como diestro,
    hace que os dá, por amaros:
    y si yo, para igualaros
    teniendo igualdades dos
    me viera Dios como vos,
    soy en amaros tan fino,
    que os diera mi ser Divino;
    ¿qué? si pudiera ser Dios.

4

De vuestras manos criado
    tengo mi ser dependiente,
    y si fuera independiente
    me quitara lo increado:
    antes quiero enamorado
    de vos, Señor, depender,
    que el ser Divino tener,
    y en amorosa ternura
    por ser todo vuestra hechura,
    os diera todo mi ser.

Mote

Sin Cruz no hay gloria ninguna
    ni con Cruz eterno llanto,
    santidad, y cruz es una,
    no hay cruz, que no tenga santo
    ni santo sin cruz alguna.

Glosa

Quien quiere a Cristo venir
    a Cristo deve imitar,
    su cruz procure llevar,
    sus pasos ha de seguir:
    el trabajoso sufrir
    por cruz en el pecho se una,
    para lograr más fortuna
    y en una, y otra victoria,
    con cruz es cierta la gloria,
    sin cruz no hay gloria ninguna.

2

No hay dolor, que en su porfía
    pueda durar lastimoso,
    quien siembra llanto penoso,
    ha de coger alegría:
    en la cruz de Dios confía,
    que es tan cierto el logro, y tanto
    su bien para nuestro canto
    que no hay para el buen Jesús
    ni con llanto eterna cruz,
    ni con cruz eterno llanto.

3

El Bautista con desvelo
    pregonó la penitencia,
    que del sufrir la paciencia
    es la escala para el cielo.
    De la santidad al celo →

la cruz no es cosa importuna
y con ella no repugna
antes con amor unido
es uno santo, y sufrido,
santidad y cruz es una.

4

Al santo por más ventura
le persigue el fementido,
porque siendo perseguido
en la santidad se apura:
la persecución procura
con tanta constancia, y tanto
ardor, que parece encanto,
y porque más le convenga
no hay santo, que cruz no tenga,
no hay cruz, que no tenga santo.

5

Con Cristo tanto se unía
el Serafín penitente
que Francisco juntamente
crucificado se veía:
en si la cruz imprimía
sin resistencia ninguna
mostrando desde la cuna
que en nuestra vida terrena
¡no hay bien sin alguna pena
ni santo sin cruz alguna!

ROMANCES

AO SANTÍSSIMO SACRAMENTO
Romance 1º

Para que tanto rebuço
    para que tanto disfarce?
    que se a pão sabe essa mesa
    que sois meu Deus, já se sabe.
Entre acidentes, que vejo
    na pequena quantidade
    tendes esses acidentes
    sentindo a febre de amante.
Bem que sois Juiz mui reto
    creio que o rigor se abrande,
    que para seres piedoso
    sois também de carne, e sangue.
Se sois Deus por pão dos homens,
    como pobre e miserável
    pão por Deus quero pedir-vos
    para poder sustentar-me.
Que regalada iguaria,
    tão esquisita e suave!
    ou se chame manjar branco
    ou papo de Anjos se chame.
Os que vos querem deveras
    vos amam com muito exame,
    bem que a bocados vos comem,
    bem que em fatias vos fazem.
Contra o Demônio inimigo
    nesta Igreja militante,
    se nos guarda o vosso Corpo
    Corpo da guarda o formastes. →

Lira sacra

Se estais partido, conosco
    quis vosso amor concertar-se,
    e por isso, a bom concerto,
    esse partido aceitastes.
Bem que sois de essência trina,
    nos dais, porque nos amastes
    de um remédio a quinta essência
    para curar nossos males.
Sois nesse Círculo breve
    Pontífice mais amante
    que muitas graças a todos
    só por um Breve outorgastes.
Coberto estais, e conheço
    que nesta punição notável
    justamente vos cobristes
    porque sois Senhor mui grande.
Inda que estejais exposto
    sempre oculto vos mostrastes,
    e quereis estar oculto,
    porque o culto vos não falte.
Dizei-me aqui, que fizestes?
    que coisa malfeita obrastes?
    porque estar preso em custódia
    sem ter culpa, é caso grave.
Vosso corpo está presente
    nesta oferta inestimável
    que como é mimo das almas
    quis por presente ofertar-se.
E se ele é memória vossa
    quisestes para lembrar-me
    que desse Divino dedo
    ùa memória ficasse. →

Nesta bebida gostosa
    que para todos pregastes,
    apregoastes bom vinho,
    bem que vos deram vinagre.
No Sacramento dissestes
    ūas palavras notáveis
    e falastes do mistério,
    se no mistério falastes.
Fazeis novo testamento
    e o primeiro revogastes,
    e sendo nuncupativo
    sei, que cerrado o deixastes.

À ASCENSÃO
Romance 2º

Que vos ides vida minha?
    ouvi-me Senhor um pouco,
    seja corrente meu pranto,
    para prender vossos vôos:
Se sois neste mundo triste
    minha luz, e meu esposo,
    sem vós já não logro o dia,
    sem vós fico já de nojo.
Deixais-me com tanta pena
    para subires glorioso?
    não queirais ter tanta glória
    à custa de meu desgosto.
Parai, não vos vades, não,
    de vós mesmo, sois estorvo,
    porque dizem, que sois pedra
    para subir pressuroso. →

Levais-me a vida roubada
    e me fugis rigoroso?
    olhai que posso queixar-me
    que me fizestes um roubo.
Se sois tesouro das almas
    sinto um roubo tão notório
    que roubada vossa vista
    me roubastes um tesouro.
Façamos pois um concerto
    se vos ides desse modo,
    mandai-me ver nesta ausência
    pelo Espírito amoroso.
Assim o creio, também
    por vosso interesse próprio,
    porque são delícias vossas
    habitar sempre conosco.
Ide pois para esse Empíreo
    para que eu reine convosco
    que não é menos que um Reino,
    o que prometeis a todos.
Mas já vejo a cruel nuvem
    que vos tira de meus olhos,
    como cortina que cerra
    de tanto Monarca o trono.
A Deus, a Deus, vida minha
    que já falar-vos não posso
    porque se a vida me falta,
    faltar-me a voz é forçoso.

À VINDA DO ESPÍRITO SANTO
Romance 3º

Vinde, Espírito Divino,
    respiração soberana
    por que voem nossos rogos
    e respirem nossas ânsias.
Como trovão do Céu puro
    entoastes vossa entrada
    que a tempestades de glórias
    da graça o trovão não falta.
Partido em línguas ardentes
    sobre as cabeças sagradas,
    vos sentais, porque de assento
    quereis gozar nossas almas.
Hoje trocais docemente
    de Babel as arrogâncias,
    que se este fez várias línguas
    hoje fazeis línguas várias.
E com grande diferença
    que naquelas por jactância
    ficou a fala confusa
    nestas entendida a fala.
Oh que Amor! oh que doçura!
    oh que fonte de abundâncias!
    oh que enchente de favores,
    que o campo do peito alaga!
Se no princípio do mundo
    nas águas tínheis morada,
    sobre os mares de Maria
    achastes melhores águas. →

Aos Apóstolos fizestes
    para a empresa sacrossanta,
    de pescadores de redes
    da Nau da Igreja Argonautas.
Entre ditosos incêndios
    o Cenáculo se abrasa,
    como Sinai portentoso
    para a melhor lei da graça.

A SÃO JOSÉ
Romance 4º

Meu José tambem sentistes
    com vossa esposa Divina
    por entre rosas de amores
    dos ciúmes as espinhas.
Com primorosa fineza
    não dando crédito à vista
    o que entrava pelos olhos
    o coração despedia.
Até que estando entre sonhos
    tivestes em tanta lida
    alegria verdadeira
    bem que sonhada alegria.
Um Anjo vos aparece
    que dos ciúmes vos livra
    que se sois Anjo em pureza
    tendes entre Anjos valia.
Sendo pobre, vos fizeram
    da Arca da bela Maria,
    depositário abonado
    que em vós a pobreza é rica. →

Sois pai de Cristo, logrando
    do eterno pai simpatias,
    ele no Céu, vós na terra,
    ele por si, vós por dita.
Oh que privilégio honroso!
    oh que graça tão subida!
    que a quem todos obedecem
    a vós próprio obedecia.
Se fugis do fero Herodes
    não é medrosa fugida
    que quem foge de um Tirano,
    mostra maior valentia.
Mas levando a Deus convosco
    o caminho se prossiga,
    pois tendes a via certa,
    pois levais o Pão da vida.
Melhor que José primeiro
    o guardais com grande estima:
    Vós o guardais para todos
    ele, para a gente Egípcia.

A SÃO LOURENÇO
Romance 5º

Meu Santo, escutai-me um pouco
    jocosa há de ser a fala,
    que se vos zombais das penas
    também vos falo de chança.
Paciência, foi, a mãe vossa,
    e com razão igualada
    fostes filho da Paciência
    quando sofrestes as brasas. →

Lira sacra

Pelos tesouros da Igreja
    vos prende a cega canalha,
    e se em ferros vos prendia
    cadeias de ouro buscava.
E quando o tesouro rico
    o mau juiz esperava
    viu muitos mancos à porta
    bem que vossa fé não manca.
Vós então carga fizestes
    de pobres, e nesta traça
    para rica Nau da Igreja
    não pode haver melhor cargo.
Entre açoites cento a cento
    convosco o juiz jogava;
    era de centos o jogo,
    e neste jogo não pára.
Continua diligente
    o juiz com muita raiva
    ele com paixão vos julga,
    mas compaixão não mostrava.
E quando em grelhas ardentes
    que nelas vos botem, manda,
    vos serve o fogo, de afago,
    chama vosso amor a chama.
Encruece-se o tirano,
    e quando vos vê, se agasta,
    se ele, tem o peito cru,
    vós tendes a carne assada.
Vós constante no martírio
    ele convosco se enfada,
    vós lhe queimáveis o sangue
    ele o corpo vos queimava. →

Vós entre o fogo, entre o ferro,
    alcançando ilustre palma,
    a ferro e fogo pusestes
    todo o campo da batalha.
A gentilidade cega
    que neste tirano acaba,
    foi justo tocar o fogo
    pois vê que toda se abrasa.
Porém por maior triunfo
    ela mesmo vos aclama
    porque ela vos faz a festa,
    e vos põe as luminárias.

À CONSIDERAÇÃO DA MORTE
Romance 6º

Entre soluços pausados
    entre mortais parocismos,
    entre mal distintas vozes,
    entre horrores bem distintos.
Espero cada momento
    que se rompa o laço vivo,
    que para a vida foi laço,
    e soltura nos delitos.
Oh quanto me assombra! oh quanto
    de perder o ser que animo!
    e se de não ser me assombro,
    mais me assombro de haver sido!
Oh quanto melhor me fora
    ao tempo de haver nascido
    que fosse mortal sepulcro
    o mesmo berço nativo. →

Lira sacra

Saí como flor ao mundo
    mas em tantos precipícios
    que importa ser flor galharda
    se a murcha da morte o estio?
Não me deu o ser que tenho
    (bem que em soberbas me irrito)
    nem a água por transparente
    nem o fogo por altivo.
Como mais vil elemento
    a terra me deu princípio
    para conhecer-me baixo,
    para humilhar-me abatido.
Grande vantagem me levam
    os corpos vegetativos,
    pois criam frutos mimosos
    pois exalam cheiros ricos.
Mas eu animal grosseiro
    cegamente presumido
    broto imundícias infames
    sórdidos humores crio.
Que importa ser Rei supremo
    das leis do mundo eximido,
    se à lei da morte é sujeito
    a paga o feudo preciso?
Se para guarda o cercavam
    tantas lanças, tantos tiros
    o cercam dores da morte,
    e são lanças os gemidos.
Que aproveitam bens do mundo
    se exprimenta agora o rico
    mais a mágoa de deixá-los,
    que o gosto de possuí-los!
Da riqueza todo o peso
    lhe dá pesar dolorido, →

todo o fausto da grandeza
se torna infausto consigo.
Até na morte funesta
se mostra desvanecido,
sem ver que a fúnebre pompa
é roupa de seu ludibrio.
Que aproveita à Fermosura
tanto asseio, tanto alinho,
se é seu castigo uma campa
quando campa em seus delírios?
É todo o garbo fermoso
é todo o belo capricho,
cristal aos longes da morte,
aos pertos da morte, vidro.
Se cada dia se morre,
como estranho em meu sentido
que esteja comigo a morte,
se a trago sempre comigo?
Oh quem na vida pudera
morrer, muitas vezes, digo!
para não usar dos olhos,
para cerrar os ouvidos.
Oh que grande diferença
há na morte, Deus benigno!
a dos santos, preciosa,
e péssima a dos precitos.
Já chega esta barca ao Porto
da vida tempo prefixo,
por sinal que a terra toma
quando da terra há partido.
Se nos olhos pondo a terra
curais ao cego mendigo,
ponde-a também em meus olhos
não serei cego em meus vícios. →

De ũa mortalha adornado
    será meu corpo maligno:
    oh se fora puro, e casto,
    como o mostra no vestido!
Lições funerais se entoam
    para que aprendam os vivos
    a questão dificultosa
    do desengano entendido.
Já não sou nobre da terra
    porque na terra metido,
    sou da podridão parente,
    sou da geração dos bichos.
Animais foram sustento
    de meu corpo, e vingativos
    verão, que será meu corpo
    de animais sustento digno.
Finalmente a vida acaba
    e acabando este perigo
    outro perigo me assombra
    que vem a ser o Juízo.

À CONSIDERAÇÃO DO JUÍZO
Romance 7º

Oh que juízo terrível
    depois da morte contemplo!
    onde a piedade não obra,
    onde o Juiz é severo.
Se aos mortos as obras seguem,
    nas péssimas obras levo
    para execução da pena
    algozes contra mim mesmo. →

Se o justo apenas se salva,
    que espera em tantos extremos
    um pecador obstinado!
    um delinqüente perverso!
Neste tremendo juízo
    se viram para escarmento
    Jerônimo castigado!
    e Bernardo estremecendo!
Se as estrelas não são limpas
    diante de Deus; que espero
    sendo podridão de culpas!
    sendo imundícia de excessos!
Não basta para salvar-me
    crer somente; antes sou nécio,
    que a fé sem obras é morta,
    porque dão alma, ao que creio.
Se ouço somente a palavra,
    e não obro; então mais peco
    porque quando prevarico,
    escandalizo o preceito.
Sentenciam-se os delitos
    brevemente, e sem processos;
    o dia da eternidade
    se decide em um momento.
Uns condena, outros absolve
    sejam grandes, ou pequenos,
    e quando igualmente julga
    desiguais sentenças temo.
Pelo poder, bem que grande
    não se salva o Rei soberbo,
    que pelo Reino da terra
    se perde dos Céus o Reino. →

Lira sacra

Oh que juízo se espera
    ao julgador avarento!
    porque com pós do suborno
    ficarão seus olhos cegos.
E que será dos Prelados
    exteriormente perfeitos
    que dizimaram os fruitos
    sem dar fruitos seu exemplo.
Que esperam os pregadores
    que pregando os Evangelhos,
    sendo Mestres das virtudes
    são discípulos dos erros.
Oh como será julgado
    o rico, que sempre austero
    ao nu não vestiu piedoso
    e fez gala de avarento.
O sol, com tantos castigos
    perderá seu luzimento,
    que até quem não fez a culpa
    mostra nos castigos medo.
A lua nega seus raios
    que nos vícios manifestos,
    retira os puros candores
    por não ver imundos peitos.
Caem as estrelas do Pólo
    e logo no mesmo tempo
    as estrelas caem no Abismo
    e caem as almas no Inferno.
Ali somente se julgam
    sem subornos, nem terceiros,
    da virtude certa as provas,
    da causa, os merecimentos. →

Poderás ser condenado
    à morte, com perdimento
    de bens, não de bens caducos,
    porém, sim, de bens eternos.
Oh quem sempre na memória
    trouxera contra si mesmo!
    deste Momento terrível
    o repetido *Memento.*
E toda a circunferência
    da eternidade pondero
    reduzir-se a um breve ponto,
    como indivisível centro.
Pelos cabelos que amava
    Absalão morre suspenso,
    assim tens a eterna morte
    pelos teus próprios desejos.
E de teus erros a conta
    se toma certa, sem erro,
    mas quando no fim se ajusta
    vens a dever grande resto.
Como não tens com que pagues
    com razão te levam preso
    ao cárcere dos Precitos
    à cadeia dos perversos.

À CONSIDERAÇÃO DO INFERNO
Romance 8º

Oh que cativeiro horrível
    onde não é poderoso
    do Sangue Divino o preço
    para o remir do Demônio. →

Ali com perpétuas penas
    bem que contrários notórios
    se vêem juntas trévoa, e luz,
    se vêem juntos frio, e fogo.
Se agora o corpo não pode
    sofrer um fogo, por pouco,
    como crescidos incêndios
    poderá sofrer um corpo?
Oh como é grave um pecado,
    pois sendo Deus tão piedoso
    dá sempiterno castigo
    por um momentâneo gosto!
Ali não serve de alívio
    como serve nos desgostos
    ter assistentes na mágoa
    ter companheiros no choro.
Ali todos os sentidos
    terão seu castigo pronto
    que como todos pecaram
    é bem se castiguem todos.
Se agradavam nesta vida
    torpes objetos, aos olhos
    verão sórdidas figuras,
    verão torpíssimos monstros.
Os ouvidos, que eram surdos
    aos bons conselhos devotos
    ouvirão fúnebres prantos
    e gemidos lastimosos.
O doce olfato, que tinha
    todo o cheiro por suborno,
    terá de sulfúreo cheiro
    desagrado pavoroso.
O gosto que nas viandas →

se mostrava apetitoso,
terá de amargosos pratos
intolerável desgosto.
O tato que as mãos buscavam
em lascivos desaforos
terão de brasas ardentes
o tato mais rigoroso.
Mas ah! que em tanto tormento
causará maior assombro
mais do próprio dano a pena,
que da pena o dano próprio.
Que desesperada vida
sempre estar no mesmo opróbrio!
e da mais longa esperança
não ter um leve conforto.
Perde a Deus, e a glória perde
sendo o degredo que noto
não só da Pátria Celeste
como do pai generoso.
Se foi contra um Deus eterno
a culpa, do mesmo modo
é bem que seja o castigo
eternamente penoso.
Nesta Babilônia triste
o povo se vê queixoso
porém desta Babilônia
não há quem resgate o povo.
Ah se do Inferno viesse
um condenado obsequioso!
que exprimentado na pena
te desenganara douto!
Porém é muito escusado
este remédio, que imploro
pois ouves a Cristo eterno
que é voz mais certa, que todos. →

Mas como me tenho feito
    Senhor, contra vós oposto,
    e sendo a vós semelhante
    fui sempre contrário vosso?
Se bastou um pensamento
    de Angélico ilustre coro,
    para sepultar no Abismo
    espíritos tão fermosos!
Que será, tremo de sustos!
    que será, de horror me assombro!
    por voz, obra, e pensamento,
    ter sido pecaminoso?
Se o fim é conforme às obras
    com justo receio choro
    que sendo as obras perversas
    será meu fim desditoso.

À CONSIDERAÇÃO DO PARAÍSO
Romance 9º

Oh Reino de eterna glória!
    onde a mocidade é sempre,
    nem envelhece na idade
    nem na doença entorpece.
Onde o temor não assusta,
    onde o gosto se repete,
    onde fenece o trabalho,
    onde a vida não fenece.
Ali não se atreve a Morte
    porque neste Reino alegre
    já não vês terra de mortos
    porque é terra de viventes. →

Aquele Palácio ilustre
    de Cortesãos assistentes
    sem invejas no que logram
    sem lisonjas no que servem.
Aquela Mesa de gostos
    que o pão Divino oferece
    não por sacramento oculto
    senão por corpo evidente.
Aquele Templo, em que os coros
    Angélicos, reverentes
    dando a Deus Mistério Trino
    entoam santo três vezes.
Aquela bela Cidade
    em que os Moradores vestem
    a gala, que custou muito,
    se bem de graça a recebem.
Oh que bem inestimável!
    que para gozar-se dele
    padeceu Deus morte de Homem,
    por ter vida de Deus, este.
Aqui pois glorificados
    Alma, e corpo permanecem
    e sendo vil barro o corpo,
    se vê cristal transparente.
Todos os cinco sentidos
    gozarão de seus prazeres,
    como companheiros d'alma
    participam seus deleites.
Por um trabalho caduco
    prêmio imortal reconheces,
    e sempiterno triunfo
    por uma batalha breve.
E sendo três as virtudes
    a fé já se desconhece, →

a caridade só fica,
a esperança se despede.
Se pelas honras mundanas
a fome sofres, e a sede,
e talvez sem elas morres
talvez com elas padeces.
Como soldado de Cristo
trabalha, peleja, e vence,
por honras, que são seguras,
e se gozam permanentes.
Se a tentação te permite,
obra Deus, como clemente
porque sofrendo o combate
dele o proveito te segue.
Adverte que nesta vida
se por um Homem terrestre
veio a todos o suplício,
por Outro, o prêmio consegues.
Fomos dos Céus deserdados,
como de herança celeste;
mas agora como a filhos
a mesma herança promete.
Óleo tem da Caridade
se entrar nestas bodas queres
não já como Virgem louca
mas como Virgem prudente.
Tem Deus Anjos que lhe assistem
na Glória, porém pretende,
que os Homens entrem na glória
como se Anjos não tivesse.
Aquela rica abundância
aquele rio corrente
que nunca está de águas mortas
que é de águas vivas, perene. →

Aquele vinho suave
    que se dele muito bebes,
    não podes perder o siso,
    porque antes melhor entendes.
Aquele Divino lume
    verás claro o refulgente,
    que só no lume da glória
    pode aquele lume ver-se.
Ressuscitado teu corpo
    vem a ser como a semente,
    que para vivificar-se
    primeiro há de corromper-se.
Oh que belo Paraíso
    que se das maçãs comeres
    não temes ali da morte
    nem serás expulso dele.
Verás a Deus Alfa, e Ômega
    porque só de si depende,
    e sendo fim ultimado
    é princípio independente.
Verás a essência Divina
    que una, e Trina se obedece,
    e adorando três Pessoas
    um Deus adoras somente
Verás nos Céus outro Céu
    vendo a Virgem preminente,
    pois veste o Sol, calça a Lua,
    e as estrelas compreende.
Se Deus nos Céus se não visse
    bastava ditosamente
    a glória só de Maria
    para o Céu glória fazer-se.
Na primeira Jerarquia
    verás Serafins ardentes, →

que as asas batem voando
para o amor mais encender-se.
Nesta mesma Jerarquia
verás Querubins cientes
em que está de Deus a glória
com que assim só se conhece.
Nessa Jerarquia mesma
verás os Tronos potentes
que sendo Deus Rei do mundo
é bem, que em tronos se assente.
Na segunda sempre ilustres
Dominações aparecem,
as Virtudes poderosas,
as Potestades moventes.
Na terceira os Principados
por Príncipes se engrandecem,
Arcanjos, Grandes da Corte,
Anjos, Núncios diligentes.
Nos Apóstolos Divinos
doze em números se adverte
que o muro desta Cidade
se estriba em doze alicerces.
As virgens cuja pureza
tanta estimação merece
que o céu se compara às Virgens
porque este às Virgens se deve.
Música se ouve, e se chama
canto novo, justamente,
que da nova Lei da Graça
sacros louvores profere.
Nesta eterna Pátria gozas
o bem Sumo, e finalmente
nela gozas os bens todos
que os bens todos estão nele. →

E não pode dar-se mais,
   sendo Deus Onipotente,
   porque te dá quanto pode,
   e tu logras quanto queres.

ROMANCES CASTELHANOS

AO NASCIMENTO DE CRISTO
Romance 1º

En los brazos de María
   nace el niño, y con razón,
   que en los brazos de la Aurora
   ha nacido siempre el Sol.
Un Paraíso en la tierra
   se ofrece de más valor,
   cuanto va de Eva a María
   cuanto va de Adán a Dios.
La flor del campo más bella
   en el Diciembre nació,
   que sazonar el invierno
   saben finezas de amor.
Entre armonías parece
   que baja el cielo, pues hoy
   el Cielo a la tierra vino,
   la tierra al cielo se unió.
Nacer quiso entre los brutos,
   y fue precisa ocasión,
   que lo bruto de una culpa
   aquel lugar le buscó.
Entre humildes paños nace
   que por vencer con primor →

las sobervias de Lusbel
de humildades se adornó.
No quiso del mundo telas,
que en rara contradicción
para enriquecer el mundo
la pobreza siempre amó.
Lágrimas vierte el Infante
y cuando allí las virtió,
el Cielo se ríe alegre
y llora el Infierno atroz.
Perlas desperdicia el niño,
y si nuestra redención,
ahora perlas le cuesta,
después rubíes costó!
Al frío cruel expuesto
no siente la desazón
que la tibieza del hombre
es el frio, que sintió.
La paz ofrece a los hombres
y para la ejecución,
los Ángeles la publican
con que la guerra cesó.
Los primeros, que la escuchan
simplices pastores son,
que para dichas del cielo
el simple obsequio es mejor.
Van buscar al niño tierno
que en diligencia veloz,
como es de Pastor su trato
van buscar otro Pastor.
Hallan al niño, y la Madre
tan unidos ambos dos,
como la perla, y la concha
como la rama, y la flor. →

Humildes, y reverentes
 le dan pronta adoración
 que más vale una humildad
 que el sacrificio mayor.

Volta

Vamos al Pesebre
 con alto favor,
 que en la noche oscura
 ha nacido el Sol.
Canten pues las aves
 con suave voz,
 y el Ruiseñor cante
 a tan buen Señor.
Entre pajas pobres
 el niño se vio,
 que el trigo entre pajas
 siempre está mejor.

À MORTE DOS INOCENTES
Romance 2º

Infame Herodes, ¿qué es esto?
 ¿el cuchillo ha de cortar
 lo puro de una inocencia?
 ¿y lo frágil de una edad?
Aquel primer homicidio
 renuevas con más crueldad,
 que en cada niño inocente,
 un Abel mandas matar. →

Y haciendo injustas heridas
    en sus cuerpos les verás
    multiplicadas las bocas
    que publican tu impiedad.
Si no es, que en esta inocencia
    ya quieres representar,
    de la Inocencia mayor
    la tragedia funeral.
Estos Corderos que fueron
    de la visión celestial,
    son primicias del Cordero
    que se ha de sacrificar.
La Iglesia de estrellas doce
    tuvo corona inmortal,
    hoy catorce mil estrellas
    mayor corona le harán.
Entre los nevados cuerpos
    con sangrienta iniquidad
    de unas grutas de marfil
    corren ríos de coral.
Junto a la sangre, que corre
    llora la Madre, y dirás,
    que llanto de agua no vierten,
    que llanto de sangre dan.
Y como es suya la sangre
    para haber martirio igual,
    las heridas son los ojos
    por donde llorando están.
Entre la sangre, y el suspiro
    a un tiempo con igualdad,
    la sangre corre a la tierra
    el suspiro al Cielo va. →

Si eres pedernal, Herodes,
    muévate el llanto a piedad
    que a la impresión de un arroyo
    obedece el pedernal.
Pero vendrá tu castigo
    y con varia enfermedad,
    si quitaste muchas vidas,
    muchas veces morirás.

À CIRCUNCISÃO
Romance 3º

Consumados ocho días
    padece el niño inocente,
    ¿qué espera la edad mayor,
    si la niñez ya padece?
Teniendo fiebre amorosa
    de que se angustia doliente,
    manda el Amor, que se sangre
    para alivio de la fiebre.
Antes del final martirio
    vertir la sangre se atreve,
    porque las ansias del gusto
    anticipan lo que quiere.
Por dar pronto cumplimiento
    a la Ley, no la disuelve
    que siendo Rey, bien pudiera
    ser absuelto de las Leyes.
Quiere quedar circunciso
    sintiendo esta herida fuerte,
    y más que el golpe del hierro,
    el yerro del hombre siente. →

Vierte sangre desde niño,
    y cuando la sangre vierte
    sale en senda de jazmines
    un arroyo de claveles.
Con el nombre de Jesús
    salvar los hombres pretende
    que hace blasón de su nombre
    la misma piedad, que tiene.
Vence al Infierno alevoso,
    y cuando al Infierno vence,
    como es la primera victoria
    es bien que sangre le cueste.
Para el teatro se ensaya
    de una batalla más fuerte,
    que como ha de ser tragedia
    con ensayos se previene.
Por desposarse amoroso
    con su Iglesia, ya le ofrece
    una joya de rubíes
    para adorno de sus sienes.

Volta

Circúndese el alma
    yerros aleves,
    que cortar las pasiones
    los sabios suelen.
El ejemplo le ha dado
    tan buen maestre
    que con letras de sangre
    lo mismo advierte.

A SANTO ESTÊVÃO
Romance 4º

Si está de piedras herido
    vuestro invencible valor,
    para corona de Mártir
    preciosas piedras formó.
Vuestro pecho endurecido
    en sufrimiento mayor,
    la dureza de las piedras
    en sí mismo transformó.
Cuando por el aire vuelan
    al mismo tiempo se vio,
    las piedras volar al aire
    pero al Cielo, vuestra voz.
Viste los Cielos abiertos
    y estáis con igual acción:
    vos, con heridas abiertas,
    con Cielos abiertos, Dios.
La Turba, que locamente
    vuestra fe menospreció,
    con razón las piedras tiran
    que locos de piedras son.
Si sobre una piedra solo
    la Iglesia se edificó,
    ahora con muchas piedras
    recibe más duración.
En el camino del Cielo
    vuestra fe fortaleció
    de piedras hermosa calle
    para ir al Cielo mejor.
Vos orando, y padeciendo
    sois de Cristo imitador, →

con sangre esparcido, Cristo
con sangre esparcido, vos.
Pedís por los enemigos
que en igual imitación,
el soplo excita la llama
el odio enciende el amor.
Pero de más eficacia
parece vuestra oración,
que Cristo un ladrón grangea,
vos, un Pablo superior.
Cual pedernal a los golpes
vuestro pecho herido echó
centellas de amor ardiente
que es fuego más brillador.
Vos al Bautista imitaste
y sois también Precursor,
el Precursor fue de Cristo,
vos de los Mártires sois.
Descansando en el martirio
vuestra vida adormeció,
porque la muerte del justo
es un sueño vividor.
Entrad Estevão Triunfante
en la Celeste Sión,
pues tuviste dos coronas
en el nombre, en el valor.

A SÃO JOÃO DA CRUZ, RELIGIOSO DESCALÇO, QUE SE CANTOU NA SUA FESTA
Romance 5º

Oigan, caballeros, oigan
    y atentos han de escuchar,
    que es para nuevas de gusto
    la atención comodidad.
Estaba una Dama hermosa
    retirada años atrás,
    que la prenda del retiro
    es joya de la beldad.
Dicen, que el Monte Carmelo
    era su propio lugar
    que a la altivez de una gloria
    solo un monte le hace igual.
No se adornaba de galas
    y las quiso despreciar,
    que la virtud es desnuda
    y estima la honestidad.
Descalza los pies se veía
    que para al Cielo llegar,
    lo calzado se embaraza,
    lo descalzo corre más.
Tenía muchos galanes
    pero la trataron mal,
    sin ver, que el trato amoroso
    es capricho del galán.
Volvióse pues al Carmelo
    por no gemir, y llorar
    que a los ojos las ofensas
    mayor sentimiento dan. →

Conociendo, Juan, sus quejas
    la quiso solicitar
    que a los golpes de porfías
    no hay difícil pedernal.
Reducida finalmente
    vino con ella a casar
    que si es unión el amor
    el desposorio la da.

Volta

Haced grandes fiestas
    celébrese ya
    la boda Divina
    del Beato Juan.
Los otros galanes
    no lo han de estorbar
    que fue la Madrina
    Teresa inmortal.
En buena hora cueste
    uno, y otro afán,
    lo que cuesta mucho
    también vale más.
De este desposorio
    se han de procrear
    muchos hijos fuertes
    contra Leviatán.

AO MESMO NA MESMA FESTA DE SUA BEATIFICAÇÃO
Romance 6º

¿Quién es aquel Capitán
    que con devoto escuadrón
    es Defensor del Carmelo
    es General del amor?
¿Quién es aquel fuerte Alcides
    que siendo niño venció
    sino en brazos, en la Cruz,
    sino a la sierpe, al Dragón?
Quién es aquel grande Atlante
    que de María amador
    todo el peso de su Cielo
    sobre sus ombros tomó.
¿Quién es aquel Astro bello
    que con una y otra acción
    para Lusbel es Cometa,
    y para Teresa es Sol?
¿Quién es aquel nuevo Elías
    que en su celo renovó
    del Religioso sayal
    el primitivo candor?
¿Quién es aquella ave ilustre
    que cual Águila voló
    en su espíritu emplumada,
    remontada en la oración?
Quién es aquel Penitente
    que en el Diciembre sembró
    los lirios de la pureza,
    y las rosas del ardor.

Volta

Si queréis saberlo
    os lo diré yo
    San Juan de la Cruz
    es este varón.
Su Cruz es su nombre
    que en igual primor
    como en la Cruz vivía
    de la Cruz se honró.

IMPRESSÃO E ACABAMENTO:
YANGRAF Fone/Fax: 6195.77.22
e-mail:yangraf.comercial@terra.com.br